Chuvas esparsas

Também de Rainbow Rowell

Eleanor & Park
Fangirl

SÉRIE SIMON SNOW
Sempre em frente (vol. 1)
O filho rebelde (vol. 2)
Venha o que vier (vol. 3)

Rainbow Rowell

contos

Chuvas esparsas

Ilustrações
JIM TIERNEY

Tradução
LÍGIA AZEVEDO

SEGUINTE

Publicado mediante acordo com a autora por intermédio de The Lotts Agency, Ltd.

O selo Seguinte pertence à Editora Schwarcz S.A.

Grafia atualizada segundo o Acordo Ortográfico da Língua Portuguesa de 1990, que entrou em vigor no Brasil em 2009.

TÍTULO ORIGINAL Scattered Showers

CAPA E ILUSTRAÇÕES DE CAPA E MIOLO Jim Tierney

PREPARAÇÃO Larissa Luersen

REVISÃO Marise Leal e Adriana Bairrada

Dados Internacionais de Catalogação na Publicação (CIP)
(Câmara Brasileira do Livro, SP, Brasil)

Rowell, Rainbow
Chuvas esparsas : Contos / Rainbow Rowell ; ilustrações Jim Tierney ; tradução Lígia Azevedo. — 1ª ed. — São Paulo : Seguinte, 2024.

Título original: Scattered Showers.
ISBN 978-85-5534-314-8

1. Contos norte-americanos I. Tierney, Jim. II. Título.

23-179302 CDD-813

Índice para catálogo sistemático:
1. Contos : Literatura norte-americana 813

Tábata Alves da Silva – Bibliotecária – CRB-8/9253

EDITORA SCHWARCZ S.A.
Rua Bandeira Paulista, 702, cj. 32
04532-002 — São Paulo — SP
Telefone: (11) 3707-3500
www.seguinte.com.br
contato@seguinte.com.br

Para Christopher,
meu crítico favorito

Sumário

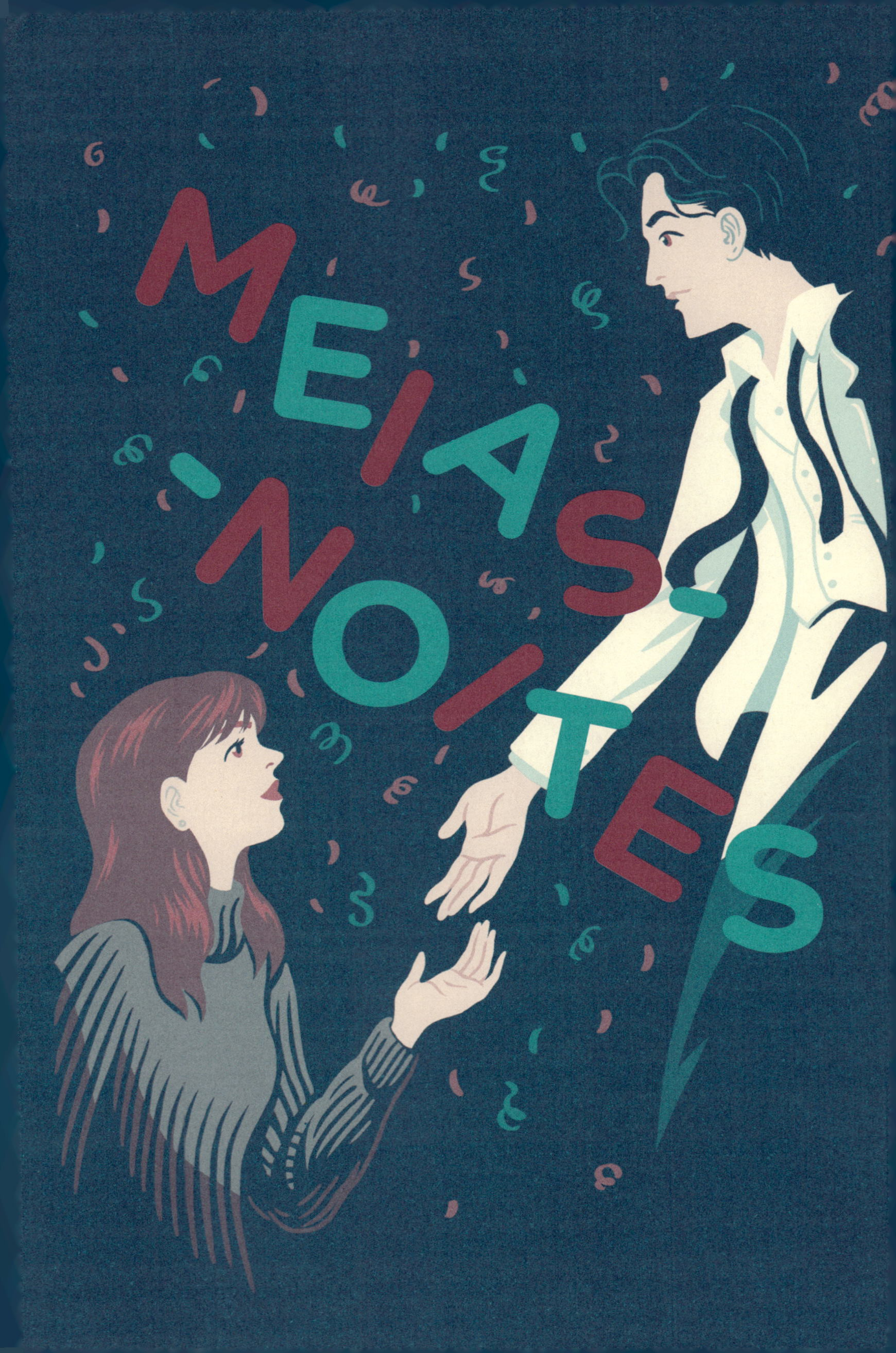
MEIAS-NOITES

Meias-noites

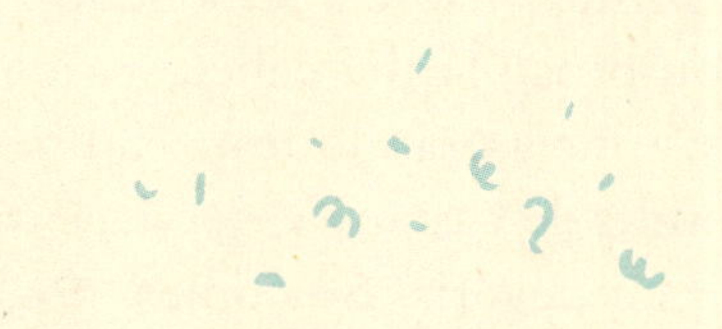

31 de dezembro de 2014, quase meia-noite

ESTAVA FRIO EMBAIXO DO DEQUE. GELADO ATÉ. E ESCURO.

Escuro porque Mags estava ao ar livre, à meia-noite, e escuro por causa das sombras.

Era o último lugar em que alguém pensaria em procurá-la — principalmente Noel. Ela perderia toda a emoção.

Graças a Deus. Mags deveria ter pensado nisso anos antes.

Ela se encostou na parede da casa de Alicia e começou a comer o mix de castanhas que tinha trazido. (A mãe de Alicia fazia a melhor seleção do mundo.) Mags ouvia a música tocando lá dentro, mas de repente ficou tudo em silêncio — o que não era um bom sinal. A contagem regressiva ia começar.

— *Dez!* — ela ouviu gritarem.

— *Nove!* — mais pessoas se juntaram à voz.

— *Oito!*

Mags ia perder tudo. Perfeito.

31 de dezembro de 2011, quase meia-noite

— Tem castanha nisso aí? — o garoto perguntou.

Mags parou por um momento, segurando uma torradinha com pesto e cream cheese diante da boca.

— Acho que tem pinhão... — ela disse, examinando com os olhos estreitos para enxergar bem.

— Pinhão é castanha?

— Não faço ideia. Pinhão não é a semente do pinheiro?

O garoto deu de ombros. Tinha cabelo castanho despenteado e olhos azuis arregalados. Estava usando uma camiseta do Pokémon.

— Não entendo muito de castanha — Mags disse.

— Também não. E eu deveria. Se comer, posso morrer. Se houvesse algo que pudesse te matar, você não seria especialista no assunto?

— Não sei... — Mags enfiou a torradinha na boca e mastigou. — Não sou especialista em câncer. Ou acidentes de carro.

— É... — o garoto olhou com tristeza para a mesa de comidas. Ele era magro. E pálido. — Mas as castanhas estão especificamente atrás de mim. São mais letais do que, tipo, um risco em potencial.

— Eita. O que foi que você fez pra elas?

O garoto deu risada.

— Comi, acho.

A música alta parou.

— É quase meia-noite! — alguém gritou.

Os dois olharam em volta. Alicia, amiga de Mags da escola, estava de pé no sofá. Era a festa dela — a primeira festa de Ano-Novo para a qual Mags, aos quinze anos, foi convidada.

— *Nove!* — Alicia gritou.

— *Oito!*

Tinha algumas dezenas de pessoas no porão, e todas gritavam.

— *Sete!*

— Meu nome é Noel. — O garoto estendeu a mão.

Mags limpou o pesto e qualquer traço de castanha e apertou.

— Mags.

— *Quatro!*

— *Três!*

— Gostei de te conhecer, Mags.

— Gostei de te conhecer também, Noel. Parabéns por ter sobrevivido às castanhas por mais um ano.

— Elas quase me pegaram com aquele pesto.

— Pois é. — Ela balançou a cabeça. — Foi por pouco.

31 de dezembro de 2012, quase meia-noite

Noel apoiou as costas na parede e escorregou até estar sentado ao lado de Mags, então deu uma ombrada nela. Assoprou uma língua de sogra na sua direção.

— Oi.

— Oi.

Ela sorriu para ele. Noel vestia um paletó xadrez e uma camisa branca com o colarinho aberto. Ele era bem branco e corava com facilidade. No momento, estava rosa da testa até o segundo botão da camisa.

— Você não para de dançar — ela disse.

— Gosto de dançar, Mags.

— Sei que gosta.

— E não tenho tantas oportunidades.

Ela ergueu a sobrancelha.

— Gosto de dançar *em público*. Com outras pessoas. É uma experiência coletiva.

— Fiquei de olho na sua gravata — ela estendeu uma gravata vermelha de seda.

Ele estava dançando na mesa de centro quando atirou a peça para ela.

— Valeu. — Ele a pôs de volta no pescoço. — E parabéns por ter pegado no ar. Mas a minha intenção era te atrair pra pista.

— Era uma mesa de centro, Noel.

— Tinha espaço pra duas pessoas, Margaret.

Mags franziu o nariz enquanto refletia.

— Acho que não tinha, não.

— Sempre tem espaço pra você em qualquer mesinha comigo. Porque somos melhores amigos.

— Rabo é seu melhor amigo.

Noel passou os dedos pelo cabelo suado e enrolado que caía atrás das orelhas.

— Também. E Frankie. E Connor.

— E a sua mãe — Mags acrescentou.

Noel se virou para ela, sem tirar o sorriso do rosto.

— Mas principalmente você. Hoje é nosso aniversário. Não acredito que não vai dançar comigo no nosso aniversário.

— Não faço ideia do que você tá falando — (Ela sabia exatamente do que ele estava falando.)

— Aconteceu bem ali. — Noel apontou para a mesa onde a mãe de Alicia tinha deixado a comida. — Eu tive uma reação alérgica e você salvou minha vida. Me deu uma injeção de adrenalina no coração.

— Eu só comi pesto.

— Como uma heroína.

Ela esticou o corpo de repente.

— Você não comeu a salada de frango, né? Tem amêndoa.

— E continua salvando minha vida.

— Você comeu?

— Não. Mas tomei um coquetel de frutas. Deve ter morango. Minha boca tá toda formigando.

Mags estreitou os olhos para ele.

— Você tá bem?

Noel parecia bem. Parecia corado. E suado. Os dentes pareciam grandes demais para a boca, e a boca larga demais para o rosto.

— Tô bem. Aviso se a minha língua começar a inchar.

— Pode manter as suas reações alérgicas lascivas pra si mesmo.

Noel ergueu as sobrancelhas.

— Você devia ver o que acontece quando eu como frutos do mar.

Mags revirou os olhos e tentou não rir. Depois de um segundo, voltou a olhar para ele.

— Espera, o que acontece quando você come frutos do mar?

Ele mexeu a mão diante do peito, sem muita vontade.

— Fico todo vermelho.

Ela franziu a testa.

— Como você continua vivo?

— Por conta do esforço de heróis do dia a dia, como você.

— Não come aquela salada rosa também. Tem camarão.

Noel pôs a gravata vermelha no pescoço dela e sorriu.

— Obrigado.

— Eu que agradeço. — Mags ajeitou a gravata, olhando para ela. — Combina com o meu vestido.

Ela estava usando um vestido de lã com uma estampa de estilo escandinavo e um milhão de cores.

— Tudo combina com o seu vestido. Você parece um ovo de Páscoa natalino.

— Tô me sentindo um Muppet bem colorido. Um daqueles felpudos.

— Eu gosto. É um banquete para os olhos.

Não tinha certeza se Noel estava tirando sarro dela, portanto mudou de assunto.

— Cadê o Rabo?

— Ali. — Noel apontou para o outro lado do porão. — Ele quer estar casualmente perto de Simini quando der meia-noite.

— Pra dar um beijo nela?

— Isso. Na boca, se tudo sair conforme planejado.

— Que babaquice — Mags disse, mexendo nas pontas da gravata de Noel.

— Beijar na boca?

— Não... beijar na boca tudo bem. — Ela sentiu que estava corando. Por sorte, não era tão branca quanto Noel e não ficaria vermelha do rosto até o pescoço. — É babaquice se aproveitar do Ano-Novo pra beijar alguém que talvez não queira te beijar. Tipo um golpe.

— Talvez a Simini queira beijar o Rabo.

— Talvez seja bem constrangedor. Talvez ela acabe beijando só porque se sente obrigada.

— Ele não pretende atacar a menina. Vai fazer o lance do contato visual.

— Que lance do contato visual?

Noel vira a cabeça e encara Mags. Então, esperançoso, ergue as sobrancelhas; com os olhos tão brandos quanto possível. Com certeza era um rosto que dizia: *Ei, tudo bem se eu te beijar?*

— Ah — Mags disse. — Você faz muito bem.

Noel desfez a expressão, substituindo por uma que estampava: *Dããã.*

— Claro que faço muito bem. Já beijei algumas garotas.

— É mesmo?

Ela sabia que Noel falava com garotas. Mas nunca tinha ouvido falar de uma namorada. E *teria* ouvido, porque era uma das quatro ou cinco melhores amigas dele.

— *Pfff.* Três garotas. Em oito ocasiões. Acho que sei fazer o lance do contato visual.

Era muito mais beijo do que Mags tinha dado nos seus dezesseis anos.

Ela voltou a olhar para Rabo. Perto da televisão, ele olhava o celular. Simini estava a alguns passos de distância, falando com amigos.

— Ainda assim — Mags disse —, parece sacanagem.

— Por que sacanagem? — Noel acompanhou os olhos dela. — Os dois são solteiros.

— Não nesse sentido. É meio... apressadinho. Se você gosta de alguém, deveria fazer um esforço. Deveria conhecer a pessoa melhor. Deveria *conquistar* o primeiro beijo.

— Rabo e Simini já se conhecem.

— Verdade. Mas eles nunca saíram. Simini já deu sinal de que pode estar interessada nele?

— Às vezes as pessoas precisam de ajuda. Tipo, olha só pro Rabo.

Mags olhou. Ele estava de jeans preto e camiseta preta, deixando um moicano crescer, mas, como usou rabo de cavalo durante o ensino fundamental inteiro, todo mundo o chamava de Rabo. Era barulhento e engraçado, mas às vezes barulhento e chato de galocha. Sempre fazia desenhos no braço com caneta.

— O cara não tem a menor ideia de como falar pra uma garota que gosta dela. Nenhuma mesmo... Agora olha só pra Simini.

Mags olhou. Simini era pequena, delicada e tão tímida que sair da própria concha não era uma opção. Para falar com Simini, era preciso entrar na concha dela.

— Nem todo mundo é tão sociável quanto a gente — Noel disse, suspirando e chegando desconfortavelmente perto de Mags ao apontar para Rabo e Simini. — Nem todo mundo sabe correr atrás do que quer. Talvez a meia-noite seja exatamente o que falta pra rolar um clima. Vai negar isso a eles?

Mags se virou para Noel. Seu rosto estava logo acima do ombro dela. Ele tinha um cheiro quente. E de desodorante.

— Você tá sendo melodramático.

— Situações de vida ou morte despertam isso em mim.

— Como dançar em cima da mesa?

— Não, o morango. — Ele pôs a língua para a fora e se forçou a falar assim. — *Zá inzado?*

Mags examinava a língua de Noel quando a música parou.

— É quase meia-noite! — Alicia gritou perto da televisão.

A contagem regressiva na Times Square estava começando. Mags viu Rabo tirar os olhos do celular e se aproximar de Simini.

— *Nove!* — todos gritaram.

— *Oito!*

— Sua língua parece normal. — Mags voltou a se concentrar em Noel.

Ele botou a língua para dentro e sorriu.

Mags ergueu as sobrancelhas. Mal notava o que estava fazendo.

— Feliz aniversário, Noel.

Os olhos dele se suavizaram. Ou pelo menos foi a impressão que ela teve.

— Feliz aniversário, Mags.

— *Quatro!*

E então Natalie chegou correndo, se abaixou ao lado de Noel e o pegou pelo ombro.

Natalie era amiga dos dois, mas não *melhor* amiga. Tinha cabelo cor de caramelo e só usava camisas xadrez estourando nos peitos.

— Feliz Ano-Novo! — ela gritou para eles.

— Ainda não — Mags disse.

— *Um!* — as outras pessoas gritaram.

Então Natalie se inclinou na direção de Noel, e ele se inclinou na direção dela, e os dois se beijaram.

31 de dezembro de 2013, quase meia-noite

Noel estava sentado no braço do sofá, com as mãos estendidas para Mags.

Ela passou por ele, balançando a cabeça.

— Vem! — ele gritou mais alto do que a música.

Mags balançou a cabeça *e* revirou os olhos.

— É a nossa última chance de dançar juntos! É o nosso último ano!

— Ainda temos meses pra dançar — Mags disse, parando na mesa das comidas para pegar uma miniquiche.

Noel desceu dali, subiu na mesa de centro e esticou ao máximo a perna comprida para alcançar o sofá mais próximo de Mags.

— Tá tocando a nossa música.

— Tá tocando "Baby Got Back" — Mags disse.

Noel sorriu.

— Agora é que não vou dançar com você mesmo.

— Mas você nunca dança comigo.

— Faço todo o resto com você — Mags se queixou. Era verdade. Ela estudava com ele. Almoçava com ele. Pegava Noel no caminho da escola. — Te acompanho até pra cortar o cabelo.

Ele tocou a parte de trás da cabeça. Seu cabelo castanho e cheio caía em cachos soltos sobre a gola.

— Quando você não vai, eles cortam demais, Mags.

— Não tô reclamando. Só não vou dançar.

— O que você tá comendo?

Mags baixou os olhos para a bandeja.

— Acho que é uma quiche.

— Posso comer?

Ela comeu mais uma. Não tinha gosto de castanha, morango, kiwi ou frutos do mar.

— Acho que sim. — Pegou uma quiche, e Noel baixou para comer direto dos seus dedos.

De pé no sofá, ele media dois metros e trinta. Estava usando um terno branco ridículo. Com colete. Onde podia ter encontrado um terno branco de três peças?

— Gostoso. Valeu. — Ele pegou a coca de Mags, e ela deixou. Depois afastou a latinha da boca e inclinou a cabeça. — Margaret. É a nossa música.

Ela prestou atenção.

— Não é aquela música da Kesha?

— Dança comigo. É o nosso aniversário.

— Não gosto de dançar com um monte de gente.

— Mas esse é o melhor jeito! Dançar é uma experiência coletiva!

— Pra você. — Mags empurrou a coxa dele. Noel se desequilibrou, mas não caiu. — Não somos iguais.

— Eu sei — Noel disse, com um suspiro. — *Você* pode comer castanhas. Come um brownie por mim. Vou ficar vendo.

Ela apontou para um prato de brownie com nozes-pecã.

— Esse?

— É.

Mags deu uma mordida. Migalhas caíram no seu vestido florido, e ela limpou.

— É bom?

— Bem bom. Denso. Molhadinho.

Deu outra mordida.

— Não é justo. — Segurando na parte de trás do sofá, Noel se inclinou mais para a frente. — Quero ver.

Mags pôs a língua para fora.

— Não é nada justo. Parece uma delícia.

Ela fechou a boca e assentiu.

— Termina esse seu brownie maravilhoso e vem dançar comigo.

— O mundo inteiro tá dançando com você. Me deixa quieta.

Ela pegou mais uma quiche e um brownie, então deixou Noel pra lá.

Não havia muitos lugares onde sentar no porão de Alicia, por isso Mags costumava ficar no chão. (Talvez também fosse por isso que Noel costumava assumir a mesa de centro.) Rabo estava no pufe num canto perto do bar, e Simini estava no colo dele. Ela sorriu para Mags, que retribuiu o sorriso e acenou.

Não tinha bebida no bar. Os pais de Alicia tiravam tudo sempre que ela dava uma festa. Todas as banquetas estavam ocupadas, por isso, com ajuda de alguém, Mags sentou na bancada mesmo.

Ela ficou vendo Noel dançar. (Com Natalie. E depois com Alicia e Connor. E depois sozinho, com os braços levantados.)

Ela ficou vendo todo mundo dançar.

Eles tinham dado muitas festas naquele porão. Depois de jogos de futebol americano e bailes. Dois anos antes, Mags não conhecia ninguém ali além de Alicia. Agora, todo mundo era um grande amigo, um colega ou alguém que ela conhecia bem o bastante para saber que devia manter distância…

Ou Noel.

Ao terminar o brownie, Mags observou Noel ficar pulando.

Ele era o melhor amigo dela, mesmo que ela não fosse a melhor amiga dele. Noel era a pessoa mais importante da sua vida.

O primeiro com quem falava pela manhã, e o último a trocar mensagens à noite. Não intencionalmente, ou de maneira metódica. As coisas simplesmente eram assim entre os dois. Se ela não contasse algo a Noel, era quase como se não tivesse acontecido.

Os dois ficaram próximos desde que caíram na mesma turma de jornalismo, no segundo semestre do primeiro ano. (Deveriam comemorar o aniversário de amizade *naquela* data, e não no Ano-Novo.) Depois se matricularam para fazer fotografia e tênis juntos.

Eles eram tão próximos que Mags tinha ido ao baile com Noel no ano anterior, embora ele já tivesse par.

"É claro que você vai comigo."

"Tudo bem pela Amy?"

"Amy sabe que a gente é uma dupla. Provavelmente nem gostaria de mim se eu não estivesse sempre com você."

(Noel e Amy não saíram de novo depois do baile. A relação não tinha durado tanto para chamar aquilo de término.)

Mags estava pensando em pegar outro brownie quando alguém desligou a música de repente, e outra pessoa apagou a luz. Alicia correu para o bar, gritando:

— Quase meia-noite!

— *Dez!* — Rabo gritou, segundos depois.

Mags olhou em volta até encontrar Noel, de pé no sofá. Ele já estava olhando para ela. Pisou na mesa de centro, vindo na sua direção e abriu um sorriso que o fez parecer um lobo. Os sorrisos de Noel eram sempre meio de lobo; ele tinha dentes demais. A respiração profunda de Mags saiu trêmula. (Noel era a pessoa *mais importante* da sua vida.)

— *Oito!* — todos gritaram.

Noel fez sinal para ela.

Mags ergueu a sobrancelha.

Ele fez sinal de novo, com uma cara que dizia: *Vem, Mags.*

— *Quatro!*

Então Frankie subiu na mesa de centro com Noel e se pendurou no seu pescoço.

— *Três!*

Noel se virou para Frankie e sorriu.

— *Dois!*

Frankie ergueu as sobrancelhas.

— *Um!*

Frankie se inclinou para Noel. E Noel se inclinou para Frankie.

E eles se beijaram.

31 de dezembro de 2014, por volta de nove da noite

Mags ainda não tinha visto Noel nas férias. A família dele havia decidido passar o Natal na Disney.

Tá vinte e seis graus aqui, ele tinha escrito, *e eu tô usando orelhinhas do Mickey faz setenta e duas horas consecutivas.*

Na verdade, Mags não o via desde agosto, quando passou na casa dele certa manhã para se despedir antes que o pai o levasse para a Universidade Notre Dame.

Ele não tinha voltado no Dia de Ação de Graças, porque as passagens ficaram caras demais.

Mags viu as fotos que ele postou com outras pessoas. (Pessoas do alojamento estudantil. Em festas. Garotas.) E ela e Noel se falavam bastante por mensagem. Bastante. Mesmo assim, Mags não o via desde agosto — e nem ouvia sua voz desde então.

Sinceramente, ela nem lembrava como era. Não lembrava de um dia ter pensado na voz de Noel. Se era grave e estrondosa. Ou aguda e suave. Ela não lembrava como ele soava — ou como ele era em movimento. Só conseguia visualizar seu rosto nas dezenas de fotos salvas no celular.

Você vai na Alicia, né?, ele tinha mandado no dia anterior. Estava no aeroporto, a caminho de casa.

Aonde mais eu iria?, foi a resposta.

Legal.

Mags chegou cedo na casa de Alicia e ajudou a arrumar o porão, depois ajudou a mãe dela a congelar os brownies. Alicia estava estudando na Dakota do Sul, porém voltou para passar as férias; tinha feito uma tatuagem de cotovia nas costas.

Mags não tinha tatuagens. Não mudou nem um pouco. Nem mesmo chegou a sair da cidade, porque foi contemplada com uma bolsa para estudar desenho industrial em uma faculdade de Omaha. Uma bolsa integral. Teria sido burrice ir embora.

Ninguém chegou no horário para a festa, mas todo mundo acabou aparecendo.

— Noel vem? — Alicia perguntou, quando a campainha parou de tocar.

Como vou saber?, Mags queria dizer. Mas ela sabia.

— Ele vem, sim. Logo mais vai estar aqui.

Ela havia sujado de chocolate a manga do vestido, e tentou limpar com a unha.

Mags tinha se trocado três vezes até se contentar com aquela roupa.

A princípio, pensou em usar um vestido de que Noel gostava — de viscose cinza com peônias vermelhas quase vinho. Mas não queria que ele pensasse que não tinha nada de diferente nela desde a última vez que se viram.

Então ela havia se trocado. E depois se trocado de novo. Até terminar com o vestido de renda creme, curto, reto e sem manga, que nunca tinha usado, e com meia-calça de estampa barroca rosa e dourada.

No espelho do quarto, Mags olhou para si mesma. Para o cabelo castanho-escuro. As sobrancelhas grossas e o queixo marcante. Tentou se ver como Noel a veria, pela primeira vez desde agosto. Então tentou fingir que não se importava.

Depois saiu.

Já estava na metade do caminho até o carro quando decidiu correr de volta ao quarto para pôr os brincos que tinha ganhado de Noel no seu aniversário de dezoito anos — de asas de anjo.

Quando Noel finalmente chegou, Mags estava falando com Rabo, que foi estudar engenharia em Iowa. Ele tinha voltado a deixar o cabelo crescer, e Simini puxava o rabo de cavalo sem nenhum motivo aparente, talvez só porque isso a deixava feliz. Ela estava estudando arte em Utah, mas provavelmente ia se transferir para Iowa. Ou Rabo ia se mudar para Utah. Ou os dois iam se encontrar no meio do caminho.

— O que tem no meio do caminho? — Rabo perguntou. — Nebraska? Que merda, linda, acho que a gente vai ter que voltar pra casa.

Mags sentiu quando Noel entrou. (Ele chegou pela porta dos fundos, deixando entrar uma lufada de ar frio.)

Ela olhou para trás de Rabo e viu Noel, e Noel a viu. Ele atravessou o porão direto, passando por cima do sofá menor e pela mesa de centro e por cima do sofá maior e por Rabo e Simini, para abraçar e girar Mags.

— Mags!

— *Noel* — Mags sussurrou.

Ele abraçou Rabo e Simini também. E Frankie, Alicia e Connor. E todo mundo. Noel adorava abraços.

Depois ele voltou para Mags e a empurrou na direção da parede, atropelando-a e abraçando-a ao mesmo tempo.

— Meu Deus, Mags. Nunca mais me deixe.

— Eu nunca te deixei — ela disse, para o peito de Noel. — Nunca vou a lugar nenhum.

— Então nunca mais me deixe te deixar — ele disse, o rosto encostado na cabeça dela.

— Quando você volta pra Notre Dame?

— Domingo.

Noel estava usando calça cor de vinho (mais macia do que jeans, mais áspera do que veludo), uma camiseta listrada em dois tons de azul e uma jaqueta cinza com a gola virada para cima.

Continuava bem branco como sempre.

Seus olhos tão grandes quanto azuis.

Mas o cabelo estava curto: raspado em cima das orelhas e na parte de trás, com cachos castanhos longos caindo na testa. Mags pôs a mão na nuca dele. Parecia que faltava algo ali.

— Você tinha que ter ido comigo, Margaret. A jovem cabeleireira que me atacou não conseguiu se segurar.

— Não — ela disse, coçando a cabeça de Noel. — Ficou bom. Combina com você.

Tudo continuava igual e tudo estava diferente.

As mesmas pessoas. As mesmas músicas. Os mesmos sofás.

No entanto, todos tinham se distanciado naqueles quatro meses e seguido em direções radicalmente diferentes.

Frankie levou cerveja e escondeu debaixo do sofá, enquanto Natalie já estava bêbada ao chegar. Connor apareceu com o namorado da faculdade, e todo mundo o odiou — Alicia ficava tentando puxar Connor de lado para dizer isso. O porão parecia mais lotado do que de costume, e ninguém dançou muito…

Dançaram tanto quanto dançariam numa festa normal, de outras pessoas. Só que as festas *deles* costumavam ser *diferentes*. Antes eles eram vinte e cinco pessoas em um porão que se conheciam tão bem a ponto de não precisarem se conter.

Noel não dançou. Ficou com Rabo, Simini e Frankie. Ao lado de Mags, como se estivesse colado no lugar.

Ela estava feliz que os dois não tinham parado de se falar por mensagem, que ela ainda sabia o que o preocupava a ponto de deixá-lo acordado à noite. As piadas internas dos outros eram de sete meses antes, porém Noel e Mags não tinham deixado a peteca cair.

Noel aceitou quando Frankie ofereceu uma cerveja. Quando Mags revirou os olhos, ele a passou a Rabo.

— É estranho ficar em Omaha? — Simini perguntou. — Agora que todo mundo foi embora?

— É como passear pelo shopping depois que as lojas fecham. Sinto tanta falta de vocês.

Noel se sobressaltou.

— Ei — ele disse a Mags, puxando-a pela manga.

— Que foi?

— Vem aqui, vem aqui. Vem comigo.

Noel a levou pela escada, para longe dos amigos e do porão. Quando chegaram lá, ele disse:

— Estamos longe demais, não dá pra ouvir a música.

— Quê?

Eles desceram e pararam no meio do caminho. Noel trocou de lugar com Mags, para que ela ficasse um degrau acima.

— Dança comigo, Mags. Tá tocando a nossa música.

Mags inclinou a cabeça.

— "A Thousand Years"?

— Essa é a nossa música de verdade. Dança comigo.

— Como essa virou a nossa música?

— Estava tocando na primeira vez.

— Que primeira vez?

— Quando a gente se conheceu — ele disse, fazendo um movimento para ela se apressar.

— Na festa de Ano-Novo?

— É. Quando a gente se conheceu. Lá embaixo. No primeiro ano. Quando você salvou a minha vida.

— Nunca salvei a sua vida, Noel.

— Por que você sempre tem que estragar essa história?

— Você lembra a música que estava tocando quando a gente se conheceu?

— Sempre lembro a música que estava tocando. Em todos os momentos.

Era verdade, ele lembrava. Tudo o que Mags conseguiu pensar em dizer foi:

— Quê?

Noel grunhiu.

— Não gosto de dançar — ela disse.

— Você não gosta de dançar *na frente dos outros.*

— É verdade.

— Só um minuto. — Noel suspirou e correu lá para baixo. — Não sai daí — ele gritou.

— Nunca vou a lugar nenhum! — ela gritou de volta.

Mags ouviu a música começando de novo.

Noel correu escada acima. Ficou no degrau debaixo dela e ergueu as mãos.

— Por favor.

Mags suspirou e ergueu as mãos também. Não sabia muito bem o que fazer com elas.

Noel segurou uma das mãos dela, levou a outra ao próprio ombro e depois pegou na cintura de Mags.

— Minha nossa. Foi tão difícil assim?

— Não sei por que isso é tão importante pra você. Dançar.

— Não sei por que *isso* é tão importante pra você. Não dançar comigo.

Ela ficava um pouco mais alta do que ele assim. Os dois balançavam.

A mãe de Alicia apareceu.

— Ei, Mags. Oi, Noel. Está gostando da Notre Dame?

Noel puxou Mags para mais perto de si, deixando espaço para que a sra. Porter pudesse passar.

— Estou — ele disse.

— Vocês deram bobeira contra Michigan.

— Não jogo futebol americano.

— Isso não é desculpa.

Noel continuou segurando Mags depois que a mãe de Alicia passou.

Seu braço envolvia toda a cintura dela, e a barriga e o peito dos dois estavam colados.

Eles tinham se tocado muito, ao longo dos anos, como amigos. Noel gostava de toque. Era de abraçar. E fazia cócegas e puxava o cabelo. Pegava as pessoas no colo. E aparentemente beijava qualquer uma que erguesse as sobrancelhas para ele na noite de Ano-Novo...

Só que Noel nunca tinha tocado Mags *assim*.

Ela nunca tinha sentido a fivela do cinto dele eu sua cintura. Nunca tinha sentido a respiração dele na pele.

A sra. Porter foi embora, e Noel segurou Mags ainda mais perto. "A Thousand Years" voltou a tocar do começo.

— Você pediu pra pôr a música de novo? — Mags perguntou.

— Coloquei no repeat. Alguém vai tirar quando perceber.

— Essa música não era da trilha de *Crepúsculo*?

— Dança comigo, Mags.

— Tô dançando.

— Eu sei. Não para.

— Tá bom.

Mags se mantinha rígida, continuaria com as costas eretas mesmo se Noel a soltasse. Então resolveu parar com isso. Relaxou no abraço e deixou a mão escorregar pelo ombro dele. Voltou a tocar a nuca dele só porque queria — porque faltava alguma coisa ali.

— Você não gostou.

— Gostei, sim. Tá diferente.

— *Você* tá diferente.

Mags fez uma cara que dizia "ficou maluco?".

— Tá, sim — Noel disse.

— Tô igualzinha. Sou a única que continua igual.

— Você é quem mais mudou.

— Como?

— Sei lá. É como se você tivesse aberto mão de todos nós quando a gente foi embora... como se fosse você que tivesse se afastado.

— Até parece. Falo com você todo dia.

— Não é o suficiente. Nunca vi esse vestido.

— Não gostou?

— Não é isso. — Noel balançou a cabeça. Ela não estava acostumada a vê-lo desse jeito. Agitado. — Eu gostei. É bonito. Mas é diferente. Você tá diferente. Sinto que não consigo me aproximar o bastante de você.

Ele encostou a testa na dela.

Ela pressionou a testa na dele.

— A gente é muito próximo, Noel.

Frustrado, ele bufou.

— Por que você não tem namorado?

Mags franziu a testa.

— Talvez eu tenha.

Ele pareceu ficar arrasado e recuou a cabeça.

— Você não me contaria uma coisa dessas?

— Contaria. Claro que contaria, Noel. Eu contaria. Só não sei o que você quer que eu diga. Não sei por que não tenho namorado.

— Só vai piorar. Você vai continuar mudando.

— Bom, você também.

— Eu nunca mudo.

Mags deu risada.

— Você é um caleidoscópio. Muda sempre que eu tiro os olhos de você.

— Você não odeia isso?

Mags balançou a cabeça. Seu nariz roçou o dele.

— Eu adoro.

Eles pararam de se balançar.

— Acabou a dança?

— Não acabou, não. Nem vem, Margaret. — Ele soltou a mão dela e a abraçou. — Você não vai a lugar nenhum.

— Nunca vou a lugar nenhum — Mags sussurrou.

Noel balançou a cabeça, como se ela fosse uma mentirosa.

— Você é minha melhor amiga.

— Você tem muitos melhores amigos.

— Não tenho, não.

Mags passou os braços ao redor do pescoço dele. Encostaram ainda mais as testas. Ele cheirava a pele.

— Nunca é perto o bastante — Noel disse.

Alguém se deu conta de que a mesma música estava tocando sem parar e passou para a próxima.

Outra pessoa percebeu que Mags e Noel não estavam lá embaixo. Natalie foi atrás dele.

— Noel! Vem dançar comigo! Tá tocando a nossa música!

Era aquela música da Kesha.

Noel se afastou de Mags. Abriu um sorriso tímido para ela. Como se tivesse se comportado de um jeito meio bobo na escada, mas ela o perdoava, não perdoava? E havia uma festa, eles deviam estar na festa, né?

Noel desceu a escada e Mags o seguiu.

A festa tinha mudado na ausência deles. Todo mundo parecia um pouco mais jovem outra vez. As pessoas tiravam os sapatos e pulavam nos sofás. Cantavam a letra inteira de todas as músicas que sempre cantavam a letra inteira.

Noel tirou a jaqueta e jogou para Mags. Ela pegou no ar, porque era boa nisso.

Ele estava bonito.

Alto e branco. Vestindo um jeans vermelho-escuro que ninguém mais usaria. E uma camiseta que no ano passado teria ficado larga.

Ele estava bem bonito.

E ela o amava muito.

E não suportaria aquilo de novo.

Não suportaria ver Noel beijar outra pessoa do outro lado do porão. Essa noite não. Não suportaria ver alguém receber o beijo pelo qual ela vinha se esforçando tanto, desde o momento em que tinham se conhecido.

Por isso, alguns minutos antes da meia-noite, Mags pegou um punhado de castanhas e fingiu que estava indo para o corredor. Talvez porque precisasse ir ao banheiro. Ou talvez porque fosse dar uma olhada na calefação.

Então saiu pela porta dos fundos. Ninguém ia pensar em procurar por ela na neve.

Estava frio, porém Mags ainda segurava a jaqueta de Noel, e a vestiu. Ela se recostou na fachada da casa de Alicia e ficou comendo as castanhas — a sra. Porter fazia o melhor mix de castanhas do mundo — e ouvindo a música.

Até que o som parou, e iniciaram a contagem.

E era *bom* que Mags estivesse lá fora, porque doeria demais estar lá dentro. Sempre doía demais, e esse ano talvez acabasse com ela.

— *Sete!*

— *Seis!*

— Mags?

Era Noel. Ela reconheceu a voz.

— Margaret?

— *Quatro!*

— Aqui — Mags disse. E depois, um pouco mais alto: — Aqui!

Como ele era o seu melhor amigo, evitá-lo era uma coisa, mas se esconder dele era outra completamente diferente.

— *Dois!*

— Mags...

Então ela viu Noel, entre as ripas do deque ao luar. Seus olhos estavam brandos, as sobrancelhas, erguidas.

— *Um!*

Mags assentiu, e empurrou a parede com os ombros para levantar.

Porém Noel a empurrou — atropelando-a, abraçando-a e mantendo-a contra a parede ao mesmo tempo.

Ele a beijou com vontade.

Mags agarrou o pescoço dele, e os dois ficaram de queixo caído, a boca aberta e os rostos encostados.

Noel segurava os ombros dela.

Depois de alguns minutos — talvez mais do que isso, depois de um tempo —, ambos pareciam confiar que o outro não ia embora.

E pegaram mais leve.

Ao passar a mão nos cachos de Noel, Mags os afastou do rosto dele. Noel a imprensava, dos quadris aos ombros, e a beijava no ritmo de qualquer que fosse a música que estivesse tocando na casa.

Quando ele se afastou, ela ia dizer que o amava; ia pedir que ele não a soltasse.

— Não — Mags disse, quando Noel finalmente voltou a erguer a cabeça.

— Mags — ele sussurrou. — Meus lábios estão dormentes.

— Então não me beija. Mas não vai embora.

— Não... — Noel se afastou mais, e o corpo todo dela ficou gelado. — Meus lábios estão dormentes. Você comeu morango?

— Ai, meu Deus. Castanhas.

— Castanhas?

— De caju. E provavelmente outras.

— Ah — Noel disse.

Mags já o estava puxando para longe dali.

— Você trouxe alguma coisa?

— Tenho anti-histamínico no carro. Mas me deixa com sono. Acho que tô bem.

— Cadê as chaves?

— No bolso. — Ele apontou para Mags, para a jaqueta. Parecia que a língua tinha inchado.

Ela encontrou as chaves e continuou puxando Noel. O carro estava estacionado na rua, e o anti-histamínico ficava no porta-luvas. Mags viu Noel tomá-lo e depois ficou ali, de braços cruzados, aguardando o que viria.

— Tá conseguindo respirar?

— Tô.

— O que costuma acontecer?

Ele sorriu.

— Isso nunca aconteceu.

— Você sabe do que eu tô falando.

— A boca formiga. A língua e os lábios incham. Eu fico com urticária. Quer ver se tem urticária em algum lugar?

Aquele sorriso de lobo outra vez.

— E depois?

— Depois nada. Tomo o anti-histamínico. Tenho aquelas canetas de adrenalina autoinjetáveis, mas nunca usei.

— Vou ver se você tá com urticária.

Noel voltou a sorrir e estendeu os braços. Ela deu uma olhada. Levantou a camiseta listrada... Como Noel era branco. Estava todo arrepiado. E tinha umas sardas no peito que ela acabava de descobrir.

— Acho que não — ela disse.

— Já tô sentindo o remédio funcionar.

Ele baixou os braços para abraçá-la.

— Não me beija mais — Mags disse.

— Agora. Não vou te beijar mais *agora*.

Ela se inclinou para ele, com a têmpora no seu queixo, e fechou os olhos.

— Eu sabia que você ia salvar minha vida.

— Eu não precisaria salvar sua vida se não tivesse quase te matado.

— Baixa essa bola. São as castanhas que estão tentando me matar.

Ela assentiu.

Os dois ficaram em silêncio por alguns minutos.

— Noel?

— Oi?

Ela tinha que perguntar. Tinha que se forçar a perguntar.

— Você não estava só sendo melodramático?

— Eu juro que não fingiria uma reação alérgica, Mags.

— Não. Com o beijo.

— Foi mais do que *um* beijo…

— Com todos os beijos. Você não estava só… romantizando as coisas?

Mags se preparou para ouvir algo leviano.

— Não. E você não estava só fazendo a minha vontade?

— Nossa, não. Pareceu que eu estava?

Noel balançou a cabeça, e o queixo roçou a têmpora dela.

— O que estamos fazendo? — Mags perguntou.

— Não sei… O que eu sei é que as coisas precisam mudar, mas… não posso te perder. Não acho que arranjaria outra pessoa como você.

— Não vou a lugar nenhum, Noel.

— Vai, sim — ele disse, apertando-a. — E tudo bem. Só… preciso que me leve junto.

Mags não soube o que responder.

Estava frio. Noel tremia. Ela deveria devolver a jaqueta.

— Mags?

— Sim?

— Do que *você* precisa?

Ela engoliu em seco.

Nos três anos de amizade, Mags passou tanto tempo fingindo que não precisava de nada além do que ele já dava. Ela dizia a si mesma que havia uma diferença entre querer algo e precisar…

— Preciso que você seja a pessoa mais importante na minha vida. Preciso te ver. E te ouvir. Preciso que fique vivo. E preciso que pare de beijar outras pessoas só porque elas estão perto quando dá meia-noite.

Noel deu risada.

— Também preciso que você não ria de mim.

Ele afastou o rosto e olhou para Mags.

— Não precisa, não.

Ela deu um selinho no queixo dele.

— Você pode ter todas essas coisas — ele disse, com cuidado. — Você pode ter a mim, Mags, se me quiser.

— Sempre quis. — Ela ficou impressionada com o quanto isso era verdade.

Noel se inclinou para beijá-la na boca, porém ela ofereceu a testa.

Os dois ficaram em silêncio.

Fazia frio.

— Feliz aniversário, Mags.

— Feliz Ano-Novo, Noel.

ESCRITO NAS ESTRELAS

Escrito nas estrelas

Segunda-feira, 14 de dezembro de 2015

JÁ HAVIA DUAS PESSOAS SENTADAS DO LADO DE FORA DO cinema quando Elena chegou, então ela não seria a primeira da fila. Mas tudo bem. O importante é que estava lá — ia fazer aquilo.

Elena pegou o saco de dormir e a mochila cheia de livros, comida e lenços umedecidos e saiu do carro o mais rápido possível, porque a mãe parecia prestes a cometer uma última tentativa de fazê-la mudar de ideia.

A mãe baixou o vidro e franziu a testa para Elena.

— Não tô vendo o banheiro químico.

Elena tinha dito que haveria um banheiro químico.

— Eu dou um jeito — Elena disse, baixo. — Esses caras já devem ter ido ao banheiro.

— Eles são homens. Podem fazer xixi em qualquer canto.

— Eu seguro.

— Por quatro dias?

— Mãe. — Mas o que ela quis dizer foi: *Já tivemos essa discussão. Faz semanas que estamos falando disso. Sei que você não concorda, mas vou adiante.*

Elena deixou as coisas na calçada, atrás do garoto branco e alto que era o segundo na fila.

— Beleza — ela disse animada para a mãe. — Deixa comigo. Até quinta!

A testa da mãe continuava franzida.

— Te vejo depois do almoço. — Então fechou o vidro e saiu com o carro.

Elena se virou para os caras e abriu seu melhor sorriso de primeiro dia de aula. O garoto ao seu lado — que devia ter a idade dela, dezessete ou dezoito anos — nem a olhou. O primeiro era um homem branco e corpulento, com barba loira. Parecia velho o bastante para ser professor dela, e estava sentado em uma cadeira dobrável, com os pés apoiados numa geladeirinha.

— Oi! — ele disse, empolgado. — Bem-vinda a Star Wars! Bem-vinda à fila!

Ela logo ficou sabendo que aquele era Troy. Estava na fila desde a manhã de quinta.

— Eu queria investir pelo menos uma semana nisso, sabe? Pra ficar focado de verdade.

O garoto mais novo, Gabe, tinha chegado na quinta à noite.

— Um casal passou algumas horas com a gente no sábado — Troy comentou. — Mas eles acabaram voltando pra casa porque tinham esquecido os óculos escuros. Frouxos!

Elena não tinha trazido óculos escuros. Ela estreitou os olhos para o sol.

— Imagino que seja sua primeira fila — Troy disse.

— Como você sabe?

— Dá pra ver. — Ele riu. — Sempre dá. É a primeira fila de Gabe também.

— A gente tinha oito anos quando o último filme saiu — Gabe disse, sem tirar os olhos do livro.

— *A vingança dos Sith!* Não perderam grande coisa. Não chega aos pés do *Império.*

— Nada chega — Elena respondeu.

Troy ficou sério.

— Exatamente, Elena. Exatamente.

Bom, então... Elena achou que fosse ter mais gente ali.

O grupo que encontrou no Facebook — Acampamento Star Wars: Omaha!!! — tinha oitenta e cinco membros, fora ela, que ficava mais stalkeando. Esse era o cinema certo; os posts estavam bem claros. (Talvez o autor fosse Troy, inclusive.)

Elena tinha planejado se manter na fila mais como observadora. Chegou a pensar em ficar meio que aparecendo e desaparecendo na multidão até se situar. Até se acostumar com o ambiente. Era uma estratégia bem boa na maior parte dos eventos sociais: chegar, ficar num canto, esperar que uma pessoa quebrasse o gelo e ficasse sob os holofotes. Alguém sempre cumpria esse papel. Extrovertidos eram extremamente confiáveis.

No entanto, nem mesmo uma meio-trovertida como Elena tinha como passar despercebida numa multidão de três. (Embora o tal do Gabe com certeza estivesse tentando fazer isso.) Ela ia ficar quatro dias ali. Ia ter que falar com aquelas pessoas, pelo menos até que mais aparecessem.

— Tá com frio? — Troy perguntou.

— Na verdade, acho que tô um pouco vestida demais.

Elena estava com três camadas de roupa na parte inferior do corpo e quatro na superior, e ainda tinha levado uma jaqueta acolchoada, se precisasse. Caso a temperatura caísse vertiginosamente — o que seria inevitável, em um dezembro normal em Omaha —, ela teria que voltar para casa. A previsão, porém, estava otimista. (Valeu, aquecimento global?)

— No que eles estavam pensando quando marcaram a estreia do filme pra dezembro? — Troy comentou. — Não era na gente, isso eu garanto. *Maio.* — Ele balançou a cabeça. — É em maio que os filmes de Star Wars são lançados. Aí a fila já ia estar dando a volta no quarteirão.

— Melhor pra gente, acho — Elena disse. — Assim vamos ser os primeiros.

— Ah, eu seria o primeiro de qualquer maneira. Isso é tudo pra mim, sabe? — Ele pôs as mãos em volta da boca e gritou: — Isso é tudo pra mim!

Pra mim também, ela pensou.

Elena não conseguia lembrar da primeira vez que tinha assistido a um filme de Star Wars... assim como não conseguia lembrar da primeira vez que tinha visto seus pais. Star Wars sempre esteve presente. Ela tinha um Chewbacca de pelúcia no berço.

A trilogia original eram os filmes preferidos do pai, que praticamente sabia todos de cor. Por isso, quando era pequena — com uns quatro ou cinco anos —, Elena disse que aqueles eram seus filmes preferidos também. Porque ela queria ser igualzinha a ele.

Conforme foi ficando mais velha, começou a entender a saga de verdade. Tipo, passou de algo cujas falas Elena era capaz de recitar a algo que era capaz de sentir. Os filmes se tornaram dela. E assim foi. Não importava que Elena mudasse ou crescesse — Star Wars sempre fazia parte da vida dela, se renovando.

Ao descobrir que iam fazer episódios novos — sequências de verdade, com Han, Leia e Luke —, ela pirou. Foi então que decidiu que participaria da fila.

Ela não queria perder o momento. Não só esse momento no mundo, mas esse momento na sua vida.

Se o coração de Elena se partisse, escorreria Star Wars. Era um dia sagrado para ela, um evento cósmico. Seus planetas estavam se alinhando. (Tatooine, Coruscant, Hoth.)

E Elena estaria lá para assistir.

O pé esquerdo dela estava formigando.

Elena deu pisadinhas na calçada e levantou para dar pulinhos.

— Sua perna ficou dormente de novo? — Troy perguntou. — Tô preocupado com a sua circulação.

— Tá tudo bem. — Ela ainda batia o pé no chão.

Fazia apenas duas horas que tinha sentado, mas estava tão entediada que mal aguentava. E mal conseguia ficar de pé. Até seus vasos sanguíneos estavam no tédio.

Tinha levado vários livros. (O plano era reler os livros da série quando tivesse um momento de tranquilidade.) (O que até então foi o tempo todo.) No entanto, o vento ficava virando as páginas, e o papel refletia tanta luz do sol que fazia seus olhos lacrimejarem.

Nada disso parecia incomodar Gabe, que lia sem reparar na claridade, no trânsito, em Troy, em Elena ou na mãe de Elena — que passava devagar com o carro de tempos em tempos, como alguém tentando comprar drogas.

A "Marcha Imperial" começou a tocar, e Elena atendeu o celular.

— Não quer que eu te pegue? — a mãe perguntou. — Você pode voltar pra fila quando tiver mais meninas.

— Eu tô bem.

— Você nem conhece esses caras. Podem ser tarados.

— Não parece um bom lugar pra atacar — Elena sussurrou, olhando para Gabe, que continuava envolvido com o livro. Ele era bem branco, tinha cabelo cacheado cor de chocolate ao leite e bochechas rosadas. Parecia o primo magrelo do Clark Kent.

— Você sabe que precisa ter ainda mais cuidado. Parece tão nova.

— Já falamos sobre isso.

Elas já tinham falado bastante sobre aquilo.

"Você aparenta ter doze anos", a mãe dizia.

E Elena não podia negar. Era bem pequena. Podia comprar roupas na seção infantil. E o fato de que era vietnamita piorava a percepção dos não asiáticos. Sempre a confundiam com uma criança.

Mas o que ela podia fazer? Agir feito criança até parecer adulta? Começar a fumar e a passar mais tempo no sol?

"Não é porque pareço ter doze anos que você pode me tratar como se eu tivesse", Elena respondia. "Vou estar na faculdade no ano que vem."

— Você me disse que ia ter outras meninas — a mãe insistiu.

— Vai ter.

— Tudo bem. Eu te trago depois que elas chegarem.

— Tenho que desligar. Preciso economizar bateria.

— Elena...

— Tenho que desligar!

Ela desligou.

Os primeiros funcionários do cinema começaram a chegar por volta das duas horas. Um deles, que devia ser o gerente — um latino de trinta e poucos anos, vestindo calça e gravata bordô —, parou diante da fila e cruzou os braços.

— Chegou mais alguém, é isso?

Elena sorriu.

Ele não retribuiu o sorriso.

— Você sabe que dá pra comprar o ingresso pela internet, né?

— Já comprei meu ingresso.

— Então já tem lugar garantido. Não precisa fazer fila.

— Hum. Tudo bem.

— Você não vai conseguir convencer essa garota do contrário — Troy disse. — Ela é uma verdadeira fã.

— Não tô tentando convencer ninguém de nada — o gerente respondeu, irritado. — Só estou explicando que isso é desnecessário.

— As melhores coisas são desnecessárias — Troy retrucou. — Agora abre a porta. Minha bexiga vai explodir.

O gerente suspirou.

— Não tenho que deixar vocês usarem o banheiro, sabia?

— Nem vem, Mark. Tentaram fazer isso durante *A ameaça fantasma* e não funcionou.

— Eu devia te obrigar a ir correndo pra Starbucks — disse o gerente, indo destrancar a porta.

Troy levantou e fez a maior cena se alongando.

— A gente se reveza — ele disse para Elena. — Na ordem da fila.

Ela assentiu.

Mark, o gerente, segurou a porta para Troy, mas continuou olhando para Elena.

— Seus pais sabem que você tá aqui?

— Tenho dezoito anos.

Ele ficou surpreso.

— Ok, então. Você já é velha o bastante pra ter o direito de desperdiçar o próprio tempo.

Elena estava torcendo para que Gabe se abrisse um pouco na ausência de Troy. Fazia horas que os dois estavam sentados lado a lado, e ele só tinha dito algumas palavras. Ela achou que ele podia estar em silêncio porque não queria incentivar Troy a contar uma de suas histórias. (Troy tinha *muitas* histórias — ele acampou na estreia de todos os filmes desde *O Império contra-ataca* —, e ficava claramente feliz de ter um público.)

Gabe, no entanto, com seu casaco azul-marinho e seus óculos metálicos, continuou lendo sobre a história da paralisia infantil e ignorando Elena.

Quando Troy voltou com um saco gigante de pipoca, Gabe assentiu para ela.

— Pode ir.

— Tudo bem. Acabei de chegar.

Tudo bem nada. Ela estava com tanta vontade de fazer xixi que temia um vazamento caso levantasse.

Gabe não se moveu. Elena resolveu entrar no cinema. O gerente ficou de olho o tempo todo, como se ela fosse tentar se enfiar escondida numa sessão. (Deveria, porque estava *muito* quentinho lá dentro.)

Quando ela voltou para a calçada, Gabe foi.

— Temos que guardar o lugar dele — Troy falou. — E cuidar das coisas como se fossem nossas. São as regras da fila.

Ele apoiou a pipoca no saco de dormir de Gabe.

Elena pegou um pouco.

— O que é contra as regras? — ela perguntou.

— Como assim?

— Tipo, tem alguma circunstância que faz a pessoa perder o lugar?

— É uma boa pergunta. Bom, algumas coisas são óbvias. Se alguém vai embora sem avisar ou deixar algo como garantia, tá fora. E também tem um limite de tempo. Por exemplo, a pessoa não pode ir pra casa tirar uma soneca achando que vai ficar no mesmo ponto quando voltar. Enquanto todo mundo ficou aqui, fazendo valer o seu lugar, sabe? Não dá pra fazer isso. Apesar de que sempre existem exceções...

— Exceções?

— Somos humanos. Teve um cara na *Ameaça fantasma* que precisou sair porque tinha terapia. A gente guardou o lugar dele. Mas outro foi pro trabalho, disse que ia perder o emprego... Desse, a gente tirou a barraca.

— Sério? — Elena cuspiu pipoca sem querer, e catou do chão. — Pesado.

— Não — Troy disse, sério. — A vida é assim. Todos íamos perder o emprego. Passei três semanas acampado. Acha que tirei três semanas de férias? Do zoológico?

— Você trabalhava no zoológico?

— É preciso sacrificar alguma coisa pela experiência — Troy se recusou a desviar do assunto. — É por isso que estamos aqui. A gente deve deixar uma marca de sangue. Você ouviu o Mark. Se é só pra ver o filme novo, dá pra comprar o ingresso pela internet e esquecer isso até a hora da sessão. Mas, se é pra participar da fila, a pessoa tem que *participar* da fila, entende?

Elena assentiu. Gabe estava na calçada.

— Vocês acabaram de decidir que eu tô fora? — ele perguntou.

Troy deu risada.

— Não, cara, tá tudo bem. Quer pipoca?

Gabe pegou um punhado e sentou.

Fazia meses que Elena fantasiava com esse dia. Fazia semanas que estava planejando.

Ficar na fila não estava sendo como ela tinha imaginado.

Era mais como pegar o elevador com duas pessoas aleatórias. Ficar *presa* no elevador.

Elena estava esperando... bom, mais gente, claro. E mais farra. Uma festa!

Achava que seria como as fotos que tinha visto quando era criança no lançamento dos filmes da segunda trilogia. Todos os fãs celebrando na rua.

Na época, Elena era pequena demais para ficar na fila. O pai não a tinha deixado nem assistir aos filmes. Disse que ela era nova demais. E depois, quando Elena cresceu, disse que os filmes eram ruins demais. "Vão estragar seu amor por Star Wars. Eu bem que queria não ter visto."

Embora Star Wars já fosse a vida da Elena de dez anos, ela não conseguiu aproveitar a festa.

Agora estava com dezoito anos. Podia fazer o que quisesse. *Mas cadê a festa?*

A tarde foi ainda mais entorpecente do que a manhã.

A mãe passou de carro mais três ou quatro vezes. Elena fingiu não notar. Leu alguns capítulos de um livro da saga. Troy comentou que os volumes do universo expandido não eram mais canônicos.

— A Disney apagou tudo da linha do tempo.

Elena disse que não se importava, gostava deles mesmo assim.

Até que pessoas começaram a aparecer para as sessões noturnas, e Troy entrou numa briga com Mark por causa do refil da pipoca.

— Diz que o refil vale para o mesmo dia — Troy argumentou.

— A ideia original não era essa — Mark disse.

Elena continuou torcendo para que algumas das pessoas que se aproximavam do cinema se juntassem à fila — uns caras na casa dos trinta usando camisetas de Star Wars pareciam bons candidatos, e umas universitárias meio nerds —, porém todos passaram reto.

Elena estava só com a camiseta da princesa Leia, mas foi vestindo as outras camadas de novo conforme o sol ia se pondo.

Talvez a mãe estivesse certa. Talvez Elena devesse ir embora e voltar quando a fila aumentasse.

O que Troy diria? "Teve uma garota asiática que passou algumas horas com a gente, depois a mãe a levou pra casa."

Não, ela ia ficar. Se desistisse, não poderia voltar.

Ela se enrolou no saco de dormir e vestiu um gorro de lã com pompom vermelho, que subtraíam mais alguns anos da sua aparência.

A briga com Mark parecia ter deixado Troy para baixo. Ele pôs fones de ouvido e ficou vendo Netflix no celular. Elena olhou com inveja. Estava louca para usar o celular. Seu mundo todo estava lá. Seria muito mais fácil suportar ficar sentada no frio e no escuro se pudesse ler fanfics ou mandar mensagens para os amigos. Mas ela só tinha uma carga para os quatro dias. Pelo menos ainda havia luz para ler. Ela estava bem embaixo de um cartaz iluminado de Star Wars.

A mãe passou na frente do cinema às dez. Elena foi até o carro.

— Não estou gostando disso. Vão achar que você é moradora de rua.

— Ninguém vai achar isso.

— Os moradores de rua vão mexer com você.

— Provavelmente não.

— Falei com Dì Janet e ela disse que dá pra comprar ingresso pro filme na internet.

— Essa não é a questão.

— É só que… — A mãe coçou a têmpora. — Elena, essa deve ser a coisa mais idiota que você já fez na vida.

— Isso é bom, mãe. Pensa que poderia ser bem pior.

A mãe franziu a testa e entregou uma marmita.

— Responda às mensagens durante a noite.

— Vou responder.

Elena se afastou do carro.

— Não se preocupe com ela! — Troy gritou, mais para trás. — Ela tá em boas mãos!

A mãe de Elena ficou horrorizada. Mas ainda assim foi embora.

— Desculpa — Troy disse. — Piorei a situação? Eu só estava falando da fila.

— Tudo bem — Elena disse, voltando ao lugar.

Mark, o gerente do cinema, saiu mais uma vez para avisar que era a última chance de usarem o banheiro e comprarem comida, o que foi bem legal da parte dele.

Às onze, Troy já estava dormindo, esticado na cadeira e com um travesseiro inflável entre o corpo e a parede. Tinha se enrolado num cobertor de lã, inclinado a cabeça para trás e pronto.

Elena tinha planejado abrir o saco para dormir deitada. Isso quando imaginava que haveria mais algumas dezenas de pessoas. Com apenas três, era outra história. Fora que ela se sentia exposta sendo a última. Se pegasse no sono deitada, alguém poderia arrastá-la para longe e Troy e Gabe nem notariam.

Ela não tinha medo de Troy e Gabe. Troy ainda não tinha dito nada de pervertido. Nem mesmo sobre a princesa Leia. E Gabe não parecia nem um pouco interessado em Elena.

A mãe não confiava neles, mas a mãe não confiava em nenhum homem. Antigamente, só não confiava nos homens brancos. ("Eles são os piores. Cantam músicas do 2 Live Crew pra você e ainda esperam que dê risada.") No entanto, desde que ela e o pai de Elena se separaram, quatro anos antes, passou a estender sua antipatia a todos eles, principalmente no que se referia à filha. "Aprenda com meus erros", ela dizia.

Aprender o quê?, Elena se perguntava. A evitar os homens? Evitar o amor? Evitar radiologistas com réplicas de sabres de luz?

Em geral, quando a mãe dava esse tipo de aviso, Elena só assentia. Tipo: "Beleza, cara".

Porque não chegava a ser um problema. Evitar homens? Pode deixar! Isso nunca havia sido difícil para ela. Quando outras garotas reclamavam por ter que lidar com atenção indesejada, Elena não ficava com inveja, só curiosa. Como se atraía aquele tipo de atenção? E era possível atrair só um pouco? Comedida e controlada? Ou era uma questão de tudo ou nada, tipo uma torneira que depois de aberta não podia mais fechar?

Elena começou a bater os dentes, e nem estava tão gelado. Mas o frio do chão chegava até o saco de dormir, o jeans, a segunda pele e seus ossos.

— Você tem que pôr alguma coisa aí — Gabe disse. — Ou sair do chão.

Ela olhou para o que devia ser a bunda dele. Gabe ergueu a lateral do saco de dormir. Tinha dois ou três pedaços de papelão embaixo dele.

— Isso funciona?

— Ajuda.

— Bom, mas eu não trouxe papelão...

Gabe suspirou.

— Segura o meu lugar.

Ele saiu do saco, se afastou pela calçada e desapareceu atrás do cinema. Quando voltou, carregava algumas caixas grandes de papelão. De uvas-passas cobertas com chocolate. E balas azedas.

— Fica com o meu.

— Quê?

— Anda, a menos que você não queira ficar entre a gente. Troy é uma ótima muralha.

Levando as próprias coisas, Elena passou para o lugar de Gabe. Ele construiu um novo ninho rapidamente e voltou a se acomodar.

— Ajuda bem — Elena disse. — Obrigada.

Ela avaliou se estava se sentindo menos segura entre os dois desconhecidos do que no fim da fila. Não. Era mais ou menos igual.

— Você só quer que *eu* fique ouvindo as histórias de Troy — ela sussurrou.

— Podemos trocar de manhã.

— Você conhece ele? Troy?

— Não conhecia antes, mas passei os últimos quatro dias ao lado do cara.

Gabe pegou seu livro.

— Obrigada — Elena disse.

Ele não respondeu.

Terça-feira, 15 de dezembro de 2015

Era como se Elena não tivesse dormido, mas devia ter cochilado. Quando viu, estava jogada sobre a mochila, com baba fria no queixo.

— Star Wars! — alguém gritou de um carro.

— Star Wars! — Troy gritou de volta, erguendo o punho.

Isso, Elena pensou, *Star Wars*. Era do que essa experiência precisava: mais Star Wars.

Elena precisava se animar.

Podia não ser a demonstração pública, coletiva e triunfante de afeto que vinha esperando, mas ainda podia ser *alguma coisa*. Ainda poderia ser memorável. Ela ia fazer com que fosse.

— Quais são as regras para a Starbucks? — ela perguntou.

— É totalmente aceitável, desde que você traga alguma coisa pra gente também.

Elena andou os seis quarteirões até a Starbucks e passou um tempo no banheiro, desenhando Yodas nas bochechas. No caixa, deu nome de personagens para os pedidos. Troy era o almirante Ackbar, Gabe era o general Dodonna e Elena era Mon Mothma.

Quando voltou para a fila, ela cuidadosamente tirou uma selfie no celular com os dois atrás dela. Gabe nem olhou para a câmera, mas Troy posou. *Terceira da fila!*, ela postou no Instagram. Soava muito melhor do que *Última da fila!*

— Gostei do desenho no rosto — Troy disse. — Eu tenho uma fantasia, mas vou guardar pra noite da estreia.

— Você sempre usa fantasia na estreia? — Elena perguntou.

— Ah, sim. Em geral acampo com ela.

— Quero ouvir sobre as suas fantasias.

— Sobre as fantasias das estreias? Ou todas as minhas fantasias de Star Wars, incluindo pro Halloween e pro Quatro de Maio?

— Queremos ouvir sobre *todas* — Elena disse, olhando para Gabe. — Né?

Gabe olhou como se Elena estivesse louca.

Depois que eles ouviram sobre as fantasias de Troy, Elena perguntou sobre os melhores e piores momentos das filas anteriores. Então sugeriu um jogo de perguntas e respostas sobre Star Wars, que ela logo percebeu que não era uma boa ideia, porque não conseguia responder nada sobre os episódios de I a III, e não queria que Troy e Gabe descobrissem que ela não tinha visto.

Elena já podia ter feito isso àquela altura. Podia ter assistido a todos depois que o pai se mudou para a Flórida, mas sentia que seria uma traição. Mesmo que o pai a tivesse traído primeiro indo embora, ela não tinha vontade de ver a segunda trilogia só para se vingar. Isso, sim, estragaria seu amor por Star Wars. "Um jedi usa a Força para conhecimento e defesa, nunca para ataque", como dizia Yoda.

A mãe de Elena passou mais algumas vezes ao longo da manhã. A garota só acenou para o carro e tentou passar a impressão de que estava se divertindo muito.

Ninguém mais entrou na fila.

O ponto alto da tarde de terça-feira foi quando um fotógrafo de jornal apareceu para tirar uma foto deles.

— Estou procurando pela fila pra ver Star Wars — Ele segurava uma câmera enorme com uma lente preta igualmente grande.

— Somos nós! — Troy disse.

— Ah. — Ele estreitou os olhos. — Achei que fosse ter uma fila de verdade, com pessoas fantasiadas.

— Volta na noite da estreia — Troy respondeu. — Você vai ficar impressionado com a minha fantasia de Poe Dameron.

O fotógrafo olhou para as bochechas de Elena.

— É o Shrek?

— É o Yoda — Gabe retrucou. — Pelo amor de Deus.

No fim, o cara tirou uma foto de Troy mostrando uma foto de si mesmo em uma fila muito mais interessante quinze anos antes.

Foi uma humilhação para cada um deles e para a fila como um todo.

(Argh. Não era uma fila. Eram só três nerds passando frio.) (Eram três otários que apareceram para uma festa que nem existia.) (Eles eram estatisticamente insignificantes!)

Depois que o fotógrafo foi embora, Elena não puxou outra conversa animada. Gabe pediu licença pra dar uma volta no quarteirão. Troy ficou vendo TV no celular.

Elena pegou o seu só para tirar uma foto dos tênis floridos. *Minhas pernas vão ficar dormentes pra sempre*, postou. *#DramasDaFila*. Então guardou o celular, antes que começasse a se distrair na internet.

Quando Gabe voltou, estava com uma careta que Elena nunca tinha visto em outro ser humano. Nem mesmo na mãe.

Foi a tarde mais longa da vida dela.

Na noite de terça, um desânimo profundo tomava conta. Como o de Luke olhando para os dois sóis de Tatooine.

Elena escondia o rosto sempre que alguém entrava no cinema. Só se animou quando a mãe passou, por volta das dez. Para manter as aparências.

Ao ir até o carro, o corpo todo de Elena pareceu entorpecido pelo frio e pela falta de movimento. A mãe estendeu uma bolsa de água quente pela janela.

— Aqui.

Estava tão quente que Elena deixou cair.

— Obrigada — ela disse, pegando do chão.

— Não acho que George Lucas fosse querer que você passasse por isso.

— Eu não sabia que você sabia quem é George Lucas.

— Por favor. Eu assistia Star Wars antes de você nascer. Seu pai e eu vimos *O Império contra-ataca* no cinema cinco vezes.

— Sortuda.

— George Lucas tem filhas. E não ia querer que nenhuma garota morresse congelada pra provar lealdade.

— Isso não tem nada a ver com George Lucas. Ele nem tá muito envolvido com a trilogia nova.

— Vamos pra casa. Podemos ver *O Império contra-ataca* tomando chocolate quente.

— Não posso. Vou perder meu lugar na fila.

— Acho que seu lugar vai continuar aí amanhã de manhã.

— Boa noite, mãe.

Ela suspirou e entregou um copo grande da Starbucks.

— Fica quentinha. Vou tirar o celular do silencioso caso mude de ideia à noite.

Elena sentou com o café e pôs a bolsa de água quente dentro do saco de dormir. A sensação foi *maravilhosa.*

— Liga pra sua mãe — Gabe disse, sem emoção na voz. — Quero ver *O Império contra-ataca* tomando chocolate quente.

Ela se deu conta tarde demais de que o café fazia parte de uma armadilha da mãe.

Eram duas da manhã, e Elena ia fazer xixi na calça. Ela olhou para a fila. Troy, como uma múmia, estava enrolado em sacos de dormir e cobertores de lã. Gabe tinha abraçado os joelhos e abaixado a cabeça já fazia algumas horas.

Elena tinha dormido. Mal. Sentia-se meio grogue e indisposta. A bexiga doía. Ela ficou se remexendo. Gabe levantou a cabeça.

— O que foi? Tá com frio?

— Não. Quer dizer, tô, claro. Mas não é isso. Vou fazer xixi na calça.

— Não faz isso.

— *Não consigo mais segurar.* O que posso fazer?

— Vai em algum lugar.

— Onde?

— Não sei. Atrás de um carro ou coisa do tipo.

— Isso é ilegal. E nojento!

— Não tanto quanto fazer xixi na calça.

Elena fechou os olhos.

— Aaaaaahhhh. Onde vocês têm feito xixi?

— No cinema.

— Vocês nunca ficam com vontade à noite?

Ele deu de ombros.

— Não.

Elena sentiu lágrimas escorrendo pelas bochechas.

— Não chora. Não vai ajudar.

Ela continuou chorando. Ia acontecer a qualquer momento.

— Tá — Gabe levantou. — Vem comigo.

— Aonde vamos?

— Levar você pra fazer xixi.

— Não podemos sair sem avisar Troy. É contra as regras.

— Também é contra as regras sujar a fila. Vamos.

Gabe pegou um copo bem grande de coca de Troy. Elena levantou com cuidado e o seguiu até os fundos do cinema.

— Tá — ele segurava o copo. — Vai atrás da lixeira, faz xixi aí e depois joga fora.

— E se tiver câmeras? — Elena perguntou, pegando o copo.

— Não posso te ajudar com isso. Não estamos no *Missão Impossível.*

— Mas e se sair mais que isso? Não sei quanto xixi tenho em mim.

— Se coubesse mais de um litro e trezentos na sua bexiga, você não precisaria ir no banheiro o tempo todo.

Ela ficou ali, mordendo o lábio.

— Elena.

— Oi?

— Você não tem opção. Faz xixi aí.

— Tá. — Ela seguiu atenta até o outro lado. — Não quero que você ouça!

— É a primeira vez que você faz xixi perto de outro ser humano?

— De um garoto, é! — ela gritou.

— Não pedi pra estar aqui! — Gabe gritou de volta, então começou a cantarolar a "Marcha Imperial".

O que fez Elena sentir que a mãe chegaria a qualquer minuto.

Ela baixou as camadas de roupa uma a uma e se posicionou acima do copo, tentando não encostar nele e não deixar respingar, ainda meio que chorando. Gabe continuou cantarolando alto. Quando terminou, Elena tapou o copo e voltou.

— Pronto.

— Eca. Era pra você jogar isso fora.

— Vou jogar num bueiro! Pra não sujar ninguém.

— Você que sabe.

Depois que se livrou do xixi e do copo, ela voltou a sentar ao lado dele e procurou um lenço umedecido na mochila.

— Eu deveria ir pra casa — ela disse, limpando as mãos.

— Tá com vontade de fazer xixi outra vez?

— Não.

— Então por quê?

— Bom, tá na cara que não tô preparada para isso! — Ela abriu as mãos, se referindo ao frio, à fila, à lata de lixo, ao bueiro… — E não tá sendo como eu pensei.

— Como você pensou que seria?

— Não sei... *divertido.*

— Você tá acampando na calçada com desconhecidos. Por que seria divertido?

— Sempre *parece* divertido. Nas fotos. Tipo, acampamentos de verdade. Pessoas se conhecendo e ficando amigas pro resto da vida. Fazendo tatuagens juntas.

— Quer fazer uma tatuagem com Troy?

— Você entendeu o que eu quis dizer. — Ela jogou o lenço umedecido amassado no chão. — Achei que fosse ser uma celebração, uma maneira de dividir minha empolgação com outras pessoas igualmente empolgadas por Star Wars. Tipo nas histórias do Troy. Tipo quando eles passaram duas semanas acampados para ver *O retorno de jedi* e terminaram com almas gêmeas e apelidos. As pegadinhas durante os dias! As batalhas de sabre de luz!

— Você ainda pode ganhar um apelido. Agora tô pensando em algo envolvendo xixi. Ou copos.

Elena puxou ainda mais o saco de dormir em volta do corpo.

— A boa e velha Xixi-no-Copo — Gabe disse.

— Por que você tá aqui? Se já sabia que ia ser péssimo.

— Tô aqui porque amo Star Wars. Que nem você.

Ele abraçou os joelhos e voltou a abaixar a cabeça.

— Mas você nem fala comigo. Com nenhum de nós dois.

Gabe bufou, debochado.

— Não, sério — ela disse. — Qual é o sentido de ficar na fila se não vai viver a experiência com outras pessoas?

— Talvez eu só não queira viver a experiência com *vocês*. Já pensou nisso?

— Minha nossa. — Elena fez uma careta. — *Não.* Não pensei nisso. É verdade? Por que você é mau desse jeito?

— Não é verdade — ele resmungou, erguendo a cabeça. — Só tô cansado. E não sou... muito sociável. Sinto muito por não estar à altura das suas expectativas.

— Eu também.

Ela soprou as mãos depois de esfregar uma na outra.

— Por que seus amigos não vieram com você? — Gabe perguntou. — Aí você poderia fazer sua festa.

— Não tenho nenhum amigo que goste de Star Wars.

— Todo mundo gosta de Star Wars. Todo mundo gosta de tudo ultimamente. O mundo todo é nerd.

— Você tá bravo porque outras pessoas gostam de Star Wars? Tá bravo porque pessoas *como eu* gostam de Star Wars?

Gabe olhou feio para ela.

— Talvez.

— Bom, meus amigos gostam de Star Wars, sim. Vão ver no fim de semana. Só não gostam como eu gosto. Não ficam com friozinho na barriga.

— Por que Star Wars te deixa com friozinho na barriga?

— Não sei. Mas é muito importante pra mim.

— Eu não estava insinuando que você é uma nerd poser.

— Eu não disse que você estava.

— Tipo, já ficou claro que você conhece a trilogia original até do avesso. Isso nem é importante, mas deu pra ver.

— Eu que ainda tenho que descobrir se você é um nerd poser. — Ela puxou as mangas para cima.

Ele riu, e ela tinha noventa por cento de certeza de que não era uma risada sarcástica.

— Sabe o que me incomoda? — Ele parecia um pouco menos bravo, mas ainda frustrado. — Sou nerd, certo? Tipo, tá na cara. Sou um nerd clássico. Odeio esportes. Decorei todas as músicas do Weird Al. Não sei falar com a maioria das pessoas. Provavelmente vou acabar trabalhando com computação. Tipo, são estereótipos, mas no meu caso é verdade. Sou assim. E a questão da cultura nerd é que agora ela tá tão disseminada que os nerds não têm mais um lugar onde podem ser nerds com outros nerds, sem ser o tempo todo lembrados de que são nerds. Consegue entender?

— Mais ou menos.

— Tá. Então. Se eu for ver futebol americano com uma galera na casa do meu irmão, sou nerd porque não sei nada sobre futebol americano. Se sair pra dançar com um amigo que gosta de dançar... bom, eu não danço, e não gosto de música alta, então sou nerd. Só que agora, mesmo que eu vá ver um filme de HQ, o mundo inteiro vai também, então eu continuo sendo nerd. Achei que na *fila* pra ver *Star Wars* eu estaria seguro — ele abriu as mãos, como Elena tinha feito. — Tipo, não era para eu me sentir um perdedor na fila pra ver Star Wars. Não era para eu ter que passar quatro dias sentado do lado de uma *garota popular.*

— Epa. Não sou nem um pouco popular.

— Até parece...

Elena ergueu o dedo indicador.

— Me sinto na obrigação de dizer que todo mundo deveria ser bem-vindo na fila de Star Wars, sendo socialmente bem-sucedido ou não, mas também: *cara.* Eu sou muito nerd! Pra mim, essa deveria ser uma oportunidade de conversar com pessoas que não me julgam por eu ficar desconfortável em literalmente qualquer outra ocasião.

— Isso não é verdade — Gabe revirou os olhos.

— É, sim.

— Você tem amigos. Tem seu grupinho. Anda pelo corredor da escola como se fosse dona do lugar.

— Acho que você me confundiu com uma personagem de *Meninas malvadas.* E isso quer dizer que você não tem amigos na escola? Já pensou que talvez seja porque essa sua cara fechada afasta as pessoas?

— Eu tenho amigos. Não é essa a questão.

— Então você tem *amigos*, mas acha que eu tenho um *grupinho.*

— Posso apostar.

— Eu acho que você está projetando seu problema com garotas em mim.

Gabe voltou a revirar os olhos.

— Entendi que você tinha dificuldade de falar com pessoas. Mas claramente não tem problema nenhum pra falar comigo.

— Tô tendo *vários* problemas pra falar com você.

— Então tá, para de falar.

Gabe estava mesmo bravo? Ela não sabia.

Elena estava mesmo brava? Ela também não sabia.

Sim. *Sim*, Elena *estava* brava. Quem era Gabe para analisá-la assim? Ele nem a conhecia. E não estava nem dando o benefício da dúvida; enquanto tudo que ela vinha fazendo nas últimas trinta e seis horas era justamente dar o benefício da dúvida.

— Só pra constar — ela disse, sem olhar para ele —, eu não pensei *Cara, esse Gabe é muito nerd* nem uma vez desde que cheguei.

Ele não disse nada.

Elena se contorceu. Apertou ao máximo o saco de dormir em volta do corpo e acomodou as pernas.

— Já entendi. Você me acha um babaca.

— Não. Eu acho, mas… preciso fazer xixi outra vez.

— Você acabou de fazer.

— Eu sei, não consigo evitar. Às vezes vem em ondas.

— Não dá pra esperar?

— *Não.*

Gabe suspirou e levantou.

— Vamos. De volta à lixeira.

— Eu joguei o copo fora! — Elena disse.

— Você ainda tem a bolsa térmica…

— *Não.*

Gabe ficou estalando a língua, como se refletisse. Elena começou a revirar a mochila. Tudo o que tinha trazido estava em sacos plásticos.

— Ahá! — Gabe disse. Ele encontrou o copo da Starbucks atrás do saco de dormir dela. — É perfeito. Já tem até seu nome.

Eles deixaram os pertences e foram para os fundos do cinema. A segunda vez não foi menos humilhante para Elena.

— Você com certeza vai ganhar um apelido — Gabe disse, quando eles voltaram a sentar.

Elena retornou ao saco de dormir, se sentindo mais inacreditavelmente cansada do que inacreditavelmente desconfortável, como se talvez fosse conseguir dormir de verdade.

— Nasci na época errada — ela disse. — E no clima errado. Deveria ser 1983, e eu deveria estar sentada do lado de fora do Chinese Theatre, em Hollywood.

— Também tem gente acampada do lado de fora do Chinese Theatre agora. Troy falou que é tudo uma única fila.

— Devo ser a última daquela também.

Elena deu as costas para Gabe e pegou no sono.

Quarta-feira, 16 de dezembro de 2015

— O despertar da Força! — Troy gritou.

Elena puxou o gorro para cima dos olhos.

— Vamos, Elena — Troy disse. — A gente queria que você fosse buscar café de novo.

— Porque sou mulher?

— Não. Porque você já deve estar precisando fazer xixi — Gabe disse.

Ela estava mesmo.

— Beleza, o que vocês querem?

Vinte minutos depois, ela ficou olhando para si mesma na fachada da Starbucks. Já estava começando a parecer alguém que dormia na rua e se lavava em banheiros de cafés.

Havia um morador de rua de verdade sentado na calçada da Starbucks quando Elena entrou. Se sentiu bizarra por estar fazendo isso pela diversão. (E nem estava sendo divertido!)

Ela disse à pessoa no caixa que os nomes eram Tarkin, Veers e Ozzel.

— O lado sombrio da força tá predominando hoje, né? — Troy perguntou quando ela entregou o copo.

— Pois é — ela disse, sentando. — Medo, raiva, ódio, sofrimento...

— Menos um dia — Troy disse. — Só falta um. *Só falta um!* Não consigo acreditar que a gente esperou dez anos por isso. E, sinceramente, nunca achei que fosse acontecer. Uma sequência *de verdade*...

— Qual é seu filme preferido? — Gabe perguntou, o que não era do seu feitio.

Elena olhou para ele.

— É como me perguntar qual é o meu filho preferido — Troy disse.

— Você tem filhos? — Elena perguntou.

— Hipoteticamente, digo — Troy respirou fundo. — É difícil, muito difícil. Mas vou ter que escolher *O Império contra-ataca*.

Meia hora se passou com Troy justificando a escolha. Em vários momentos, ele considerou mudar a resposta, mas acabava sempre voltando a Hoth.

— E você, Elena? — Gabe perguntou afinal.

Ela franziu a testa para ele. Desconfiada.

— *Império*. Por todos os motivos que Troy falou. E o beijo. E o seu?

— O episódio VI.

— *Jedi*? — ela questionou.

Ele assentiu.

— É uma boa escolha — Troy disse. — Muito boa.

Gabe não se explicou. Ele voltou a virar para ela.

— E de qual você menos gosta?

— Por que tenho que responder primeiro?

— Você não tem que responder primeiro — ele retrucou.

Ela segurou o café com as duas mãos.

— Não, tudo bem. *Jedi*. Ainda amo. Mas é esse.

Troy reagiu como se tivesse levado um tiro.

— *Jedi*?

Gabe também ficou chocado.

— Você acha que o episódio VI é pior do que o II? Pior do que Anakin e Padmé brincando no meio dos shaaks?

— Os shaaks! — Troy exclamou. — Geonosis!

Nada disso fazia sentido para Elena. Ela não queria ser pega. Mordeu o lábio.

— Eu nem estava pensando na trilogia mais recente. Você disse o que menos gosta, não o pior.

— Ahhh, você disse mesmo — Troy confirmou.

— Verdade — Gabe disse.

Eles passaram ao filme de que Troy menos gostava (o episódio III — "pra mim foi violência gratuita") e depois ao filme de que Gabe menos gostava (o episódio II — "amor nos campos de Naboo").

Até que Troy teve que atender a uma ligação da namorada.

— Então — Gabe disse a Elena —, qual é seu personagem preferido?

— O que estamos fazendo?

— Falando de Star Wars.

— Por quê?

— Achei que fosse o que você queria.

— Ah, agora você está tentando me dar o que eu quero?

Gabe suspirou.

— Não exatamente. É só que... talvez você estivesse certa.

— Quando?

— Quando disse que, se a gente tá nessa fila, é pra se empolgar com Star Wars com outras pessoas que também amam Star Wars.

— Claro que eu estava certa. É óbvio que é por isso que as pessoas acampam assim. Ninguém sai de casa pra ficar do lado de fora de um cinema a semana toda e ignorar os outros fãs.

— Eu estava errado — Gabe admitiu. — Tá bom?

— Tá bom — Elena disse, com cautela.

— Então, qual é o seu personagem preferido?

— Você provavelmente vai achar sem graça.

— Não sou um babaca.

— Babacas não decidem se são babacas. Quem tem que julgar isso são seus pares.

— Discordo. Não me identifico como babaca, aí não vou agir como um.

— Tá. A princesa Leia.

— Ótima escolha.

Ela continuava desconfiada.

— E você?

O lance de Gabe estar sendo legal com Elena por motivos desconhecidos e suspeitos era... que ele continuava sendo legal. E interessante. E engraçado. E uma boa companhia.

Ela esquecia que era tudo fingimento e possivelmente uma armadilha — e acabava se divertindo.

Todos estavam se divertindo agora.

— Com licença — alguém disse, interrompendo uma discussão animada sobre para quem cada um deles compraria uma bebida na lanchonete.

A fila toda olhou. Havia duas mulheres na calçada, com caixas de padaria nas mãos. Uma delas pigarreou.

— Ficamos sabendo que tinha gente acampada aqui pra estreia...

— Somos nós! — Troy disse, só um pouco menos entusiasmado do que no dia anterior.

— Cadê os outros? Nos fundos? Vocês se revezam?

— É só a gente — Elena disse.

— Somos as donas do Cupcake Gals — a outra mulher se pronunciou. — Pensamos em trazer cupcakes temáticos. Pra fila.

— Ótimo! — Troy disse.

As donas do Cupcake Gals continuaram segurando firme as caixas.

— É que… — a primeira mulher voltou a falar — … íamos tirar uma foto com a fila e postar no Instagram.

— Deixa comigo! — Elena disse.

Os cupcakes não iam a lugar nenhum. Não enquanto Elena estivesse ali.

Ela tirou uma selfie dos três, das donas da loja e de uma funcionária do cinema, todos segurando cupcakes de Star Wars — ficou parecendo um close de uma multidão — e prometeu publicar em todas as suas redes. A luz estava perfeita. Por causa da hora, nenhum filtro foi necessário. #CupcakeGals #ODespertarDaFome #DeLEIAcioso

As moças ficaram supersatisfeitas e deixaram as duas caixas para eles.

— É a primeira vez que fico feliz por estarmos só os três aqui — Elena disse, pegando seu segundo cupcake, com cobertura de Chewbacca.

— Você salvou a gente — Gabe disse. — Aquelas mulheres iam levar tudo embora.

— Pois é — Elena concordou. — Deu pra ver nos olhos delas. Mas eu não ia deixar que nada me impedisse de fazer as duas mudarem de ideia.

— Ainda bem que elas se contentaram com uma selfie — Gabe ponderou. O cupcake dele tinha a cara do Darth Vader e deixou sua língua preta.

— Tiro ótimas selfies — Elena comentou. — Ainda mais considerando meus braços curtos.

— Excelente trabalho — Troy disse. — Você vai ser uma ótima provedora para alguém no futuro.

— O futuro é hoje — ela disse, se recostando na parede do cinema. — De nada, galera.

— Hum… — Troy esticou as pernas. — Me deu até sono.

— Quantos você comeu? — Gabe perguntou.

— Quatro. Acabei com o Conselho Jedi. É hora da sonequinha. Depois a Força desperta.

Aquele vinha sendo o dia mais quente. Elena se perguntou se poderia dar uma dormidinha também. Melhor não. Parecia mais estranho dormir na rua no meio do dia do que à noite.

— Nunca vi ninguém odiar a segunda trilogia tanto quanto você — Gabe disse, lambendo o dedão. — Esses cupcakes são bem bons. Você deveria tuitar sobre eles de novo.

— Não odeio a segunda trilogia.

— A única personagem dela que você colocou no seu ranking dos trinta melhores foi a rainha Amidala.

Era a única personagem da segunda trilogia que Elena conhecia.

— Só ódio explica — ele concluiu.

— Tá bom. Sinto que tô te devendo uma, já que você me ajudou ontem à noite.

— E tá mesmo. Mesmo não sendo uma questão de vida ou morte, impedi que você se mijasse nas calças *duas vezes.*

— Então vou te contar um segredo. Mas você tem que prometer que não vai usar contra mim.

Gabe se esticou por cima das pernas de Elena para pegar outro cupcake.

— Que tipo de segredo vergonhoso você pode ter envolvendo a segunda trilogia? Por acaso você que criou o Jar Jar Binks?

— Promete ou não?

— Prometo, claro.

— Nunca vi a segunda trilogia.

— *Quê?* — Gabe cuspiu migalhas em ambos. Elena tirou algumas do cabelo. — Como foi que isso aconteceu?

— Isso *não* aconteceu. Nunca vi os filmes.

— Ia contra suas crenças? Você é uma daquelas fãs puristas?

— Mais ou menos. Meu pai é. E não me deixou ver.

— Ele te trancou numa torre?

— Não. Só disse que os filmes eram horríveis. E que… iam *estragar* meu amor por Star Wars.

— E você nunca pensou em ver mesmo assim?

— Na verdade, não. É o meu *pai*.

— E o que ele acha da trilogia nova? Você veio escondida?

— Não sei. Não tive mais notícias dele.

Gabe pareceu confuso.

— Ele tá meio que na Flórida.

— "Meio que na Flórida" seria um ótimo nome pra nossa banda.

— Não conta pro Troy.

— Não vou contar. Ele provavelmente faria a gente ver os três episódios no celular.

Elena baixou os olhos.

— Agora você deve estar convencido de que sou mesmo uma nerd poser.

— Tento não pensar nas pessoas nesses termos. E, na verdade, talvez isso te torne a nerd suprema de Star Wars. Uma espécie de hipster de Star Wars. Tipo quem só ouve discos de vinil.

— Você acha que eu deveria ver a segunda trilogia?

— Sei lá. Bom, eu veria. Não ia aguentar saber que tem mais Star Wars por aí que eu não consumi. Você pode ver o dobro do que já viu.

— Esses filmes estragaram seu amor por Star Wars?

Gabe abriu um sorriso no melhor estilo Han Solo.

— Eu já estava estragado, querida.

Os dois riram. Esse não era o Gabe com quem ela tinha passado dois dias sentada.

— Não sei bem. — Ele ficou sério. — Vi a segunda trilogia antes da original.

— Quê? — Foi a vez de Elena ficar chocada. — Isso é muito errado. É uma blasfêmia.

— Não é, não! Acho que a intenção de George Lucas sempre foi essa. É a ordem certa.

— George Lucas não faz ideia de quais eram as próprias intenções. Não consegue nem decidir quem atirou primeiro.

— Vi a segunda trilogia no cinema. Quando era pequeno. Foi incrível.

— E o que acha agora?

— É o meu primeiro amor. Não consigo ter uma visão crítica.

Elena abraçou o próprio corpo.

— Acho que nunca vou ver esses filmes. Sinto que estaria decepcionando meu pai. É como se ele pudesse aparecer um dia pra perguntar se vi *O ataque dos clones*, só pra sumir de novo se eu disser que sim.

Gabe ficou pensativo.

— Então... você não se importa se eu te contar a história?

— Acho que não. Tipo, já sei o que acontece.

Gabe se endireitou e ergueu as mãos.

— *A República Galáctica está em grande tumulto...*

Quando Troy acordou da soneca, nem perguntou o que estavam fazendo. Só entrou na onda. Ele fazia um Yoda *impressionante*.

— Eu sabia que você não tinha visto — Troy confessou a Elena. — Sua compreensão do Senado Galáctico tinha falhas óbvias.

A namorada de Troy, Sandra, levou pizza aquela noite e se juntou à reencenação. Ela disse que eles precisavam voltar um pouco para ficar claro para Elena como Obi-Wan era gato.

— *Ewan McGregor.* — Ela suspirou. — Fiz Troy deixar a barba crescer depois do segundo filme.

— Também cultivei uma trança de Padawan.

Troy, Sandra e Gabe reencenaram uma batalha de sabres de luz que fez os olhos de Elena lacrimejarem, provavelmente porque os três cantavam a música de John Williams ao mesmo tempo. (Elena conhecia as músicas, porque tinha ouvido as trilhas sonoras.)

Algumas pessoas saindo do cinema paravam para ver. Elena tirou uma foto de Gabe no chão. (#Épico #AQueda #NaFila) Todos aplaudiram.

Quando a multidão se dispersou, Elena notou a mãe estacionada. Levantou rápido e correu até lá.

— Vai voltar pra casa?

— Não. Vai entrar na fila?

— De jeito nenhum. Você herdou a maluquice do seu pai, não de mim.

A noite estava limpa e fria. Sandra tinha conseguido convencer Mark, o gerente, a encher a bolsa de Elena com água quente da máquina de café. A garota a abraçava dentro do saco de dormir.

— Ei — Gabe disse —, tenho um negócio pra você.

— O quê?

Ele entregou um copo de *O despertar da Força* do cinema.

— Hoje você pode fazer xixi num item de colecionador.

— Engraçadinho. Acabaram os cupcakes?

Gabe passou a caixa. Restava apenas um. C-3PO parecia bastante solitário. Elena pegou o celular e tirou uma foto. Então entrou no Instagram. *#OÚltimoAndroide*

Ainda tinha setenta por cento de bateria. Considerando que faltavam apenas vinte e quatro horas, ela se permitiu ler os comentários nas fotos dos últimos dias.

Seus amigos tinham curtido todas e feito comentários engraçadinhos. Elena estava morrendo de saudade deles. (Não que Troy e Gabe não fossem ótimos. Ela com certeza ia sentir saudade dos dois também.) (Até de Gabe.) (Principalmente de Gabe.)

O primeiro post, de segunda-feira, tinha recebido mais comentários. A foto da fila.

É o Gabe?, alguém escreveu.

GABEZERA.

É o Nerdola!, Jocelyn, amiga de Elena, comentou. *NERDOLA-OLA.*

Nerdola?, Elena pensou.

Ela mandou uma mensagem para Jocelyn. *Quem é Nerdola?*

Nerdola!, Jocelyn escreveu de volta. *Da turma de espanhol. Ele senta nos fundos. É meio nerdzão.*

Por isso o apelido?

Sei lá, Jocelyn respondeu. *NERDOLA-OLA. Manda um oi.*

Elena olhou para Gabe. Ele era mesmo familiar...

Jocelyn inventava apelidos, em geral maldosos, para todo mundo. Nerdola-ola, o que quer que significasse, era até tranquilo. Depois de conhecer Jocelyn direito, dava para sacar que ela não era maldosa de verdade. Só se achava mais engraçada do que de fato era. E não conseguia ficar quieta. Precisava preencher cada segundo de silêncio com brincadeirinhas idiotas.

Gabe. Da turma de espanhol. Elena tentou visualizá-lo sem o casaco... Enquanto ela o olhava, Gabe tirou os óculos e esfregou os olhos.

— Você não usa óculos!

— Oi? — Ele voltou a pôr os óculos.

— Na escola. Você não usa óculos.

A expressão de Gabe se desfez.

— Não. Não uso.

Gabe. Nerdola. Na aula de espanhol, todos o chamavam de *Gabriel*. Elena nunca tinha falado com ele; nunca tinha nem olhado direito para ele. (O que parecia pior do que realmente era. Elena não tinha o costume de ficar olhando para as pessoas. Ficava sempre na dela!)

Isso era ruim. Muito ruim.

— Desculpa — ela disse.

— Pelo quê?

— Não te reconheci.

Ele deu de ombros.

— Por que reconheceria?

— Porque estudamos juntos!

— Aparentemente você não percebeu. E isso não é crime.

— Você me reconheceu?

Gabe se virou para ela, revirando os olhos.

— *Claro*. Faz quatro anos que a gente estuda na mesma escola.

— Eu... não conheço muita gente.

— É... Por que você prestaria atenção nos outros? Você tem seu grupinho.

Tinha mesmo, mas não era bem assim.

— Não somos um grupinho.

— Uma turma, então.

— Gabe.

— Um exército?

— Por que você não gosta da gente?

— Porque vocês são babacas. Porque me chamam de Nerdola. Isso é pra ser bom ou ruim, aliás?

— Sei lá. Eu não te chamo assim!

— Só porque você nem sabe que eu existo!

— Agora eu sei.

Gabe fez menção de responder, mas acabou só balançando a cabeça.

— Jocelyn fala demais — Elena disse. — Mas é inofensiva.

— Pra você. Acham que estão acima de todos os outros.

— Eu não acho isso.

— Vocês andam todos juntos, bonitos, combinandinho, lançando insultos espertinhos pra plebe...

— A gente não vai combinandinho!

— Tô nem aí!

Os dois se recostaram, de braços cruzados.

— Não é nem um pouco assim. Não somos um grupinho. Somos só amigos.

Gabe bufou.

— Sabe por que eu conheço você e seus amigos? Enquanto você não conhece a mim e meus amigos?

— Por quê?

— Porque a gente não se mete no seu caminho. Não inventa apelidos pra vocês. E, se inventasse, não gritaria todo dia quando entram na aula de espanhol.

— Só a Jocelyn faz isso.

— Vocês todos fazem isso.

— Não fazemos, não!

— *Pff.*

— Então você me odeia. Já me odiava antes de eu chegar aqui.

— Eu não te odiava. — Você é só... parte do grupo.

— Também sou parte *disso.*

— Disso o quê? Star Wars? Não tenho que gostar de você só porque você gosta de Star Wars. Não tenho que gostar de todos os cabeças-ocas com tatuagem de stormtrooper.

— Não. Sou parte *disso*, parte da fila.

— E isso significa alguma coisa?

— Não sei, mas deveria significar. Olha, desculpa pela Jocelyn. Ela é desbocada. Sempre foi assim, desde o quarto ano. Mas estamos acostumados com ela. E, se você me conhece da escola, deve ter reparado que não falo muito. Tem algumas matérias em que não converso com absolutamente ninguém. Nem sabem meu nome na turma de matemática.

— Não acredito nisso.

— Desculpa por nunca ter falado com você antes. Mas você nunca falou comigo também. E agora a gente tá se falando, né?

— É que... — Gabe trincou os dentes. — Eu *odeio* quando ela me chama de Nerdola.

— Jocelyn me chama de Elenerda. — Elena disse. — E tampinha. Wandinha. Coquetel Virgem. Ukulena... Ukulele... Lele. Meu Pequeno Pônei. Polegarzinha. Rumpelstichen...

Gabe soltou uma risadinha.

— Por que você deixa?

— Nem ouço mais. E é diferente. Somos amigas. Posso fazer com que ela pare de te chamar por apelidos, se você quiser.

— Não importa.

Eles ficaram em silêncio por um segundo. Elena se perguntou se estava brava, e viu que não.

— Por que não me contou? Que a gente já se conhecia?

— Não queria que você me chamasse de Nerdola. Não queria que pegasse.

Elena assentiu.

— Vamos dormir — ele disse. — É a última noite.

— É.

Ele recolheu as pernas e cruzou os braços. *Como é que consegue dormir assim?*, Elena se perguntou.

Ela se encolheu ao máximo. Ficou tentando encontrar uma posição. As luzes estavam fortes demais.

— Gabe? — Elena disse, depois de uns dez minutos.

— Oi?

— Você tá dormindo?

— Mais ou menos.

— Continua bravo?

Gabe suspirou.

— No geral, sim. Com você, neste momento, não.

— Tá. Que bom.

Elena voltou a se encolher. Ficou vendo os carros passarem. Seria muito, muito bom voltar para casa na próxima noite. Depois do filme. O filme…

— Gabe?

— Oi?

— Não consigo dormir.

— Por quê?

— Star Wars!

Quinta-feira, 17 de dezembro de 2015

Algo estranho aconteceu às seis da manhã.

Darth Vader chegou.

Ele era amigo de Troy. Chutou os pés dele de cima da geladeirinha e gritou:

— Desperta, Força!

— Já ouvimos essa piada — Gabe grunhiu, sentando.

Elena acompanhava tudo pela fresta entre o gorro e o saco de dormir.

— Faz uma semana que não durmo — Gabe disse. — Acho que dá pra morrer de falta de sono. Já devo ter morrido.

Troy acordou e cumprimentou o amigo, que acabou entrando atrás de Gabe na fila.

Elena e Gabe foram juntos à Starbucks. Ela emprestou alguns lencinhos umedecidos; os dois precisavam desesperadamente de um banho. Os pelos da barba de Gabe estavam começando a aparecer, mais avermelhados do que seu cabelo. Elena desenhou Yodas nas bochechas outra vez.

— Vocês são fãs de Star Wars? — o atendente perguntou.

— Não — Gabe disse.

— Sim — Elena disse.

— Vou ver hoje. Na sessão da meia-noite.

— Legal — Elena respondeu.

— Já tem gente na fila. Vocês viram? Três coitados na calçada.

Elena abriu um sorriso animado.

— Somos nós!

— Quê?

— Nós somos os três coitados. Bom, somos dois deles.

O atendente ficou horrorizado e acabou não cobrando os cafés.

— Que a Força esteja com você! — Elena se despediu.

Quando os dois voltaram, mais três pessoas tinham chegado à fila.

Ao meio-dia, eles estavam em vinte, pelo menos metade de fantasia.

Às três, havia alto-falantes na calçada, e a música do desfile da vitória de *A ameaça fantasma* (que tinha apenas um minuto e meio) tocava sem parar.

Elena concordou em passar noventa segundos dançando com Troy. Gabe se recusou.

Mais cinquenta pessoas apareceram no fim da tarde, e algumas chegaram com pizza. Elena percorreu a fila do começo ao fim, tirando fotos para postar no Instagram. (E arrasando nas hashtags.) Troy, fantasiado de piloto, desconfiava um pouco dos recém-chegados, que ele chamava de "Jar-Jar-trasadinhos".

— A gente tem que ficar esperto. Essas pessoas não concordaram com o pacto da fila. Podem se rebelar na hora H.

— Mas temos os ingressos — Gabe disse.

— Vou ser o primeiro a entrar nesse cinema. Você vai ser o segundo. E Elena vai ser a terceira. Somos a fila. O pessoal acabou de chegar.

— Então vamos sentar juntos? — Elena perguntou.

— Ah. Bom, podemos ficar perto. Uns amigos meus vêm e...

— A gente pode sentar junto — Gabe disse, de alguma maneira olhando e *não* olhando para Elena. — Se você quiser.

— Eu quero. Vamos até o fim.

O fotógrafo voltou. A fila dava a volta no quarteirão. Mark saiu com um megafone para dar informações.

— Faltam duas horas — Gabe disse a Elena. — Temos tempo pra uma tatuagem *ou* um apelido. Você escolhe.

— Prefiro não falar em apelidos.

Eles arrumaram as coisas, e Mark disse que podiam deixá-las no seu escritório durante a sessão.

— Obrigado por não beberem demais e não fazerem bagunça. Ou sujeira. Mas espero que acampem na frente de outro cinema da próxima vez. Posso até sugerir alguns.

— De jeito nenhum — Troy disse. — Esse é o nosso cinema.

Elena começou a pular e apontar de um lado para o outro.

— O que é isso? — Gabe perguntou.

— É minha dancinha de Star Wars — ela disse, ainda pulando e apontando.

Depois de alguns segundos, ele se juntou a ela. Aí foi a vez dos amigos de Troy. A dancinha se espalhou pela fila. Para quem passava na rua, eles deviam parecer a turma do Charlie Brown dançando.

Houve mesmo uma rebelião na hora H — Troy estava certo! A fila se transformou numa multidão quando Mark abriu as portas. No entanto, ele gritou com todo mundo e garantiu que os três fossem os primeiros a entrar. Gabe e Elena sentaram bem no meio da sala.

— Ai, meu Deus — Elena disse. — É a cadeira mais confortável em que já sentei. Me sinto uma princesa.

— Você parece uma mendiga — Gabe respondeu, porém seus olhos estavam fechados. — Tá tão quente. Adorei aqui dentro.

— Aqui dentro é o melhor lugar. Não quero sair nunca mais.

O cinema encheu, com todos muito agitados e felizes. Elena pegou uma pipoca grande e um refrigerante pequeno, e foi ao banheiro duas vezes antes que o filme começasse.

— Se eu ficar com vontade depois, vou usar esse copo.

— Você é especialista nisso — Gabe disse.

— Não acredito que consegui! Não acredito que estamos aqui. Não acredito que vamos ver um Star Wars novo!

— Não acredito em como tô precisando de um banho.

Elena voltou com a dancinha. Podia fazer os mesmos passos sentada.

Quando as luzes se apagaram, ela deu um gritinho.

Tinha conseguido. Tinha acampado. E não tinha desistido. Agora havia chegado a hora. Já ia começar.

O texto inicial surgiu. *Episódio VII: O despertar da Força.*

Elena sentiu todo o estresse e a tensão — toda a adrenalina — dos últimos quatro dias deixarem seu corpo. Era como se afundasse cada vez mais na cadeira quente e acolchoada.

Tinha conseguido. Estava ali. Ia acontecer.

Sexta-feira, 18 de dezembro de 2015

Elena acordou com a cabeça apoiada no ombro de Gabe. Numa pocinha de baba. Alguém tentava passar por ali.

— Licença — a pessoa disse.

Por que alguém iria embora durante os créditos de abertura?

Os créditos de abertura. Star Wars não tinha créditos de abertura.

Elena olhou para Gabe. A cabeça dele estava caída de lado, e a boca estava aberta. Ela o sacudiu pelo braço. *Com força.*

— Gabe, Gabe, Gabe. Acorda!

Ele se endireitou de repente, como se tivesse sido atingido por um raio.

— Que foi?

— A gente pegou no sono. A gente pegou no sono!

— Quê? — Ele olhou para a tela. — Ai, meu Deus! — Depois olhou para Elena. — Quando foi que você dormiu?

— Na hora. Assim que as luzes se apagaram. Ai, meu Deeeeeus.

— Eu vi o texto de abertura. E uma nave, acho.

— A gente perdeu tudo — Elena disse, com o queixo tremendo.

— A gente perdeu tudo — Gabe repetiu. — Esperei uma semana e perdi tudo.

Ele apoiou os cotovelos nos joelhos e afundou o rosto nas mãos. Os ombros começaram a tremer.

Elena esticou a mão e tocou a mancha úmida que tinha deixado na blusa dele. Depois enxugou na própria calça.

Gabe voltou a encostar na cadeira, com as mãos no cabelo. Estava rindo tanto que devia estar doendo.

Elena ficou olhando para ele, chocada.

E começou a rir também.

A gargalhar.

— Elena! Gabe! — Troy seguia com a multidão na direção da porta. — Foi tudo o que esperavam?

— Não tenho nem palavras! — Elena gritou.

Gabe continuou rindo.

— A gente dormiu *na rua*. Você fez xixi *atrás do lixo*!

Elena ria tanto que a barriga doía.

Havia momentos em meio à risada em que ela se sentia péssima e queria chorar — *tinha perdido tudo!* —, mas isso só a fazia rir ainda mais.

— O que a gente faz agora? — Gabe perguntou. — Volta pra rua? Acampa até a próxima sessão?

— Eu vou pra casa — Elena disse. — Quero dormir umas doze horas.

— Boa ideia — Gabe estava caindo um pouco na real. — Eu também.

Elena olhou para ele. Para o cabelo castanho cacheado e a barba meio ruiva por fazer. Então se perguntou que cara ele teria sem passar alguns dias dormindo mal. (Ela saberia se levantasse a cabeça na escola de vez em quando.)

— A gente pode voltar hoje à noite — ela disse. — Talvez ainda tenha ingresso.

— Eu já tenho ingressos, na verdade — Gabe passou os dedos pelo cabelo. — Eu ia ver de novo às sete.

— Ah. Legal.

— Você pode ficar com um…

— Não quero pegar o ingresso de outra pessoa.

— É do meu primo, mas ele pode esperar um dia. Você já esperou uma semana.

— Esperei a vida toda.

Gabe sorriu.

Elena sorriu.

— A gente se vê à noite? — ele perguntou.

Elena fez que sim.

— Quem chegar primeiro pega lugar na fila.

MÚSICAS
PARA ESQUECER
UM EX DE MERDA

Músicas para esquecer um ex de merda

SUMMER ESTAVA ENCOLHIDA EM POSIÇÃO FETAL NO CHÃO DO dormitório.

Tinha virado praticamente uma bola.

Ela não era uma garota flexível a ponto de se dobrar todinha. Estava mais parecendo um bumerangue do que um feto. Um bumerangue profundamente infeliz.

Deveria ir para a cama, mas seria mais patético ficar deitada no chão, e além do mais assim ficava mais perto dos alto-falantes.

Summer tinha um aparelho de som pequeno, com rádio e espaço para duas fitas e três CDs. Era sua posse mais valiosa; foram seis meses economizando para conseguir comprá-lo.

Nos velhos tempos, quando Summer queria ouvir uma música várias vezes seguidas, precisava ficar voltando a fita e adivinhando o momento certo de parar. Ou então gravava a mesma música em sequência, o que tomava tempo.

Agora ela podia pôr o CD, apertar o repeat e ouvir qualquer faixa infinitamente, sem precisar levantar — ou sair do próprio sofrimento.

Isso havia revolucionado o término.

Summer estava ouvindo "Silent All These Years" direto desde o fim de seu relacionamento com Charlie, cinco dias antes.

Foi ela quem terminou com ele, mas isso não significava nenhuma vitória ou consolo. Só aconteceu porque Summer sabia que Charlie ia terminar com ela. Os dois andavam brigando o tempo todo sem motivo, e só pelo olhar ela percebeu que o namorado já não sentia mais a mesma coisa. A própria Summer não sabia se ainda gostava dele, mas isso não era muito reconfortante.

Charlie já tinha sido *apaixonado* por ela.

Completamente. Por um tempo.

E agora não mais.

E Summer não gostava das implicações matemáticas. Se a única pessoa que já tinha se apaixonado por ela se cansou gradualmente, as coisas não pareciam promissoras para a próxima pessoa. Se é que haveria uma próxima pessoa.

E se Charlie fosse o único?

O amor verdadeiro não era garantido. Ninguém era obrigado a amar ninguém. E tampouco era uma questão de merecimento.

Tudo o que se podia fazer era estar no lugar certo para que acontecesse.

Summer esteve no lugar certo no caso de Charlie — a Universidade de Nebraska. Os dois faziam aula de línguas modernas juntos. Summer estava lendo um livro que Charlie já tinha lido, e daí surgiu o papo.

Depois ele revelou que tinha reparado nela antes daquele dia, que gostou do cabelo castanho-avermelhado e dos brincos de sininho que ela usava às vezes.

A henna uma hora saiu do cabelo de Summer. E Charlie chegou a dizer que se sentiu enganado desde o começo — porque a primeira coisa que ele gostou nela na verdade não era dela. Talvez tudo o que ele achava que gostava nela não passasse de uma farsa no fim das contas...

Era tão injusto. Summer nem usava maquiagem.

E nada disso favorecia Charlie. Pelo contrário, sugeria que ele se deixava enganar facilmente e permitia que as situações se arrastassem. Os dois tinham desperdiçado mais de um ano juntos.

Summer escolheu "Silent All These Years" como a música do término porque a deixava triste de maneiras que ela nem compreendia.

O piano no começo era perturbador, e a voz de Tori Amos a atingia em cheio...

Years go by, will I still be waiting for somebody else to understand?

Summer soluçou da primeira vez que ouviu a música depois do fim do relacionamento — depois de Charlie ter ido embora do quarto dela pela última vez. A sensação de chorar tinha sido ótima. Como se seu exterior representasse o interior. (Com que frequência isso acontecia?) Como se ela estivesse perfeitamente no centro de si mesma e do seu sofrimento.

Ela bem que queria poder continuar chorando desse jeito.

Quanto mais Summer ouvia, mais a música perdia o poder. Agora só a mantinha suspensa numa eterna dor de entorpecimento.

Summer ouvia a canção de Tori Amos enquanto se arrumava para a aula pela manhã. E de novo assim que chegava no quarto. Ela ouvia até enquanto estudava, nas horas em que não podia se dar ao luxo de ficar deitada no chão.

Em algum momento, ia parar com aquilo.

No entanto, parar seria o começo da superação. E Summer não estava interessada nisso. Ela queria ficar bem ali, pelo máximo de tempo possível, de luto pela perda de Charlie. Mais do que isso, de luto pelo que havia tido com ele — pela paixão, por ter pertencido a outra pessoa, por ter feito parte de algo fervoroso. Acima de tudo, de luto pela perda de si mesma.

Summer sempre foi o tipo de pessoa que acreditava em amor verdadeiro. Não era uma romântica incorrigível, mas achava que dizer "sempre vou te amar" era uma promessa que seria capaz de cumprir.

Só que não foi.

Agora ela sabia que não podia confiar em si mesma.

Era provável que Summer nunca mais fizesse uma promessa assim — e, se fizesse, não seria escrita em tinta permanente.

Ela também sabia que não poderia acreditar na próxima pessoa que prometesse amá-la para sempre.

Summer era o tipo de pessoa para quem o amor não durava. Algo horrível de descobrir a respeito de si mesma.

Alguém bateu na porta. Sua amiga Michelle costumava passar no quarto depois do jantar, para que as duas fossem juntas à academia. Mas Michelle tinha noção de que Summer não estava em condições...

Talvez Michelle só tivesse vindo ver como ela estava. Summer não queria que vissem como ela estava. Portanto ignorou a batida.

Só que não pararam de bater.

Summer espiou pelo olho-mágico. Não conhecia o cara parado ali. Ou melhor: até conhecia, porque moravam no mesmo prédio, mas nunca tinha falado com ele.

Era do tipo grandalhão e meio repulsivo que usava roupa de academia no refeitório e sempre fazia barulho demais no elevador.

Ela pensou em ignorar, mas as batidas recomeçaram quando Summer estava bem ali, então ela abriu a porta e franziu a testa.

— Oi. Preciso que você desligue isso.

— Isso o quê? ("Silent All These Years" tinha acabado de recomeçar.)

— A música.

— Eu tô ouvindo.

— Você tá ouvindo, eu tô ouvindo, todo mundo do décimo ao décimo segundo tá ouvindo.

Em geral, Summer pediria desculpa numa situação dessas. Ela não queria incomodar ninguém. Queria ser uma boa vizinha. Porém *detestava* que a mandassem fazer o que quer que fosse. E, naquele estado, sentia que tinha o direito de ser um pouco mal-educada.

Fora que, uma vez, quando Michelle estava segurando o elevador para Summer, esse cara tinha perdido a paciência e tirou a mão da amiga dela do caminho. A porta fechou enquanto Summer vinha correndo.

— Não tá alto.

— Tá alto pra caralho pra quem tá tentando estudar pra uma prova de mecânica quântica. Seu alto-falante fica bem no meu teto.

Ela fez uma careta. Não sabia que ele morava no quarto de baixo. Isso era desagradável.

— Tô ficando maluco. Ouço essa música enquanto durmo. Ela me segue pelo campus, como um fantasma. Esse piano de *Além da imaginação*... Não aguento mais. Sei que você tá triste porque terminou um namoro, mas...

— Como você sabe?

Charlie teria contado? Charlie conversava com esse brutamontes? O quarto dos dois ficava no mesmo andar...

O cara revirou os olhos.

— Não acho que você esteja ouvindo "Silent All These Years" sem parar porque tá de boa. Ou levou um fora ou tá tendo um derrame.

Summer piscou muitas vezes. Havia lágrimas nos olhos. (E a sensação era boa.)

— Não levei um fora.

— Ah. — Ele refletiu. — Foi você quem terminou? Boa. Já era hora.

Summer chorou ainda mais. (Foi ótimo.)

— Não quero falar disso.

— E eu não quero falar com você! — Ele gesticulou. — Nós dois vamos sair ganhando se você usar fone de ouvido.

O fone de ouvido dela tinha quebrado.

— Não.

— Tá, não usa, não me interessa. Mas vou fazer uma queixa formal se continuar ouvindo Tori Amos hoje à noite.

Summer começou a chorar pra valer. Sabia que era na maior parte por constrangimento, raiva e o fato de que se saía muito mal em confrontos, ainda assim a sensação era *fantástica.* Como se estivesse voltando a ser ela mesma. Como se algo se mexesse no seu interior.

— Me deixa em paz — Summer disse.

Ela não bateu a porta na cara dele, mas fechou com força. Então se arrastou até a cama. Ainda estava chorando. O que era *muito bom.* Um *alívio* enorme. Como se as emoções e o corpo estivessem outra vez em sincronia com o cérebro. Summer chorou no travesseiro até não restarem mais lágrimas. Talvez agora conseguisse dormir...

Estava quase pegando no sono quando ouviu uma batida na porta.

Summer espiou pelo olho mágico. Aquele cara outra vez. Usando uma regata idiota. Ele *adorava* regatas. (Summer tinha visto os pelos do seu sovaco mais vezes do que os dela própria.)

Ela abriu a porta.

— Não tô ouvindo nada — a voz saiu meio rouca.

— Eu sei. — O cara a olhava com as sobrancelhas baixas, talvez se sentindo culpado. — Olha, fiz isso pra você.

Ele entregou um CD numa caixinha transparente.

— O que é isso?

— Música. Pra você ouvir.

— Você tá criticando as músicas que escolho quando tô mal?

— Não! — Ele gesticulava bastante, como se já não fosse espaçoso e barulhento demais. — Eu entendo. Você tá chateada. Mas, se vou ter que participar desse velório, preciso de variedade.

Summer olhou o CD. *Músicas pra esquecer um ex de merda.*

— Não acredito que você tá querendo mandar no que eu ouço enquanto choro. — Ela se sentia afrontada. — Você nem me conhece. Isso é muito coisa de homem.

— Coisa de homem?

— É.

— Ei, não fui eu que te dei um pé na bunda.

— Ele não me deu um pé na bunda.

— Se foi você quem deu um pé na bunda dele — o cara abriu os braços —, então por que tá ouvindo essa música de suicida?

— Não é música de suicida! E é porque eu tô triste!

O cara esfregou o rosto. Estava usando luvas de treino. Por que não vestia só depois de chegar na academia? Seria uma tentativa de chamar atenção para seu porte musculoso? Isso era absolutamente desnecessário...

Sabe como na escola sempre tem uns caras que já parecem adultos? Que já têm o pescoço grosso e a barba cheia?

O grandalhão era a versão universitária disso.

Ele parecia um adulto *adulto*. Era uma cabeça mais alto do que a maioria das pessoas e proporcionalmente mais largo, e tinha sempre a barba por fazer. Em geral, era um pouco over.

— Entendo que você esteja triste. Só tô dizendo que existe mais de uma música triste no mundo.

— Também consigo ouvir suas músicas. — (Ele ouvia um rap bastante agressivo. Charlie dizia que era a trilha sonora de *Uma jogada do destino*.) — Mas nunca desci pra encher o seu saco.

— Se algum dia quiser que eu abaixe o volume, eu abaixo.

Summer balançou a cabeça. *Odiava* saber que o quarto do cara ficava logo abaixo do dela. Agora ia sempre pensar no que ele podia ouvir.

— Me deixa em paz — ela disse.

— Então tá.

— Então tá.

O vizinho foi embora antes que Summer pudesse fechar a porta na cara dele. Ela voltou para a cama e ficou olhando para o CD. Quem ele estava chamando de *merda*?

Summer pagou 7,99 dólares por um fone de ouvido na livraria da universidade. Ela estava economizando para comprar um Vans novo, e agora teria que esperar mais uma semana. A culpa era toda do vizinho de baixo. Ela passou o dia mais furiosa com ele do que triste por causa de Charlie.

Até que viu o ex-namorado no jantar. Summer já seguia para as mesas, com a comida, e lá estava ele. De camiseta do Pavement e camisa xadrez. Ela entrou em pânico e deu meia-volta. Na contramão da fila do bufê, saiu do outro lado do refeitório.

Michelle não conseguiu encontrá-la, e Summer comeu sozinha.

Depois do jantar, não foi à academia. Ficou no quarto, sentou diante do som e pôs o fone de ouvido novo.

Precisou deitar bem perto do aparelho para que o fio não desplugasse.

E botou "Silent All These Years".

Foi como tomar um banho de banheira quentinho e triste. Como ser tomada gentilmente, dos pés à cabeça, por um sofrimento familiar.

A música a sufocava e inundava, e Summer mergulhou nela, vazia e entorpecida.

Ela teve que mudar o aparelho de som de lugar para poder ouvir música de fone de ouvido enquanto estudava na escrivaninha. O que significava que não podia mais ficar deitada no chão. Summer odiava fone de ouvido. Odiava se sentir *presa*. No entanto, valia a pena, se era para nunca mais ter que falar com o vizinho de baixo.

Summer tinha jantado do outro lado do refeitório mais uma vez. Tentou convencer Michelle a comer lá também. Mas a amiga gostava de um cara que comia perto de onde as duas e o restante das garotas do andar delas comiam.

— Você não pode mudar sua vida toda por causa do Charlie — Michelle disse.

— Não é uma mudança tão importante assim — Summer retrucou. — Só vou ficar do outro lado do refeitório. Servem os mesmos pratos lá.

— Você sabe que a máquina de sorvete do nosso lado é melhor…

Summer não tinha como contra-argumentar, porque era verdade.

Ela passou o resto da semana jantando sozinha. Igual uma caloura.

Summer ouviu "Silent All These Years" tantas vezes que já não sentia mais nada com a música. Mal a escutava agora. Era como o ruído ambiente do quarto.

Ela não tinha nem certeza de que se lembrava de como ouvir outras músicas… Sua mente vivia no repeat. Qualquer outra faixa parecia um erro na tentativa de escutar "Silent All These Years".

Irritadiça e instável, ela começou a revirar sua coleção de CDs.

Odiava o fone de ouvido. Custou seus últimos oito dólares, e era tão porcaria que um dos lados já estava zumbindo.

Summer tinha enfiado o CD do vizinho debaixo dos outros. E se perguntou o que um cara daqueles considerava música pra esquecer... Metallica? Korn?

Ela tirou o CD da Tori Amos e pôs o outro. Apertou play.

Não reconheceu a primeira música...

Ou talvez tivesse ouvido numa rádio de grandes clássicos.

Ou na igreja. Meio que soava como música de igreja. Não era exatamente triste. Como podia ser música para esquecer? A letra não era triste. O piano não era triste.

Morning has broken, like the first morning...

Summer deixou a cabeça cair nas mãos. Lágrimas escorreram pelas bochechas.

Ela passou o resto da noite ouvindo "Morning Has Broken". No repeat. Tentando entender como podia ser tão devastadora.

A música a lembrava de coisas que ela tinha esquecido por completo — como acordar ao lado de Charlie na primeira vez em que ele dormiu no seu quarto e irem para a aula juntos na chuva.

Como uma música que Summer nunca tinha ouvido podia *lembrá-la* de algo?

Depois de algumas vezes, ela parou de chorar. No entanto, ainda sentia... uma coisa diferente. Uma tristeza diferente. Era como se sua tristeza fosse uma escultura, e Summer tivesse dado alguns passos para ter uma nova perspectiva.

Ela também não reconheceu a segunda faixa. Era outra que podia ser cantada na igreja. Mais uma música que a fez chorar.

A terceira era do Metallica. Mesmo assim, ela chorou. (Era uma versão acústica.)

A quarta era uma música de Tori Amos que Summer nunca tinha ouvido, embora pensasse já ter ouvido toda a discografia. (Um cover de "Ain't No Sunshine", claramente pirata. Aquele cara devia baixar música na internet. Provavelmente adorava o Napster.)

A versão a lembrou de quando ficava deitada na cama com Charlie, vendo desenhos na TV. Os dois sempre ficavam no quarto dela, porque Summer não queria ser vista entrando na ala masculina. Isso faria com que ela se sentisse mal em relação a si mesma. Enquanto deixar Charlie entrar no seu quarto parecia divino.

Summer chorou.

A quinta faixa era uma música que não rolou para Summer.

Ela pulou para a próxima. "Send in the Clowns", de Judy Collins. A mulher era tipo uma versão de 1973 de Tori Amos. Summer se debulhou em lágrimas.

Ela precisou de três noites para terminar as dezoito músicas do CD. Treze eram incríveis. Duas eram normais. E três eram puláveis.

Ela não conhecia a maioria, assim demoraram a perder o efeito. Summer ouvia a gravação sempre que estava no quarto. Presa ao aparelho de som. Às vezes inclinada sobre a escrivaninha.

O fone de ouvido pifou de vez quando ela estava fazendo um trabalho da faculdade. Summer o atirou na parede do quarto. E continuou ouvindo o CD com o volume bem baixo.

Ela ouviu o CD com o som alto.

Deitada no chão, com os olhos abertos, recordando como Charlie dormia com os dedos no cabelo dela.

Summer entrou na fila do outro lado do refeitório e se aproximou das mesas.

O bombadão do décimo andar estava sentado sozinho, perto do bufê de saladas. Ele abriu um sorriso quando a viu. Um sorriso satisfeito. Do tipo que dizia "sei que você tá ouvindo o CD".

Summer revirou os olhos e passou direto.

Ela sabia que ele sabia! Não tinha esquecido como o espaço e o som funcionavam. Não sobrou dinheiro para comprar outro fone de ouvido no momento. Ou ouvia o CD sabendo que ele ia escutar, ou não ouvia o CD, o que seria... insustentável.

Summer parou logo depois de passar pela mesa dele e voltou pelo outro lado. O cara sorriu para ela.

— Tem alguém aqui? — Summer perguntou.

Ele empurrou a cadeira na sua frente com o pé, afastando da mesa. Estava com uma regata neon e as luvas de treino perto da bandeja. Isso não a impediu de sentar.

— Então — ele disse.

— Então — Summer repetiu.

— Você costuma sentar do outro lado.

— Você também.

Ele deu de ombros.

— A fila estava menor aqui. Quero malhar depois. — Ele estreitou os olhos. — Sei o que você tá fazendo: tentando evitar aquele merdinha.

Ela deu de ombros.

— Parece a melhor opção.

— Você deveria fazer o cara vir sentar pra cá, pra evitar *você*. Não pode perder o sorvete bom no divórcio.

— O sorvete daqui é totalmente aceitável.

Ele deu um risinho.

— É mesmo?

— Deve ser. — Summer abriu um guardanapo de papel sobre as pernas. — Essa galera come toda noite e fica feliz.

Ele olhou em volta.

— Só tô vendo calouros e intolerantes a lactose.

Summer balançou a cabeça. Não importava. Ela estava triste demais para tomar sorvete.

— Eu sei que você sabe — ela disse.

Ele estava sorrindo para Summer. Sua cabeça era enorme. O sorriso aumentou em seu rosto. Parecia não ter feito a barba fazia mais de um mês.

— O que eu sei?

— Que eu tô ouvindo o CD que você me deu. Gostei, tá bom?

Ele baixou o sorriso para a bandeja. Havia dois pratos com duas porções de frango assado cobertas de espinafre e queijo cottage. Além de três bananas.

— Eu sabia mesmo. — Ele voltou a olhar para ela. — É bem bom, não acha?

— É. — Summer parecia irritada. — Muito bom. Ouço o tempo todo. — Ela se debruçou sobre a bandeja (com um hambúrguer e uma porção de batata de tamanhos normais). — Como você sabia? Digo… foi o que você ouviu da última vez que levou um fora? Põe esse CD sempre que termina com alguém?

Ele pareceu ofendido.

— Não. Fiz pra você.

— Mas você nem me conhece! — Summer praticamente gritou.

— Pois é! — o cara praticamente gritou de volta. (Ele sempre falava alto.) — Mas sei bastante sobre o tipo de música de que você gosta.

Summer estremeceu. Mais para efeito dramático.

— Você fica me ouvindo ouvir música?

O cara voltou a olhar para a comida e pegou um garfo.

— Você não vai fazer com que eu me sinta mal por isso. Não sou um tarado. Só passei os últimos dois anos aguentando seu TOC sem reclamar.

— Faz *dois anos* que você mora no quarto de baixo?

Isso parecia absurdo.

— Por que tá agindo como se isso fosse um problema? Não é por escolha minha.

— Então você fez um CD de término com músicas que achou que eu ia gostar…

— Porque já ouvi cada música sua milhares de vezes. Pois é. — Ele enfiou na boca uma garfada de frango, espinafre, queijo cottage e… amêndoas? — E funcionou. Agora pelo menos você tá escutando músicas que eu também curto.

— Você não gosta de músicas assim…

Ele franziu a testa para ela.

— Como assim? Fui eu que gravei o CD.

— Já ouvi seu som. É gente gritando por cima de um baixo pesado.

Ele ficou confuso por um segundo, enquanto mastigava em silêncio.

— Aaaahh — disse, afinal, com a boca cheia. — Eu ouço a trilha de *Uma jogada do destino* quando tô estudando pra prova. Mas não escuto só isso.

— Eu só escuto você escutando isso.

— Bom, eu uso fone de ouvido. Porque sou um bom vizinho.

Summer baixou os olhos para a comida. Pegou o hambúrguer.

— O que eu não entendo… — ela levantou os olhos — … é por

que as músicas felizes fazem com que eu me sinta pior do que as músicas tristes.

— Música feliz é a coisa mais triste do mundo quando a gente tá infeliz — o cara disse, sem rodeios. — É pura física.

— Não é pura física.

— Elas te destroem porque te fazem pensar em quando *você* era feliz. — Ele deu outra garfada. — E não queira discutir física comigo. É o que eu estudo. Você estuda o quê?

— Pedagogia.

— Tá, então não vou discutir pedagogia com você.

Summer ficou olhando enquanto ele comia o frango com espinafre, queijo cottage, amêndoas laminadas e... um troço marrom parecido com ração que ele tinha trazido num pote para polvilhar no prato.

Quando Summer acordou na manhã seguinte, alguém tinha enfiado um CD por baixo da porta. Ela ainda não estava totalmente desperta, e por um minuto pensou que pudesse ser Charlie, e isso a fez sentir um aperto no coração. Ele nunca tinha gravado um CD para ela.

Então ela se deu conta de que devia ser do vizinho de baixo e ficou pensando que teria sido mais apropriado deixar na porta. Enfiar uma coisa pela fresta parecia invasivo demais.

Ele tinha escrito *Mais músicas pra esquecer um ex de merda* na caixa.

Summer ficou olhando para o presente por alguns segundos, tentada a ouvir imediatamente e deixar a aula pra lá.

Ela abriu a caixinha e pôs o CD no aparelho, para que só precisasse apertar o play quando voltasse da aula.

A primeira faixa era do Barenaked Ladies. Summer achava o Barenaked Ladies meio brega, mas a música a fez chorar.

A segunda era uma música melosa, com um cara cantando ao som de uma gaita. Cafona demais. *Once I was hunter, and I brought home fresh meat for you…*

Summer deitou por cima do edredom, com os braços sobre os olhos, sentindo que a canção dilacerava seu coração e a arrebatava da cabeça aos pés.

O lance com Charlie era que, pela primeira vez, Summer reparou numa pessoa que reparou nela também.

Ela já tinha se interessado por vários garotos. Ficado a fim deles. E de olho neles.

Só que eles nunca se interessavam por ela, nunca ficavam a fim dela, nunca ficavam de olho nela.

Charlie, sim. Os dois trocaram olhares no auditório e o resultado… podia não ter sido fogos de artifício, ou mesmo sinos tocando. Mas *alguma coisa* tinha rolado.

Summer notou Charlie, e Charlie notou Summer, e ela notou que ele a notou.

Talvez acontecesse com outras garotas o tempo todo. Só que nunca tinha acontecido com Summer.

Ela não era feia — não mesmo. Mas era o tipo de garota com quem as verdadeiras meninas bonitas gostavam de andar, porque não se sentiam ameaçadas. Summer não representava nenhuma ameaçava.

Ela era meio baixinha. Meio gordinha. Tinha nariz meio grande. O melhor atributo devia ser seus seios, mas ela odiava usar qualquer roupa que chamasse atenção para eles — então praticamente nem contavam.

Garotos só gostavam de Summer na escola depois de conhecê-la. Ela tinha muita personalidade.

Charlie, no entanto, não precisou de tempo para gostar de Summer. Simplesmente olhou e gostou dela. Quis ficar por perto.

Como algo que havia começado assim podia dar errado?

Era o mais próximo que Summer tinha chegado de sentir magia.

O CD novo tinha uma música melosa depois da outra. Paul McCartney! Paul McCartney e *Wings*!

Cada uma delas nocauteava Summer.

Não deu para pular nenhuma.

Ela continuou vendo o vizinho de baixo no refeitório, e ele continuou sorrindo para ela como se tivesse seu número de telefone — e ele devia ter mesmo.

O cara usava regatas e camisetas com as mangas cortadas. Embora fosse novembro. Carregava um potinho com o troço marrom que polvilhava na comida. E sentava sozinho.

Onde ele encontrava todas aquelas músicas tristes? Será que fazia coleção? Summer precisava começar a ouvir algo além da rádio da universidade e das bandas favoritas de Charlie.

Depois de quatro dias ouvindo o CD novo, Summer parou na mesa do cara outra vez. Ele empurrou a cadeira com o pé.

Summer sentou e largou a bandeja na mesa, quase derrubando o achocolatado.

Ele voltou a sorrir para ela.

— O que tá rolando?

— Você sabe o que tá rolando — ela disse, erguendo a colher.

Summer tinha pegado uma tigela de chili e salada de acompanhamento.

O cara estava com dois pratos outra vez, com costeletas de porco, brócolis, queijo cottage, amêndoas e a ração no pote.

Ele comeu tudo com garfo e faca. As luvas de treino ficaram ao lado da bandeja outra vez.

— Charlie não era um merda.

O cara olhou para ela.

— Tá bom.

E voltou a comer.

— Não era mesmo. Não é.

Ele estreitou os olhos, como se discordasse dela.

— Você nem o conhece.

— O nosso quarto fica no mesmo andar.

— Nem por isso são íntimos.

— Já vi o cara pelado...

Summer fez uma careta.

— O banheiro masculino não tem cabines?

— Tem cabines — ele explicou —, mas não cortinas.

— É um problema sério de manutenção.

Ele olhou feio para Summer.

— Já conversei com seu ex-namorado. Ele não enxagua a pia depois de escovar os dentes e nunca ri das piadas dos outros. É meio que um merdinha, sim, sem querer ofender.

— Como você pode dizer isso "sem querer ofender"? Ele foi meu namorado por catorze meses.

— Eu entendo. O cara é bonito.

Charlie era mesmo um gato. Tinha cabelo escuro na altura do colarinho, que ficava perfeitamente preso atrás das orelhas. Queixo pontudo e maçãs do rosto saltadas. Parecia o amigo bonito e inteligente de uma sitcom. Fazia Summer se sentir mais bonita e inteligente. Por associação.

— Não era por isso que a gente namorava.

— Você não precisa se explicar pra mim.

— Eu sei. Mas... não gosto que fale assim do Charlie. Não é porque ele não ri das suas piadas...

— Alguma vez ele riu das suas?

Summer mordeu a bochecha, para garantir que não diria nada como "Talvez eu só não seja engraçada" só para ganhar a discussão.

— O que é isso que você tá comendo? — ela perguntou.

— Proteína — ele continuou mastigando.

— Não. Isso no potinho. Anabolizante? Alpiste? Alpiste com anabolizante?

Ele baixou a sobrancelha, ofendido, mas ainda assim riu um pouco.

— É semente de cânhamo.

— E é legalizado?

— É legal, sim. E saudável. Quer experimentar?

— Não, obrigada. Posso querer me candidatar no futuro.

Ele deu risada.

— Achei que fosse ser professora.

— Posso fazer as duas coisas.

Ele deu de ombros, concordando.

— Cadê seus amigos? — ela perguntou.

Em geral, quando o via no refeitório, estava acompanhado de um grupo. Todos esquisitos. Nenhum tão esquisito quanto ele.

— Do outro lado do refeitório, onde o sorvete é bom. E os seus?

— Sabe aquele cara do nosso prédio que tem cara de trinta e cinco anos e parece estar se preparando pra entrar pro WWF?

— A ONG? — Michelle perguntou, do aparelho de escadas ao lado de Summer.

Summer tinha voltado a ir à academia depois do jantar na maior parte das noites. No entanto, não estava dando seu máximo. Nunca se esforçava tanto quanto Michelle. Deixava a máquina no manual e no terceiro nível de dificuldade. Quando se tratava de malhar, continuava convencida de que a intenção era o que contava.

— Não — ela disse. — Um cara bem alto e bem largo, que tá sempre com roupa de ginástica. E com o cabelo suado.

— Ele é do time de futebol americano?

Michelle estava ofegante e com a franja grudada na testa de suor.

— Nossa, não. Imagina um nerdão no corpo de um jogador de futebol americano. Você sabe quem ele é. O escandaloso. Com cabelo até os ombros.

— Aquele que fechou a porta do elevador na sua cara?

— Isso! — Summer disse, aliviada.

— Então sei quem é.

— Como ele chama?

— Ah... — Michelle arfava. — Não sei. Ele mora no andar do Charlie, né?

— Pois é — Summer disse.

— Por que quer saber?

Porque é tarde demais para perguntar a ele, Summer pensou.

— Só me dei conta agora de que não sei qual é o nome dele.

— Ah.

Michelle continuou subindo a escada falsa com toda a intensidade. Não fez mais nenhuma pergunta.

Seria constrangedor trombar com Charlie no andar dele.

Só que Charlie ficava no outro extremo do corredor. E já devia estar no refeitório, porque tinha toda uma rotina.

Ela desceu em silêncio (embora isso não fosse necessário) até o décimo andar. O nome de cada morador estava escrito numa cartolina grudada na porta. Ninguém dividia o quarto — um privilégio reservado aos veteranos.

Summer foi até o 1007. (Ela morava no 1107.) Não havia identificação. Só o desenho de um monstro e CTHULHU escrito na cartolina. Summer revirou os olhos.

De repente, a porta abriu. Ela deu um pulo para trás.

— Summer — o cara disse. (Como ele sabia o nome dela?)

— Cthulhu — Summer disse.

— O que você...?

Ele olhou mais adiante no corredor, na direção do quarto de Charlie. Depois olhou para Summer, com as sobrancelhas ligeiramente erguidas, como se sentisse pena.

— Tem um problema com o elevador no meu andar — ela mentiu.

— Eu te acompanho até o nosso — ele fechou a porta.

Os dois seguiram juntos pelo corredor.

— Vai jantar? — ele perguntou.

— Vou.

— Eu também.

Isso era óbvio, porque ele estava com as luvas de treino.

Ele não sugeriu que comessem juntos. Só que seria falta de educação não fazer isso. Seguiram para a fila do lado mais vazio do refeitório e Summer o viu pegar dois pratos de carne moída com molho sem nem um pãozinho.

— Não vai pôr queijo cottage? — ela perguntou.

— Gosto de queijo cottage.

— Também gosto. Mas não ponho em tudo.

— Tem mais proteína do que molho de salada — ele comentou, como se isso esclarecesse tudo.

Summer se serviu de nuggets, batatas fritas e salada com molho ranch.

Ela o seguiu até uma mesa e sentou na sua frente. Então o viu tirar as luvas e polvilhar as sementes de cânhamo na comida.

— Pra que serve um diploma de física?

— Pra virar físico.

Summer revirou os olhos.

Ele sorriu.

— Posso fazer mestrado. Virar professor. Pesquisador. Trabalhar pro governo. Ou numa centena de indústrias diferentes.

— Então são várias opções.

— É grande a demanda por pessoas que compreendem os fundamentos de como o mundo funciona.

— Que exagero.

Ele deu de ombros.

— Por que você quer ser professora de ensino médio?

— Quero ser professora de ensino fundamental.

— Por quê?

— Porque o ensino fundamental é péssimo.

— Você é sádica?

— Não. Só acho que poderia ajudar. — Ela mergulhou uma batata frita no molho da salada. — Os alunos são emotivos demais, não conseguem evitar.

Ele parou de mastigar e sorriu para Summer.

— Sei o que tá pensando — ela disse.

O cara deu de ombros e voltou a mastigar.

Summer tentou mudar de assunto.

— Charlie estuda alemão.

Ele continuou mastigando.

— E russo.

Pegou outra garfada.

— É verdade que ele não enxagua a pia depois que escova os dentes?

— *Nunca.*

— Eu era apaixonada por ele de verdade.

O cara nem assentiu.

— Qual é seu nome, aliás?

Ele olhou surpreso para ela.

— Você não sabe meu nome?

— Como saberia?

Ele engoliu a comida e tomou um gole do chá gelado.

— É Benji.

— Benji? Que nem o cachorro?

— É uma referência obscura, mas sim.

— Benji — ela disse, examinando o cara. Ele tinha cabelo castanho-escuro grosso e ondulado. Do tipo meio brilhante, como arame, que não gruda na cabeça. Embora não fosse muito comprido, era armado. Benji também tinha uma cabeçona. Pele avermelhada. Devia fazer a barba todo dia, porque os pelinhos despontando no queixo nunca viravam um cavanhaque. — Como você sabe tanto sobre música?

— Sou um bom ouvinte.

Summer começou a ouvir os dois CDs sem pular ou repetir nada. A progressão era interessante.

Ela não chorava mais em nenhuma faixa. No entanto, ainda era como se estivesse repassando seu relacionamento com Charlie, do início ao fim.

Quando não conseguia dormir, Summer ouvia os CDs baixinho à noite.

Odiava dormir sozinha, agora que sabia como era dormir com alguém. Seriam anos disso? Uma eternidade?

Era assim que todo mundo se sentia quando o amor acabava? O mundo estaria cheio de pessoas ocas? Quase todo mundo passava o tempo todo de luto?

Ela jantou com Benji naquela semana sempre que os dois se encontravam por acaso no refeitório.

Ele tinha opinião sobre tudo.

Charlie também.

A diferença era que Benji não parecia se importar quando Summer não concordava com ele. Não parecia nem mesmo se importar se Summer gostava dele. Isso era um alívio. Ela continuava infeliz e destroçada demais para ser educada.

A única outra pessoa com quem Summer vinha conversando era Michelle, enquanto as duas malhavam. Em geral, não havia problema. Era esperado que alguém sem fôlego fosse curta e grossa mesmo.

O elevador parou no andar de Charlie quando Summer estava indo jantar. O coração dela também parou.

Então voltou a bater.

Era Benji e os amigos dele. Ela ouviu sua voz antes mesmo que a porta se abrisse. Benji sorriu para Summer, mas não disse nada. Será que tinha vergonha de falar com ela na frente deles? (Isso era uma ideia incômoda!) Os rapazes estavam zoando um filme, programa de TV ou coisa do tipo. Até imitavam as vozes. Benji era o mais escandaloso. E o mais alto. Causava um tumulto só estando presente.

Summer se separou deles quando saíram, mas acabaram se reencontrando no refeitório. Quando a fila se dividiu entre os dois bufês, Benji pegou uma bandeja e foi atrás dela.

Summer olhou torto para ele. Benji olhou torto para ela.

Era dia de frango frito. Benji estava com dois pratos. Summer ficou com nojo ao perceber que ele ia tirar a pele.

Ela se serviu de macarrão com molho de queijo.

Os dois sentaram juntos. Benji pôs as luvas de treino ao lado da bandeja.

Aí tirou a pele do frango e amontoou tudo numa pilha nojenta antes de cobrir o que restou com salada e queijo cottage.

— Tudo o que você come deve ter o mesmo gosto — Summer disse.

— Não tem, não.

— Sabor de queijo cottage e espinafre.

— Sanduíches não têm sempre gosto de pão. — Ele olhou para ela. — Meu prato te incomoda?

— Sim.

— Tá atrapalhando seu jantar por acaso?

— Visualmente. Enquanto conceito.

— Minimamente, com toda a certeza. Como você anda?

— Você sabe como eu ando.

Benji ainda tinha ouvidos. Sabia que ela continuava mergulhada num mar de infelicidade, ao som da trilha de sua autoria.

Alguém sentou ao lado de Summer. Ela ergueu os olhos. Era um dos amigos esquisitos de Benji. Outros três se juntaram a ele.

— Fecharam o outro lado do refeitório — um dos caras disse. — Alguém vomitou nas saladas.

Mais e mais pessoas chegavam em busca de mesas. Summer avistou Michelle e as amigas do décimo primeiro andar.

Viu Charlie.

E Charlie a viu.

Então o restante das pessoas sumiu — tudo voltou a ser como antes, quando ela e Charlie tinham se conhecido. Ele assentiu para Summer. Ela assentiu de volta. Ele seguiu adiante. Summer começou a ouvir o piano de "Silent All These Years" tocar na sua cabeça.

Charlie sentou em uma mesa com Michelle e companhia.

Ele estava sentado com as amigas de Summer, enquanto Summer estava sentada com os caras mais esquisitos do décimo andar, que era o andar mais esquisito do prédio. Gente esquisita sempre se unia.

Summer levantou. Não estava com fome. Não sabia tocar piano, mas desconfiava de que nesse momento fosse capaz de acertar as catorze notas iniciais de "Silent All These Years" de primeira.

Benji a alcançou já no elevador.

Ela tentou fechar a porta na cara dele, mas ele conseguiu entrar.

— Tá tudo bem?

— Tudo bem. Não foi literalmente nada. Ele só *existe*, e vai continuar existindo. Não chega a ser traumático, sabe?

Summer estava chorando. A sensação não era boa.

Benji não disse nada.

Ela olhou feio para ele.

— Quanto você realmente consegue ouvir? — Summer perguntou, com a voz falhando.

Ele lambeu o lábio. Como se estivesse pensando. E sendo precavido.

— Só consigo ouvir o som porque você deixa alto. Ouço quando um objeto cai. E gritos.

Summer olhou nos olhos dele.

— Você já levou um fora?

— Já. Mas você não. Você não levou fora.

— Só terminei com Charlie porque ele ia terminar comigo. Dava pra ver. Era como se a sombra do término já estivesse recaindo sobre mim. Eu terminei só pra me proteger. Não suportaria ouvir os motivos dele.

Benji não desviou os olhos.

— Que motivos *você* deu?

— Eu disse que a gente estava se distanciando. Que idiotice, né? Não significa nada.

— Acho que as pessoas podem se distanciar, sim.

— Talvez aos quarenta, quando têm interesses diferentes e trabalham em tempo integral. A gente morava no mesmo prédio. Fazia *tudo* juntos. Não existia isso de se distanciar! A gente só não se gostava mais!

Benji estava imóvel. Ainda assim, ocupava a maior parte do elevador.

— Você pode me contar se quiser, mas não precisa.

— Você já deve saber de tudo!

Agora ela estava chorando de verdade. E era péssimo.

— Não sei, não.

— Você ouvia as nossas brigas!

— Eu só ouvia que tinha briga.

— Mas as músicas…

— São só músicas.

— Não. — Summer chorava como nunca. — Não são, não.

A porta do elevador abriu. Ainda estavam no térreo. Ela correu. Ia subir de escada.

Meia hora depois, alguém bateu à porta. Summer estava ouvindo Tori Amos no repeat.

Era Benji.

Ela abriu, desafiando com a própria expressão que ele ousasse mencionar a música. Não ia baixar o volume nem morta.

— Quer dar uma volta? — ele perguntou.

Benji estava com as luvas de treino.

— Você não vai na academia?

— Posso ir mais tarde.

Summer o olhou por um segundo. Depois foi desligar o som e pegar um casaco.

Os dois entraram no elevador em silêncio. Saíram para a rua e seguiram na direção do coração do campus.

Isso a fez pensar em Charlie.

— Desculpa pelos CDs.

Summer não disse nada.

— Era pra ser uma oferta de paz. Dava pra ouvir você chorando lá em cima. Eu nunca tinha te ouvido chorar, aí imaginei que estivesse chorando *muito* e me senti um merda. Queria compensar de alguma forma.

— Gosto dos CDs.

— E eu gosto de termos virado amigos.

Summer olhou para Benji. Os dois tinham virado amigos? Ela ainda estava se acostumando com o nome dele.

— De qualquer maneira, desculpa — Benji voltou a falar. — Não foi minha intenção complicar ainda mais seu sofrimento. Você estava no meio de um processo, eu não devia ter introduzido outras variáveis.

— Gosto dos CDs — Summer repetiu.

— E eu gosto de ser seu amigo.

Eles deviam mesmo ser amigos... Jantavam juntos quase toda noite.

Summer inclinou a cabeça para olhar melhor para Benji. Ele tinha vestido um moletom por cima da regata. Isso era um alívio.

— Por que você janta com as luvas?

Ele baixou a sobrancelha, como se fosse uma pergunta idiota.

— Pra não perder.

Ela ficou encarando Benji, como se fosse uma resposta idiota.

— Não tenho bolsos — ele completou.

Ele estava com uma calça listrada bem larga, que só ratos de academia usavam.

— Então não é só pra mostrar pras pessoas que você malha muito?

Ele inclinou a cabeça.

— Não preciso mostrar pra ninguém que malho muito.

Summer teve que rir.

Eles com certeza eram amigos. Que reviravolta revoltante.

— Acho que não tinha nada de especial em Charlie...

Benji deixou que continuasse.

— E não tem nada de especial em mim. Acho que não teve nada de especial no fato de nos apaixonarmos e depois voltarmos atrás. É a coisa mais normal do mundo, e essa é a pior parte. Saber quão insignificante foi o nosso relacionamento.

Benji mantinha os olhos na calçada enquanto ouvia.

— A coisa mais mágica que me aconteceu na vida não foi nem um pouco mágica. Foi irrelevante. Tô chorando por algo irrelevante.

Benji olhou para ela. Estava passando a língua no lábio outra vez.

— Aquele merdinha não foi a coisa mais mágica que vai te acontecer na vida. Quantos anos você tem, vinte?

— Vinte e um. E você?

— Também.

— Você parece ter quarenta.

Benji deu risada. Alto demais. As pessoas que passavam olharam para os dois.

— Não foi a coisa mais mágica que vai te acontecer na vida — ele insistiu.

Quando Summer acordou na manhã seguinte, um CD tinha sido passado por baixo da porta, e ela sabia que era de Benji.

Mais músicas pra esquecer grandes merdinhas.

Summer desejou ainda ter seu discman.

A primeira faixa era linda. "Blue", de Joni Mitchell. Summer adorava vozes agudas femininas e pianos. Não era nenhum segredo.

A segunda era um rap meio sussurrado.

A terceira era Wings de novo. Benji claramente era louco por Wings. Não era uma banda tão ruim.

A quarta era mais folk. Violões. Gaitas. Uma música que tinha cara de manhã.

A quinta era bem cafona. Dos anos sessenta, "Sunday Will Never Be the Same". Summer riu e pulou. (Da próxima vez, ouviria até o fim.)

Na verdade, nenhuma era triste.

Nenhuma a fez chorar.

Só a deixavam um pouco sensível.

Ela se lembrou de quando Charlie a surpreendeu no seu aniversário com um bolo red velvet. Ele não era um merdinha. Seria muito mais fácil se fosse.

Benji não deixou que ela experimentasse as sementes de cânhamo. Disse que eram *ligeiramente* ilegais.

As sementes de cânhamo tinham gosto de pinhão.

Cabiam três CDs no som de Summer. Isso permitia ouvir os três CDs de Benji em sequência. Três horas e meia de música. Ela gostava do barulhinho que o aparelho fazia ao passar as bandejas.

— Você já se apaixonou? — Summer perguntou.

Benji estava comendo uma salada com tiras de frango grelhado, pimentão-verde e as porcarias de sempre.

— Não. Bom, sim. Talvez. — Ele olhou para Summer. — Já tive sentimentos fortes.

— Mas você já levou um fora…

Ele fez que sim.

— Já.

— O que aconteceu?

— Hum…

— Não precisa contar se não quiser.

— Não tem problema. — Benji abriu os ombros (nus). — Primeiro no ensino médio. Ela queria sair com outra pessoa.

— Ah, sinto muito. Foi péssimo?

— Foi.

— Sinto muito mesmo.

— Saí com algumas pessoas aqui. Na faculdade. Nada sério... Bom, uma vez pareceu sério. Mas não era. Sei lá. Já peguei um monte de garotas em festas.

Isso surpreendeu Summer.

— É mesmo?

Ele pareceu um pouco ofendido, mas deu risada.

— É.

— Isso é o oposto de descobrir que alguém é mais complexo do que aparenta... No caso, você é muito mais *superficial.*

Benji só deu risada.

— Não sou de sair pegando geral em festas — ela disse.

— Dá pra notar.

Soou como um insulto, mas Summer ignorou.

— Você tem medo de nunca se apaixonar de verdade?

Ele balançou a cabeça.

— Não.

— Eu tenho.

— Mas você já se apaixonou.

— Isso só me deixa com ainda mais medo. Sou uma romântica.

Ele assentiu.

— Acredito em amor verdadeiro — ela completou.

Ele assentiu outra vez.

— Mas claramente não sei reconhecer o amor verdadeiro. Como vou dizer "eu te amo" outra vez? Vai ter que vir com uma nota de rodapé: "Acho que te amo, mas da última vez que disse isso estava errada. Na verdade, não sei o que é e como é o amor. Devo te amar, mas vai saber".

Benji só ficou ouvindo. Mesmo depois que ela terminou. Comeu a salada enquanto Summer comia a pizza.

— Acho que você entendeu tudo errado — ele falou após um tempo.

— Como assim?

— Ainda não sei como provar. Mas você tá errada.

Summer franziu a testa. E quem era ele para falar alguma coisa?

Nunca tinha se enganado em relação ao amor.

Summer o encontrou no elevador a caminho do jantar. Estava com as mesmas roupas bobas de sempre.

— Chega — ela disse. — Me dá a sua mão.

Ele deu.

— Por quê?

Summer começou a tirar aquelas luvas horrorosas. Deviam estar azedas de suor seco.

— Porque não aguento mais! Você não pode usar isso pra comer!

— Mas não tenho bolso!

Ela já estava tirando a outra.

— Eu tenho.

Summer enfiou as luvas no bolso do moletom.

— Você não pode ficar com esse troço o tempo todo. É esquisito demais.

— Só desço pra jantar de luva porque depois vou direto pra academia e não quero esquecer.

— Põe na bolsa!

— Não quero!

— Benji, digo do fundo do coração e com as melhores intenções: é nojento e faz você parecer um perfeito idiota.

Ele parecia prestes a arrancar as luvas do bolso do moletom dela.

— Quem se importa?

— Eu! Porque tenho que olhar pra você!

Por algum motivo, isso o fez rir.

— Tá bom. — Ele se virou para a porta do elevador. — Porque eu devo estar parecendo muito menos idiota agora.

— Já ajuda.

Benji encontrou Summer no aparelho de escada. Ele a olhou com seus olhos castanhos enormes. Eram esverdeados no meio, e os cílios, tão grossos que pareciam uma coisa só.

Summer enfiou a mão no bolso e tirou as luvas de Benji. Ele pegou.

Michelle ficou só olhando. Dando um aceno de cabeça para ela, Benji foi embora.

— Era desse cara que você estava falando.

— O nome dele é Benji.

Summer passou a ouvir apenas o último CD de Benji, porque os dois primeiros a deixavam triste demais.

Às vezes, ouvia rádio também.

Ela viu Charlie com outra garota no grêmio estudantil. Talvez fossem só amigos. Ainda assim, isso fez com que Summer se sentisse inferior.

Pensar em Charlie fazia Summer se sentir comum e substituível.

No refeitório, Summer procurou Benji nas mesas. Ficou de queixo caído quando o viu.

— O que aconteceu com você? Tem uma entrevista de emprego?

Ele estava de calça jeans e uma camiseta de *Calvin e Haroldo.*

Ela sentou na sua frente.

— Vou me trocar depois do jantar. Ainda que isso me obrigue a voltar no quarto. E me faça perder dez minutos. E chegar na academia quando não tiver mais os melhores tapetinhos.

Vestido desse jeito, Benji quase parecia uma pessoa normal. Continuava grandalhão demais, barulhento demais e chamativo demais. Porém normal. Mais ou menos normal. As mangas da camiseta ficavam justas.

— Sei que você não quer ouvir isso, mas seus braços parecem ainda maiores cobertos.

— Eu sinto — Benji devorava a lambança que tinha na bandeja — que deveria poder usar o que quisesse no conforto do meu próprio lar.

— Você pode usar o que quiser.

Ele bufou.

— Mas ficou bem assim.

Benji bufou outra vez.

— Espero que saiba que tô fazendo isso por você.

— Fico feliz. E agradeço.

Ele continuou encarando Summer, com os olhos estreitos.

Ela sorriu para ele.

— Você ficou bem assim.

Ela encontrou um novo CD ao acordar.

Músicas de inverno para Summer.

Tirou os outros CDs do aparelho de som e pôs esse.

Às vezes, os amigos de Benji sentavam para comer com eles do outro lado do refeitório. Eles não eram tão ruins assim. (Embora fizessem bastante barulho.)

— Deve ser legal ter amigos que abrem mão do sorvete bom por você — Summer disse.

— Você tem isso — Benji disse.

Benji tinha um carro. Um Crown Victoria antigo.

Ele levou Summer ao shopping para comprar Vans. Também estava precisando de sapatos, mas tinha pés tão grandes que só lhe restava dizer seu tamanho aos atendentes e esperar que trouxessem tudo o que pudesse servir. Quatro opções no total.

Benji comprou um Nike preto de cano alto com o símbolo branco. Depois compraram suco de laranja e voltaram ao campus ouvindo música instrumental. Com Benji, era sempre uma surpresa.

Summer passou a ver os pelos do sovaco de Benji só na academia. Como ele também precisava se trocar depois do jantar, os dois passaram a se exercitar no mesmo horário. Benji acompanhava Summer e Michelle.

Summer ainda gostava de provocá-lo.

— Você não consegue puxar ferro de manga? Elas sugam as suas forças ou coisa do tipo?

— É exatamente isso, Dalila.

— Você fica ótimo de manga...

— Não vou ceder às suas vontades na academia, Summer. Não tem problema nenhum ficar parecendo um idiota lá.

Michelle achava Benji estranho e não entendia todas as suas piadas. Mas até que gostava dele. E concordava que deveria parar de usar regata.

Benji tentou ensinar Summer a levantar peso. Ela não estava muito interessada, mas era divertido passar tempo com ele.

As faixas de *Músicas de inverno para Summer* eram todas como uma luz amarela límpida.

Como sair no frio depois de malhar. Ou… a sensação de identificar um padrão.

Havia várias mulheres cantando em harmonia. Muitos pianos tilintando. Cat Stevens fazia outra aparição. E Judy Collins. Também tinha uma música do Pearl Jam que Summer nunca havia escutado. (Ela achava que conhecia toda a discografia do Pearl Jam.)

Todas elas faziam Summer sorrir.

Bom, quase todas — porque a última era "Silent All These Years". Essa a fazia chorar. Ela achava que não tinha mais lágrimas para aquela música, mas parecia ter algo a ver com as outras do CD. Com a jornada. A energia. O contexto fazia diferença.

— Vou explicar como você errou — Benji disse.

Eles estavam voltando da academia. Michelle tinha ido embora antes, mas Summer ficou para distrair Benji enquanto ele fazia musculação.

Era fevereiro e estava gelado, por isso Benji usava um casaco comprido por cima da regata. Summer se perguntou se o atendente da loja tinha oferecido todo o estoque de casacos que poderiam servir nele.

— Manda ver — Summer disse. — Eu errei sobre o quê?

— O amor.

— Ah. Tá. — Fazia tempo que Summer não pensava no amor. Ela ainda pensava em Charlie. Tudo ainda lembrava ele. Os dois tinham passado tempo demais juntos nos lugares que ela costumava frequentar para que pudesse esquecê-lo por completo. — O amor — ela repetiu.

— Você não errou quanto a estar apaixonada.

— Errei, sim.

— Não, escuta... — Ele ergueu as mãos. — Imagina que você se muda pro nosso prédio.

— Beleza.

— E que desce pro refeitório pra jantar.

— Tá.

— Então você pega a fila mais curta, por que não? E senta do lado mais vazio.

— Aham.

— E você tem dezoito anos, vê a máquina de sorvete e fica pensando: *Puta merda, uma máquina de sorvete? Vou tomar sorvete em toda refeição!*

— Eles só ligam pro jantar.

— Você é nova aqui, não sabe disso.

— Tá bom — ela disse.

— Então você começa a tomar sorvete toda noite e fica feliz com isso.

— Só porque não sei da máquina do outro lado.

Benji se virou para Summer e segurou a ponta do casaco dela.

— Só porque você não conhece o outro lado!

Ele continuou segurando.

— Mas você não tá *errada* quanto ao sorvete do lado vazio. Ele é bom. E é especial. Ainda é sorvete. Você ainda tem sorte por poder tomar.

Summer assentiu.

— Não é culpa sua — Benji prosseguiu — não saber que o sorvete do outro lado é melhor.

— Essa analogia tem uma série de falhas. Acha mesmo que eu tive sorte de me apaixonar por Charlie?

— Ele que teve sorte de se apaixonar por você.

Summer balançou a cabeça. Ficou confusa.

— Chega logo ao xis da questão. O que você quer dizer com isso?

Ele puxou o casaco dela.

— Que você pode confiar em si mesma pra se apaixonar de novo, Summer. Quando encontrar algo melhor, você vai saber.

Benji estava bem perto dela. A cabeça de Summer estava totalmente inclinada para trás, como se ela fosse uma criança vendo uma bexiga voar longe. Estava escuro, mas dava para ver a intensidade com que Benji a encarava. Até mesmo os olhos dele eram escandalosos.

— Gosto de ser sua amiga — ela disse, baixo.

— Gosto de ser seu amigo — ele disse, dando um passo para trás.

Summer o segurou pelo casaco.

— Não. Espera. É que… pra mim, é difícil imaginar que você… me quer. Assim.

— Mas eu quero.

— Charlie também queria, entende? E agora nem *gosta* mais de mim!

— Não quero saber do que ele gosta! — Benji gritou. — O cara é um merdinha!

Summer deu risada. Apertou a mão que segurava o casaco.

— Não quero falar sobre Charlie — ela disse, balançando a cabeça.

— *Que bom.*

Ela baixou a voz para prosseguir:

— Não é um bom sinal para mim. Na condição de objeto de afeto.

— Nada que aconteceu no passado se aplica a mim — Benji disse. — Sou uma nova variável.

— Uma nova variável — Summer repetiu, ainda segurando o casaco.

Benji tocou a mão dela.

— Tenho medo — Summer sussurrou. — Tô me sentindo bem melhor. Agora. Do que antes. *Gosto* de me sentir melhor.

— Você gosta de mim, Summer?

Ela fez que sim. Uma vez. E outra. Então continuou. Movimentando o queixo.

Benji a puxou.

— Você pode confiar em si mesma para se apaixonar de novo. — Ele a puxou ainda mais. — E pode confiar em mim pra te ajudar.

Os olhos de Summer nadavam em lágrimas. (A sensação era boa. E assustadora. Como uma manhã.) Ela ficou na ponta dos pés, mas não era o bastante.

— Confio em você.

Ao abraçá-la, Benji pôs Summer em um ponto mais alto da calçada. Ela mal teve tempo de se preparar. Pela primeira vez, os dois estavam da mesma altura — e os olhos dele também nadavam em lágrimas. Com todo o cuidado, Summer abraçou seu pescoço. Era como abraçar um carvalho. Ela soltou uma risadinha. Ainda estava chorando. Ainda tinha medo.

Ele aproximou o rosto do dela com uma delicadeza que Summer não imaginou que ele tivesse. Encontraram-se no meio do caminho. Os lábios de Benji eram mais volumosos do que Summer estava acostumada, e a boca era mais quente. Ela abraçou a cabeçona dele. O cabelo era áspero e enrolava nos dedos dela. Summer gostava dele, confiava nele — embora nunca soubesse o que esperar. Só que era sempre bom. Sempre melhor.

Benji se afastou um pouco. Os dois riram. Mais ou menos. Risadinhas. Summer piscou para afastar as lágrimas. Acariciou a cabeça dele com os polegares.

— É? — ele sussurrou.

— É — ela confirmou.

Ele voltou a agarrar a cintura dela e a girou.

— É! — Benji gritou.

Houve problemas.

O quarto de Summer já havia sido estragado por Charlie. A cama já estava arruinada com lembranças boas e terríveis. Ela não queria Benji lá.

Portanto, os dois passavam a maior parte das noites no quarto de Benji, e depois do toque de recolher, às dez, ela precisava se esgueirar para o próprio andar sempre que precisava usar o banheiro, e depois voltava para o dele sem ser vista.

Ela ia acabar trombando em Charlie nesse trajeto algum dia, e ia ser péssimo. (Já tinha esquecido o ex, mas não queria vê-lo. Não queria que ele pusesse os olhos nela. Ou em Benji.) (Benji não se importava que Charlie os visse. "Ele que se foda.")

O quarto de Benji era uma bagunça. Ele mal tinha roupas, mas o lugar era entulhado de livros, papéis e peças de computador — além de pilhas e mais pilhas de CDs. (Ele não adorava tanto assim o Napster.)

A cama estava sempre cheia de sementes de cânhamo — que ele comia como se fosse pipoca — e pontas quebradas de grafite. O colchão não era grande o bastante para os dois. Mal era grande o bastante para Benji.

E não dava para ambos usarem o fone de ouvido dele ao mesmo tempo, por isso sempre brigavam quanto ao volume e se a música não incomodaria a vizinha de baixo.

Os dois ficavam deitados na cama, Summer apertada entre o peitoral de Benji e a parede, ele com a mão na sua cintura. Qualquer que fosse a regata horrorosa que estivesse usando acabava no chão, porque Summer não as tolerava.

Eles ouviam músicas que lembravam Summer de eventos que ainda não haviam acontecido.

Ela tinha receio de dizer que o amava.

Como poderia dizer as mesmas palavras que tinha dito a Charlie? Sabendo quão diferente eram os dois relacionamentos. Quanto este era melhor.

Summer não tinha experimentado magia com Charlie. Só lampejos de boas sensações.

Benji era descomunal. Escandaloso. Seu rosto era vermelho demais.

Ele disse que a amava. Em palavras. E música. E com olhares ardentes no elevador.

— Benji... — Summer disse. Querendo dizer: *Mil CDs não vão ser suficientes se você deixar de me amar.*

Summer encontrava Benji no refeitório a maior parte das noites. Os dois iam para lá direto da aula. Às vezes Michelle sentava junto. Mas não era um hábito.

Uma noite, ele se atrasou, e Summer se perguntou se deveria comer o purê de batata antes que esfriasse.

De repente, ele chegou sem bandeja. Com duas cumbucas na mão.

— O que é isso? — ela perguntou.

Benji deixou uma cumbuca de sorvete na frente dela.

— O aperitivo.

Summer riu.

— Você não precisa de proteína?

— Posso comer proteína de sobremesa. — Ele sentou com o próprio pote. — E não venha com papo de nutrientes. Você se alimenta como uma criança de sete anos.

— Benji... — Summer disse, sem tocar o sorvete.

Ele provou o seu, mas estava ouvindo.

— Ainda sou uma romântica.

— Bom saber.

— Ainda acredito em amor verdadeiro.

Ele assentiu.

— Seu sorvete tá derretendo.

— *Benji* — ela sussurrou.

Ele olhou para Summer e sorriu como se tivesse o número de telefone dela.

Isso, com toda a certeza, ele tinha.

O Baile de Inverno

O baile de inverno

ERA VÉSPERA DA VÉSPERA DE NATAL, E OWEN E SHILOH NÃO iam assistir a *Agora seremos felizes* juntos.

Embora fosse véspera da véspera de Natal e os dois *sempre* assistissem a *Agora seremos felizes* juntos na véspera da véspera de Natal.

Bom... Sempre nos últimos três anos.

Shiloh e Owen tinham se conhecido no primeiro ano, quando fizeram teste para a peça de outono. Nenhum deles conseguiu papel. Acabaram como contrarregras, com camiseta e luvas pretas, e sempre tendo algo a dizer um ao outro. Estar na companhia de Owen era fácil — Shiloh podia ser ela mesma. (O que não conseguia fazer nem mesmo sozinha.)

Os dois tinham tudo de mais importante em comum — e o que era diferente deixava as coisas mais interessantes, e não irritantes.

(Bem. *Shiloh* nunca se irritava com *Owen*. Ele às vezes se irritava com ela. Mas... todo mundo se irritava com ela. A mãe dizia que Shiloh era ácida. O legal de Owen era que ele não parecia se importar por ficar irritado com ela de vez em quando. Era como se ficar irritado com ela não fosse tão irritante para ele.)

Adoravam atuar. Adoravam teatro. E filmes antigos. Adoravam citar suas obras preferidas um para o outro. Adoravam noites temáticas. Semanas temáticas. Adoravam rituais. E *adoravam* o Natal.

Foi ideia de Shiloh passarem seu primeiro Natal como melhores amigos assistindo juntos aos seus filmes natalinos preferidos.

No ano seguinte, quando eles repetiram a dose, Owen disse: "Acho que agora virou tradição".

Shiloh *adorou.* Owen ter dito aquilo. Ter tradições com Owen. Adorava que essa amizade fosse como um aperto de mãos secreto.

Seria o quarto Natal deles como melhores amigos. Na noite anterior, o filme havia sido *Um duende em Nova York.* E no dia seguinte iam ver *A felicidade não se compra.*

E naquela noite deveriam assistir a *Agora seremos felizes.* Os dois amavam Judy Garland. (A mãe de Shiloh dizia que se Owen gostava de Judy Garland ele provavelmente era gay.) (Shiloh respondia que essa ideia era muito ultrapassada.) (Shiloh meio que queria que Owen fosse mesmo gay. Porque aí talvez ele ficasse em casa com ela.)

Eles deveriam passar a noite no sofá de couro da sala de Owen. Ele deveria fazer pipoca e Shiloh deveria comer tudo sozinha.

Então, no fim do filme, Owen cantaria "Have Yourself a Merry Little Christmas". E Shiloh mandaria ele parar de ser cafona, pelo amor de Deus.

Era tradição. Uma tradição *deles.*

Mas o que é que Owen ia fazer naquela noite?

— Então você vai ao baile de inverno... — Shiloh disse. — Ao baile de inverno.

Owen ignorou. Estava diante do espelho, tentando ajeitar a gravata-borboleta.

Shiloh também estava de frente para o espelho, sentada na cama de Owen, atrás dele. Ela estava com uma careta, tipo aqueles gatos que parecem estar achando tudo um horror só porque têm sobrancelhas estranhas.

— Porque é inverno — ela disse. — E tem um baile.

— Droga — Owen baixou os braços. — Continua torta.

Shiloh olhou para a gravata cor-de-rosa. E para o paletó verde-sereia. E para a calça preta. Ele estava muito... elegante.

Owen estava sempre bem, pelo menos aos olhos de Shiloh. Era cuidadoso com as roupas e o cabelo, e inspirava confiança, embora fosse mais baixo do que a maioria dos garotos.

Só que essa noite Owen ficou mais reluzente e especial. Como um protagonista de filme. (Que também costumavam ser mais baixos do que a média.)

— Você tá ótimo — ela disse, desabando na cama.

— Você nem viu.

— Vi, sim.

Ele deu as costas para o espelho e bateu com o joelho no dela.

— Vê direito.

Shiloh sentou e ajeitou os óculos no nariz. O cabelo castanho e ondulado de Owen estava penteado para trás. Ele tinha feito a barba (porque agora fazia a barba). O queixo era bem definido e os olhos castanhos brilhavam.

— Tá — ela disse. — Tô olhando. Pra que exatamente?

— A gravata. É ridícula?

— Toda gravata é ridícula.

— Shiloh.

Ela olhou de perto. E desfez o nó.

— Agora sim.

A cara dele mudou.

— Pelo amor de Deus, Shiloh! Passei quinze minutos fazendo isso!

— Aposto que não vai demorar tanto da próxima vez.

Trincando os dentes, ele se virou de volta para o espelho.

— Você é tão…

— Tão o quê? — ela perguntou para o espelho.

Owen respirou fundo e evitou os olhos dela enquanto repetia o nó na gravata.

— Você não *precisa* ficar aqui, sabe? Se não quiser.

— Você me pediu! Disse pra vir te ajudar a se arrumar.

— É, mas você não tá ajudando, Shiloh.

— E você achou mesmo que eu ia ajudar?

— *Sim.* — Ele olhou para trás e balançou a cabeça. — *Achei* que pudesse fazer um esforço pra me ajudar a me preparar psicologicamente, considerando a ocasião. Achei que pudesse ser meu cornerman.

— Seu cornerman?

Ele passou os dedos pela gravata, endireitando o colarinho.

— O cara no canto que dá um tapa na cara do boxeador, joga água e diz: "Você consegue!".

— Você deveria ter dito que queria que eu te desse um tapa. Eu já podia ter feito isso umas dez vezes.

Owen voltou a dar as costas para o próprio reflexo e se aproximou da cama, fazendo sombra em Shiloh — tanto quanto é possível fazer sombra sobre alguém quando se tem apenas um metro e sessenta e sete. (Shiloh era sete centímetros mais alta. Isso nunca pareceu incomodá-lo.)

— Você deveria estar dizendo que eu consigo — ele insistiu.

Shiloh franziu a testa e se arrastou até apoiar as costas na cabeceira da cama. Ficou segurando um dos travesseiros com listras azuis no colo.

— Que consegue o quê? Dar o nó na gravata? Você consegue, acabei de ver. Foi lento, patético e ficou torto, mas você conseguiu. Pronto.

— Não isso — Owen disse, passando a língua no lábio e a deixando ali. Era um tique. Destacava quão finos seus lábios eram. O inferior parecia uma mancha, e o superior nem existia. Sério. Era só um contorno, uma borda, um colchete rosa e fino.

— Não isso — ele repetiu. — O lance todo. Você sabe que é a primeira vez que vou a um baile. Tô no último ano. Tenho dezessete anos. E é a primeira vez que vou a um baile…

Owen estava começando a se exaltar. A ficar dramático. A sacudir os braços. (Ele tinha feito um monólogo de Mark Twain no ano anterior e nunca tinha perdido a gesticulação.)

— … porque é a primeira vez que alguém de quem eu gosto aceitou meu convite. Você sabe que tô nervoso, Shiloh, e é minha *melhor amiga*. Não pode pelo menos *tentar* me incentivar?

Shiloh estreitou os olhos para ele. Cabelo caía nos olhos de Owen, e ela o prendeu atrás da orelha.

— Você. Consegue.

Owen fechou os olhos e balançou a cabeça outra vez.

— Muito obrigado — ele disse, com amargura.

— Fazer isso — Shiloh prosseguiu. — Aliás, isso o quê? Dançar? Você tá preocupado com a dança?

Owen bufou e voltou à gravata-borboleta, olhando com a testa franzida para as pontas e baixando a cabeça para tentar ver o que estava fazendo.

— Não tô preocupado com a dança.

— Porque você dança bem.

Ele olhou para Shiloh. Desconfiado.

— Valeu.

— Você faz aquele lance…

Ela franziu o rosto e ficou movimentando o pescoço para a frente e para trás,

Ele suspirou e passou uma ponta da gravata sobre a outra enquanto balançava a cabeça.

— Não, é legal — Shiloh disse. — Eu gosto. E de quando você estala os dedos também.

Ela estalou os dedos.

— Sou perfeitamente razoável dançando, Shiloh.

— É o que eu tô dizendo. Você é perfeitamente razoável dançando. Não deveria estar preocupado. Com o que quer que seja.

Ele voltou para o espelho.

— Onde vocês vão jantar? — Shiloh perguntou.

— No Mother India.

— Legal. Intimista. Você fez reserva?

— Não fazem reserva.

Owen desfez o nó e respirou fundo outra vez.

— Carmen gosta de comida indiana?

— Kamrin — ele corrigiu. — Você sabe o nome dela. Kamrin faz escrita criativa com você.

— Verdade. Karen.

— Não tem graça, Shiloh.

Ela tirou o travesseiro do colo.

— Isso não pode ser uma crítica à minha pessoa. Não tenho culpa se não sou engraçada. Foi *você* quem me escolheu como melhor amiga. É o seu mau gosto que tá sendo posto em xeque.

— Não te escolhi — ele murmurou, olhando para o pescoço no reflexo. O queixo estava erguido. O pomo de adão ficava em evidência. — Eu te *recolhi*, como uma pedra esquisita ou uma pena, e só me dei conta de que você estava no bolso dois anos depois.

— Que poético. Você deveria fazer escrita criativa comigo. Aposto que eu lembraria seu nome.

— Kamrin gosta de comida indiana. Eu perguntei.

Ele tinha dado outro nó na gravata. Ficou bem inclinada. Como um navio de cruzeiro prestes a afundar.

Owen fez uma careta e soltou o nó.

Suas mãos eram bem pequenas. Se tivesse nascido na época da Revolução Industrial, provavelmente acabaria em um trabalho horrível que exigia baixa estatura e dedos ágeis. Ele tocava marimba na banda da escola e sempre estava tamborilando na perna ou na mesa ou na nuca de Shiloh.

— Então não é com a dança que você tá preocupado. O jantar tá resolvido, você tem a gravata cor-de-rosa... Finalmente uma garota de quem você gosta aceitou seu convite... Tudo certo, já posso te dar um tapa?

Owen pareceu triste de verdade por um segundo. Soltou a gravata e caiu sentado na cama, com as mãos entre os joelhos.

— Esquece.

Shiloh franziu a testa. Não estava acostumada com Owen triste. Nem inseguro.

Ela se arrastou ao pé da cama até o lado dele.

— Não fica assim.

— Assim como? — ele perguntou, olhando para o chão.

— Sei lá. Assim.

— Me deixa em paz, Shiloh.

— Em paz, tipo, sozinho? Ou só quer que eu fique quieta por um minuto?

— Fica quieta por um minuto.

Shiloh obedeceu. Se olhou no espelho. Estava com um jeans desbotado e uma blusa de frio da Old Navy com um pinguim na frente. Usava um rabo de cavalo com meia dúzia de cachos escuros caídos.

Owen estava elegante.

Shiloh não, nem um pouco. Shiloh parecia Shiloh. Alta, desengonçada e descuidada. O tipo de garota que nunca precisava de ajuda para fechar um vestido de gala.

Ela prendeu um cacho atrás da orelha e se inclinou na direção de Owen.

— Você dança bem — disse com mais convicção.

— Obrigado.

— E é um baile. Então vai ficar tudo bem.

— É. — Ele olhava para o chão.

Owen tinha um raminho preso na lapela.

— Gostei — ela comentou. — O que é?

— O quê?

— No seu paletó.

Ele olhou para a lapela.

— Visco.

— Belo toque.

— É o baile de Natal.

— Eu sei. — Shiloh assentiu. — O baile de inverno.

Ele ficou olhando para o chão.

— Puro Natal — ela disse. — Puro baile.

— Você podia ir. — Ele ainda olhava para os joelhos. — Se quisesse.

— Quê? — Shiloh voltou a se endireitar.

— Você podia ir ao baile.

— Com você e Camden?

— Bom, jantar não. Mas você poderia encontrar a gente no baile. Vai ter uma galera lá.

— Não, obrigada.

— Por que não?

— Porque eu não danço.

— Já te vi dançar, Shiloh.

— *Você.* Ninguém mais precisa ver.

— Pode ser divertido.

— É véspera da véspera de Natal, Owen. Devemos seguir a tradição. Alguém precisa ver *Agora seremos felizes.* O filme não vai se assistir sozinho. Alguém precisa comer laranja com chocolate e acender uma vela pra Judy Garland.

Ele revirou os olhos.

— Eu disse que assisto com você amanhã.

— Amanhã é véspera de Natal. Na véspera de Natal, a gente vê *A felicidade não se compra.* Não mexe na ordem natural das coisas.

— Talvez você goste. Do baile.

— Não vou gostar.

— Como sabe?

— Porque é um *baile,* Owen. Com todo mundo que eu já não gosto da escola, só que arrumado e dançando. Se não gosto daquelas pessoas sentadas na carteira, por que gostaria delas dançando?

— A questão não é elas.

— É Kaitlin?

— Não. É você. Experimentando uma coisa nova.

— Uma coisa nova...

— A gente tem um número limitado de bailes do ensino médio na vida. — Ele sacudia a mão. — Você podia ir em um pelo menos. Pra não olhar pra trás e sentir que perdeu algo.

— Hum... — Shiloh murmurou. — Tá. É um bom argumento. E depois do baile talvez eu meta a mão numa lareira. Só pra saber qual é a sensação. E pra garantir que não tô perdendo nada.

Owen se jogou na cama.

— Você é tão irritante.

— De novo — ela disse, virando para ele. — A culpa é sua. Você me escolheu. Me viu na prateleira e pensou: Essa aí, essa aí mesmo. Essa é a minha melhor amiga.

— Não te escolhi — Owen resmungou, esfregando os olhos. — Só te peguei porque achei que parecia interessante e não percebi que ainda estava com você até depois de sair da loja.

— Você é tipo um e.e. cummings. Devia escrever esse tipo de coisa pra não esquecer.

Ela desabou na cama também. Owen cruzou os braços. Ambos ficaram olhando para o teto.

— Sei que Jeremy Wheeler te convidou pro baile... — Owen disse.

— Isso não é segredo.

— Ele é bonito.

Jeremy era normal.

— Ele parece um modelo da Target.

— Todo mundo gosta dele.

— Toda vez que vejo Jeremy, eu penso: "À venda esse fim de semana na Target mais próxima" — Shiloh disse.

— *Você* gosta dele.

— E daí? — Ela ergueu as mãos. — Todo mundo gosta dele.

— Tá, mas *ele* gosta de você.

— É fácil gostar de mim.

— Não é, não.

— *Você* gosta de mim...

— Não. — Owen parecia cansado. — Só não sei o que mais fazer com você.

— Você ainda não encontrou um lugar pra me deixar...

— Exatamente.

Aqui serve, ela pensou.

Owen sentou e voltou a mexer na gravata. Estava sendo rápido. E elegante. E logo iria para o baile.

— Você consegue — Shiloh disse para o teto.

— Valeu.

— O que quer que seja.

— Valeu.

— Estamos falando de Carolyn?

— Kamrin.

— Tanto faz. É por causa dela?

Owen deu de ombros.

— Talvez.

— Talvez — Shiloh repetiu.

— Só não quero estragar tudo. Acho que ela gosta de mim de verdade. Isso nunca acontece.

— Acontece, sim.

— Cala a boca, Shiloh.

— As pessoas gostam de você. — Shiloh se apoiou nos cotovelos para olhar para ele. — Quem não gosta de você?

— Cala a boca. Você sabe do que eu tô falando.

— Quem não gosta de você? Sério, quem é essa pessoa que não gosta de você? Preciso dissecar o corpo e documentar tudo pela ciência.

— Shiloh...

— *Todo mundo* gosta de você, Owen.

Todo mundo gostava mesmo de Owen — mais ainda do que de Jeremy Wheeler. A princípio Shiloh tinha pensado que ela e Owen tinham sido feitos para ser melhores amigos porque viviam deslocados. Eram ambos esquisitos. Só que depois Owen provou para todo mundo que era possível ser esquisito *e* popular. Antes Shiloh pensava que as duas coisas não podiam coexistir. E preferiria que não coexistissem mesmo. Porque queria ter Owen só para si.

— Você sabe do que eu tô falando — ele disse, como se fosse capaz de ouvir o monólogo interno dela. Owen olhava para o próprio pescoço no espelho. — Tô falando de garotas. Garotas como Kamrin nunca gostam de mim.

— O que você quer dizer com "garotas como Kamrin"?

— Garotas bonitas. Gente boa. Ela é bem legal, sabia? Poderia ir ao baile com qualquer um, mas aceitou ir comigo.

— Talvez você tenha sido o primeiro a pedir.

Pelo espelho, Owen encarou Shiloh.

— Pode ser. Talvez tenha sido sorte. Mas não interessa! Não quero estragar tudo.

Shiloh virou de lado e deitou a bochecha no edredom. Tinha o cheiro de Owen. Um cheiro tão familiar que ela praticamente nem sentia.

— Mas como você faria isso? Estragar tudo?

— De várias maneiras. Tenho medo de estragar tudo sem perceber. Tipo, quebrar alguma regra que eu nem sei que existe.

— Ela escreve poesia sem rima — Shiloh disse.

— E daí?

— Na aula de escrita criativa.

— E daí? Poesia não precisa rimar.

— Mas é bom quando rima.

— Talvez.

Ela se virou na cama para voltar a vê-lo pelo espelho.

— "Chegou a hora, a morsa advertiu, de falar de um monte de coisas. De sapatos e de lacres e de navios. De repolhos e de reis e de festas."

Era o poema preferido de Shiloh. Lewis Carroll.

Owen ignorou. Puxou uma ponta da gravata-borboleta e a tirou do pescoço.

— Vou usar uma gravata normal.

— Todo mundo vai de gravata normal.

— Então vou ficar igual a todo mundo.

— Esse é o seu sonho, né?

— Precisa ser maldosa, Shiloh?

— Não tô sendo.

Ela sentou. Estava bem ao lado dele. Owen cheirava a visco. Aparentemente.

— Vou ser seu cornerman — Shiloh disse. — Paf. Splash. *Você consegue.*

Ele fechou os olhos.

— Você consegue — ela repetiu. Continuaria repetindo se ele quisesse. — O que quer que seja. A dança, o jantar... Camry.

— Fala logo o nome dela. Você tá ficando sem alternativas possíveis.

Shiloh deu de ombros.

— A gente pode ver o filme amanhã — ele disse.

— Vou ver outro filme amanhã.

— É só uma noite.

— É melhor você ir pro seu baile. Ou vai se arrepender pelo resto da vida.

— Talvez eu *goste* dos bailes da escola...

— Você não tem como saber — ela disse, baixo.

— Talvez eu goste de Kamrin — ele disse, ainda mais baixo.

— Ótimo — Shiloh sussurrou. — Porque ela aceitou seu convite.

— Shiloh... — Owen virou para ela. Parecia triste. Soava triste. — Só quero ir ao baile e contar piadas bobas e ouvir música pop, e talvez no fim da noite beijar alguém que não seja minha avó...

— Todos objetivos válidos.

Ele apontou para ela.

— ... então não vem fazer com que eu me sinta mal.

Shiloh deu de ombros outra vez.

— Como eu faria isso?

Ele apontou para ela mais bravo.

— Você não vai tirar isso de mim.

— Onde eu ia pôr, se tirasse?

— *Você é um pé no saco, Shiloh.*

— Mas você me escolheu!

— Eu *não* escolhi!

A expressão de Shiloh era de raiva. Havia lágrimas nos olhos.

— Não escolheu?

— Não. — Ele balançou a cabeça e afundou o rosto nas mãos. Parecia resignado. — Você já estava aqui quando cheguei. Fazia parte do pacote.

Shiloh puxou os joelhos junto ao corpo e os cobriu com a blusa.

Os dois ficaram olhando para o edredom de Owen. Era xadrez.

— Não tenho tempo de discutir com você — Owen disse.

— Quer que eu vá embora?

— Se você quiser.

— Desculpa.

Ele levantou a cabeça na mesma hora.

— Sério?

Ela fez que sim.

— Pelo quê? Você nunca pede desculpa.

— Peço, sim.

— Não pra mim.

Ela trincou o maxilar por um segundo.

— Bom, por que pediria? Por que eu ia querer andar com alguém que faz com que eu sinta que preciso pedir desculpa o tempo todo?

— Por que você tá pedindo desculpa *agora*?

Ela abraçou os joelhos.

— Porque você pediu que eu viesse aqui te ajudar a se arrumar e acho que não tô ajudando.

— Não tá mesmo.

— Então. Desculpa.

Owen lambeu os lábios.

— Em algum momento...

Ela aguardou.

— Shiloh, vamos parar de passar todas as noites de sexta juntos em algum momento.

— Já não estamos passando *esta* noite de sexta juntos.

— Exatamente! Em algum momento, isso precisa acontecer.

— Neste momento. Pelo visto.

— Não é justo! — Owen quase nunca perdia a paciência, mas era assim que ficava quando perdia. — Eu te convidei pra ir ao baile!

— Não, Jeremy Wheeler me convidou. A gente estava no ponto de ônibus. Ele todo alto e simpático e "Quarenta por cento de desconto nos calçados da Target".

— *Não*. Eu te convidei. No último baile.

— Tá falando do baile de primavera?

— É! E você disse não!

— Porque eu não queria ir ao baile. Eu queria ver *Star Trek*.

— As fitas antigas da sua mãe.

— Isso.

— Que você poderia ver em qualquer outro momento.

— É — ela concordou.

— Eu te chamei pra ir ao baile e você disse não.

Onde ele estava querendo chegar?

— Eu lembro.

— Tá. Então você precisa me deixar ter esta noite.

— Tenho que te deixar ir ao baile hoje porque preferi assistir *Star Trek* seis meses atrás?

— *Isso.*

— Mas você vai independente de eu deixar ou não.

— Vou — ele disse, e lambeu os lábios.

— Então não vou deixar. E você vai.

— Quero que fique feliz por mim.

— Por que eu ficaria feliz por você? O baile parece uma péssima ideia.

— Não pra mim.

— Porque às vezes você é meio idiota.

— Tá bom.

— Não posso ficar feliz por você, Owen.

Ele enfiou os punhos cerrados entre os joelhos.

— Eu te convidei pra ir ao último baile, Shiloh…

— Eu queria ver *Star Trek*.

— … e você disse não.

— Eu te convidei pra assistir *Star Trek* comigo.

— *Star Trek* e um baile não são a mesma coisa.

— Concordo. Uma dessas coisas é péssima.

— Uma dessas coisas significa alguma coisa!

— Concordo!

Owen voltou a lamber os lábios. Engoliu em seco. Enrolou a gravata nos dedos, lambeu os lábios de novo e a deixou cair.

— Não sei o que você quer de mim.

— Quero… — Shiloh também não sabia. Não tinha uma gravata-

-borboleta para ficar brincando, por isso enfiou a cabeça nos joelhos. — Quero que você seja meu melhor amigo.

— Eu sou seu melhor amigo — ele respondeu sem hesitar.

— Não quero que você vá ao baile, Owen.

— Não é *justo*.

— Não interessa.

— Não tô querendo te abandonar ou te deixar pra trás. *Vem também*.

— Ao baile... — Shiloh completou, pensando a respeito. (Ou pensando a respeito de pensar a respeito.)

— Vamos. Põe um vestido. Ou não. Vamos a *um* baile da escola. Pra riscar isso da lista.

— Não tenho nenhuma lista.

— Bom, eu tenho. — Ele pousou a mão no antebraço de Shiloh. Isso não tinha precedentes. Quando se é o melhor amigo de alguém por três anos, quase tudo tem precedentes, só que aquilo não tinha. — Você precisa me deixar ter minha lista, Shi.

— Não preciso deixar nada — ela sussurrou. — Você faz o que quiser.

— Rá. — Não foi uma risada. — Eu faço o que *você* quer.

— Achei que fazer o que eu quero fosse o que *você* quer. — Shiloh não estava entendendo por que Owen ficou tão chateado. Era *ela* quem devia estar chateada! — Você me convidou pra ir ao baile.

— Convidei.

— Mas eu não quis ir.

— Eu entendo, Shiloh.

— Não entende, não. Eu não quis ir ao baile, mas isso não significa que estava abrindo mão de todos os meus direitos de exploração e propriedade.

— Pega leve na esquisitice — ele implorou. — Só por alguns minutos.

— Eu não quis ir *ao baile*, Owen. Quis ver *Star Trek*.

— Eu lembro.

— Com *você*.

— Eu... — Owen parou. Virou na cama para ela. Ainda estava segurando o braço dela. — Na verdade, não tô entendendo muito bem o que você tá falando agora, Shiloh.

— Eu não sabia que era *isso*.

— O quê? Isso o quê?

Ela baixou os olhos para os próprios joelhos.

— Esquece.

— Não. Não vem com "esquece", *Shiloh*.

— É melhor você ir. Uma garota de quem você gosta finalmente aceitou.

— Eu te convidei antes. E você disse não.

— Pro baile — ela disse, o mais baixo possível. — Não pra você.

Owen ia falar alguma coisa. Então lambeu os lábios. Inclinou a cabeça. Não olhou para ela. Até que olhou.

— Shiloh...

— Você continua segurando meu braço.

— Quer que eu solte?

— Não.

— Se eu tivesse te convidado pra este baile, você teria dito sim?

— Não.

— Se eu tivesse perguntado... meu Deus, Shiloh, o que eu deveria ter perguntado? O que você quer?

Ela ergueu a cabeça. Olhou nos olhos dele.

— Quero que você fique em casa e assista à Judy Garland comigo.

— Essa parte eu sei...

— Não quero que dance com meninas bonitas. Ou se preocupe com estragar tudo com elas.

— Tá.

— Não quero que beije ninguém. A não ser sua avó.

— Você tá me dizendo o que *não* quer, e não o que quer...

— Sou melhor nisso.

— Eu sei.

A mão dele escorregou para pegar a dela. E isso também não tinha precedentes. Estava fria.

— Me diz o que quer de mim — ele pediu.

— Não podemos ser só amigos? Somos ótimos nisso.

— Os melhores. — Ele apertou a mão dela. — Quer que eu solte?

— Não.

— O que tenho que te perguntar pra ouvir um sim?

— Você preferia me levar ao baile no lugar da Kamrin?

— *Sim* — Owen disse.

Foi a melhor notícia que Shiloh tinha recebido o dia todo.

— Quero participar da sua lista — ela disse depressa. — Não quero que você siga em frente com ela sem mim.

— Tá.

— E quero ir ao baile de primavera com você.

— O baile de primavera já foi.

— Mas vai ter outro, não? Em algum momento?

— Você vai ao baile comigo daqui a cinco meses?

— Isso — Shiloh disse.

— Você quer ir?

— Não, mas... quero *você.*

Owen apertou a mão dela. Aproximou o rosto. Bateu o queixo no dela. E a beijou.

ISSO NÃO TINHA PRECEDENTES.

Os lábios de Owen eram finos. O de baixo não passava de uma mancha, e o de cima era uma linha, um contorno, uma abertura pressionada contra a dela.

O beijo foi breve.

— Tudo bem? — Owen sussurrou.

— Tudo.

Ele tentou de novo. Beijou Shiloh um pouco mais intensamente. A mão de Shiloh subiu pelo peito dele.

— Ainda tudo bem? — ele perguntou.

— Tudo — ela sussurrou.

— Eu nunca tinha feito isso.

— Nem eu.

— Podemos continuar por um minuto?

— Podemos.

Eles continuaram.

Quando Owen se afastou, passou a mão pelo cabelo de Shiloh, soltou um cacho que estava preso na orelha e enrolou no dedo.

— Não achei que você quisesse isso.

— Você nunca perguntou.

— Então eu não deveria ter te convidado pro baile. E sim perguntado se podia te beijar.

— É sempre melhor ser específico, Owen.

Ele riu.

— Achei que você tivesse dito não pro baile porque não queria estragar tudo.

— Tudo o quê? — ela ainda sussurrava.

— Nós dois. Nossa amizade.

— E não quero. Mas prefiro que a gente estrague tudo juntos a você estragar tudo com outra pessoa.

— Mas você quer isso, Shiloh?

— Quero você.

— Também quero você.

— É bom ouvir isso, Owen.

Ele deu risada e balançou a cabeça.

— Você é tão esquisita. E não de um jeito normal. Você é esquisita mesmo, sabia?

— Acho que sim. Isso importa?

— Você é esquisita. E dificulta tudo. E... a gente podia ter passado o ano todo se beijando?

— Provavelmente até mais do que isso.

— Aff. Você é irritante.

Ela o puxou pela lapela.

— Mas...

— Mas... é. — Ele a beijou outra vez. — Vou ficar bem bom nisso, prometo.

— Acredito em você. *Você consegue.*

Owen a beijou. Cada beijo era mais suave e longo do que o anterior. Como a sequência de Fibonacci. Os dois nunca iam sair daquele quarto.

— Então tá. *Nossa.* Tá.

— Fico feliz que a gente tenha resolvido isso — Shiloh disse, voltando a respirar.

Owen riu mais. Ela sorriu.

Então ele se afastou.

— Você sabe que eu ainda vou ao baile, né?

Shiloh *não* sabia.

— Como assim? Você não pode ir!

— Tenho que ir! Kamrin tá me esperando.

— *Owen*, qual é o sentido disso tudo se você ainda vai ao baile?

— Vou fingir que você não falou isso...

— *Owen.*

— Não sou um monstro, Shiloh. Ela tá me esperando.

— Você vai *com ela*?

— Vou.

— E vai *dançar* com ela?

— Vou. E provavelmente vou me divertir muito, porque tô de *ótimo* humor.

— *Owen!*

— E depois vou pra sua casa, ou venho pra cá, se você preferir, pra gente ver *Agora seremos felizes.*

Owen levantou. Deu o nó na gravata-borboleta. Ficou olhando para Shiloh olhando para ele através do espelho.

Ela queria discutir, mas também queria passar os dedos pelos lábios.

Quando Owen virou para ela, a gravata estava torta.

— Você me espera?

Ela fez que sim.

— Espero.

Ele tirou o visco do paletó e o prendeu na blusa de Shiloh.

SE O DESTINO PERMITIR

Se o destino permitir

Natal de 2020

REAGAN TINHA COISAS DEMAIS NAS MÃOS.

Sua mala e as compras do mercado, além de uma travessa de vidro de gelatina — *muita* gelatina —, porque ela não tinha recipiente menor, e sua avó sempre fazia gelatina em travessas de vidro, para que todas as cores ficassem visíveis.

Reagan tinha coisas demais nas mãos, e a entrada estava escorregadia pra cacete. Havia neve no chão, e o avô não tinha jogado sal no caminho e nem limpado. Ela não podia culpá-lo — ele não saía de casa. Os pais dela levavam compras para ele toda semana.

Ela fez questão de ir bem devagar, dando passos mínimos.

— Olá! — uma voz masculina gritou.

Reagan levantou a cabeça bem quando chegou num trecho de gelo. Escorregou na hora e caiu de joelhos — e depois de quadril e por último caíram as compras, enquanto ela se contorcia para manter a travessa no alto.

— *Porra.*

— Puta merda! — a mesma voz xingou. — Tudo bem aí?

— Tudo bem! — Reagan gritou do chão.

— Não se mexe!

Quem quer que fosse, estava se aproximando.

— Não se mexe *você*... Tá de máscara?

— Ah. Não.

— Então fica bem aí! — Reagan pôs a travessa no chão. — Tô bem!

Ela se apoiou nos joelhos. Agora conseguia ver que era o filho do vizinho, o quietão e sem queixo. Devia estar a uns três metros dela. Manteve os braços estendidos, como se ainda fosse ajudá-la a levantar.

— Você se machucou?

— Não.

Reagan tinha se machucado um pouco. O joelho parecia estar ralado, e o quadril latejava. Ela ficou de pé…

E pisou em outro trecho de gelo. O cara disparou na direção de Reagan. Ela recuperou o equilíbrio e apontou para ele.

— Não!

Ele parou, com as mãos ainda erguidas. A expiração condensando no ar.

— Juro por Deus, Mason… — Reagan nem sabia que lembrava o nome dele. — Faz duas semanas que eu tô de quarentena e não vou passar covid pro meu avô só porque você não me escuta.

— Tá — Mason cobriu o rosto com o cachecol. A princípio, Reagan achou que ele estava disfarçando a falta de queixo. Só depois ela se deu conta de que era uma tentativa de não transmitir germes. — Mas toma cuidado.

— Eu estava tomando cuidado até você me fazer cair!

— Até eu te fazer cair?

— Você gritou comigo!

— Eu dei oi justamente pra não te assustar.

— Ah, fez certinho!

— Reagan? — alguém gritou. — Você tá bem?

Ela levantou os olhos. Seu avô estava na porta de casa.

— Tô, sim!

— Você caiu?

— Não, tô bem!

— Vou pegar meu casaco.

— Não, fica aí!

— É melhor não sair, Al. Tá escorregando!

— Mason? É você?

— É. Fica aí. Eu ajudo a Reagan.

— *Não chega perto* — Regan sibilou.

— Então vai — Mason disse. — Pela neve. É mais seguro.

Ele tinha razão. Ela se aproximou da neve e pisou nela, embora estivesse usando botas de cano curto que deixaram a neve entrar na hora. Reagan chegou na porta da varanda bem quando o avô estava voltando com o casaco vestido pela metade. Ela passou correndo por ele ao entrar e fechou a porta.

Então ali estavam os dois, ela e o avô, a menos de um passo de distância. O casaco dele pendendo em um ombro, ela deixando um rastro de neve no carpete, e tudo em que Reagan conseguia pensar era no ar entre os dois — no fluxo constante de perdigotos e micropartículas. O avô tinha emagrecido. E parecia mais velho do que alguns poucos meses antes. Como se ela pudesse derrubá-lo se respirasse forte demais.

Tá tudo bem. Reagan tinha tomado todas as precauções possíveis. Também havia sido cuidadosa todos aqueles meses. Por fim, tinha se trancado em casa por duas semanas para visitar o avô. Nem pegava a correspondência.

Ela ficou tão imaculada quanto era possível; não ia causar mal a ele.

— Oi, vô — Reagan disse. Então deixou as sacolas no chão e se aproximou para abraçá-lo. Ele demorou um segundo para retribuir. Ela não o culpava; fazia meses que ele não abraçava ninguém, na verdade nenhum dos dois era muito de abraçar. A avó, sim. Chegava a obrigar Reagan a ir atrás do avô para dar um abraço. Reagan e o avô provavelmente nunca tinham se abraçado sem incentivo.

Ela não era a pessoa certa para aquilo.

Caso só pudessem passar o Natal com uma única companhia, ninguém da família (nem ninguém no mundo) escolheria Reagan.

Reagan era a pessoa certa para convencer alguém a largar o marido. Ou para discutir com o banco sobre a taxa do cheque especial.

A sobrinha ligava para Reagan quando precisava de ajuda para arrumar métodos anticoncepcionais. E a mãe a chamava para ir com o pai à concessionária da Ford, para garantir que não pagariam caro por uma caminhonete.

Ninguém ligava para Reagan para ser reconfortado.

Ninguém ligava para Reagan para reconfortá-la.

Ninguém nunca dizia "Tô me sentindo sozinho, não quer dar uma passada aqui?". E ninguém nunca dava uma passada.

Mesmo antes daquela loucura toda.

Nos braços dela, o avô pareceu mais firme do que aparentava. Antigamente era um homem corpulento, e seus ossos largos continuavam ali.

— Eu já estava achando que nunca mais abraçaria ninguém.

Reagan deu risada e se afastou.

— Eu também. Tá um cheirinho bom, hein?

— Achou que eu não soubesse fazer peru?

— Nada disso, botei fé em você.

— Não fiz purê.

— Eu trouxe batata — ela disse. — Como falei que ia trazer.

— Bem... — Ele ficou desconfortável.

De pé na sua própria sala de estar. Tudo parecia igual à época em que a avó estava viva. Ou ele tinha mantido o lugar limpo ou tinha limpado para receber Reagan.

— Bem... — ela repetiu. — Então vamos começar.

O avô se virou para a cozinha. Então a campainha tocou e ele deu meia-volta. Reagan o segurou pelo braço.

— Não atende. Você não atende à porta, né?

— Bom, sempre vejo quem é. Recebo bastante entrega.

— Eu vejo. Não precisa ficar fazendo isso agora. Ninguém tá precisando de você.

Ela olhou pela janela. Não viu ninguém. Quem fazia entregas no Natal? Maldita Amazon Prime.

Reagan abriu a porta. A gelatina estava no capacho.

Ela pegou, entrou e limpou a travessa com um lencinho desinfetante.

A mãe mandou mensagem enquanto Reagan descascava as batatas.

Estive pensando e acho que não ia ter problema se você trouxesse o vovô pra comer aqui.

Você sempre acha que não vai ter problema, Reagan respondeu.

Até agora não teve mesmo!

Caitlin, a irmã mais velha de Reagan, concordava.

Mamãe tem razão, ela escreveu. *Faz nove meses que a gente não se vê, e ninguém pegou covid. Então são nove meses sem se ver à toa.*

Reagan queria escrever: *Talvez tenha sido por isso que ninguém pegou covid.*

Mas nem tinha certeza de que ninguém na família tinha pegado covid. Não diriam a ela se isso tivesse acontecido. Metade deles não usava máscara — metade de Nebraska não usava máscara. O irmão vivia postando teorias da conspiração no Facebook, e Reagan era a única que brigava com ele.

Fora que a família de Reagan tinha se visto. Sem ela. Todos se reuniram no Dia de Ação de Graças. "Estamos fazendo distanciamento social aqui", a mãe disse no telefone.

"Você só abriu a mesa extensível", Reagan retrucou. "Isso não é fazer distanciamento social."

Apenas Reagan e o avô levavam a situação a sério. Tinham passado o Dia de Ação de Graças sozinhos — ele em Arnold, a cidadezinha onde a maior parte da família ainda morava, e ela a algumas horas de distância, em Lincoln.

"Estamos muito preocupados com você", a mãe insistia em dizer a Reagan. "Você tá virando uma reclusa."

"Só tô seguindo as recomendações do Centro de Controle e Prevenção de Doenças."

"Ah, o Centro de Controle e Prevenção de Doenças..."

Reagan não queria pegar covid. Era gorda e tinha bronquite. Exatamente o tipo de pessoa que aparecia nas retrospectivas de "quem perdemos" do jornal local.

Na opinião de Reagan, a família inteirinha parecia alguém do obituário. Eram todos gordos. O pai tinha diabetes. A mãe sobreviveu a um câncer. A irmã ainda fumava. Estavam brincando com o perigo. Não tinham sorte. Eles eram demitidos pouco antes do Natal e engravidavam no banco de trás do carro. Por que correr o risco?

O avô aderiu ao lockdown de imediato.

"Tô preocupada com seu avô", a mãe disse em abril. "Ele não me deixa visitar."

Que bom, Reagan pensou.

"Ele ainda tá de luto. Não deveria ficar sozinho."

Reagan não podia discordar disso. Não tinha argumentos. Não havia resposta. Ou uma boa maneira de lidar com tudo.

Ela ligou para o avô no Dia de Ação de Graças e apresentou seu plano para o Natal. Teve que convencê-lo de que seria seguro.

"Vou passar duas semanas em casa, vô. Entrar em quarentena total."

"Bom, não sei se quero que faça isso por mim, Reagan..."

"Mas *eu* quero."

"É bastante tempo para uma jovem como você passar trancada."

"Eu ficaria em casa de qualquer maneira." Reagan não via seus amigos desde março. Não havia tido nem um encontro.

"Não sei..."

"Eu vou. Vamos passar o Natal juntos."

Reagan não sabia fazer purê. (Solteiros não faziam purê.) No entanto, chegou a ver uma receita na internet e não parecia difícil.

O avô fez o molho.

Ele já tinha posto a mesa, com a toalha de flores vermelhas da avó e dois pratos de visitas, que não eram propriamente de louça, mas tinham florzinhas roxas nas bordas.

Reagan nunca tinha visto aquela mesa tão vazia.

Em geral, ficava tão lotada de comida que nem sobrava espaço para os pratos. Ou para pessoas com menos de quarenta anos. Reagan tinha passado todos os Natais da sua vida sentada a uma das mesas de carteado na sala de estar. A mesa das crianças.

Não era assim que ela queria ser promovida à sala de jantar.

Mesmo que fosse um Natal normal, só haveria mais espaço porque a avó tinha morrido. Ainda fariam o Natal ali? Ou os pais de Reagan assumiriam a festa? A família ia se dividir em unidades menores, com cada tia e tio fazendo um evento separado? Já eram todos avós. Matriarcas e patriarcas. Quem ia ficar com o vovô no Natal? Fariam um rodízio? Talvez Reagan só fosse rever os primos no funeral seguinte. Mais um funeral por Zoom.

Puta que o pariu, que coisa triste. Era um momento triste para estar vivo. E era definitivamente uma mesa triste pra cacete.

Ela pôs na mesa o purê, a molheira, a travessa de gelatina verde, os pãezinhos pré-prontos do avô...

Ele chegou com o peru. Reagan riu.

— Por que está rindo do meu peru?

— Porque é *gigante.*

O avô pôs na mesa.

— Tem oito quilos.

— É gigante, vô.

— Só sei fazer peru de oito quilos. Não quis arriscar.

— A gente pode fazer sanduíches com as sobras.

— Você pode levar um pouco.

Ela fez que sim.

O avô sentou na ponta da mesa, e Reagan sentou ao seu lado. Ele começou a destrinchar o peru com uma faca elétrica que devia ser mais velha do que ela.

— É seu dia de sorte — o avô disse. — Não vai precisar brigar com ninguém para ficar com a coxa.

Ela deu risada. Era grata pelas piadas bobas dele. O assunto tinha acabado quando ainda estavam na cozinha. Não havia muito o que falar. Ele era um fazendeiro aposentado que via muita televisão. Ela era uma contadora que trabalhava de casa. Os dois conversaram sobre as notícias e as teorias envolvendo covid. O avô via os noticiários da TV a cabo, mas não confiava no que diziam. Reagan nunca tinha conversado de verdade com ele. Os dois estavam sempre em um grupo maior — com a avó e em geral com os pais dela. Não havia uma dinâmica dos dois. Portanto, falaram sobre as coisas que os uniam nesse dia: a preocupação; a cautela; a crença firme no fato de que a maioria das pessoas era idiota.

Foi agradável descobrir que o avô parecia ser tão avesso às pessoas quanto ela. Sempre havia sido assim? Ou ele estava ficando rabugento por causa da idade avançada e da solidão? Reagan sempre foi desse jeito, e só piorava.

— Sua avó ia querer que rezássemos antes — ele disse, depois que os dois tinham se servido.

— Hum.

Reagan procurou não se comprometer. Já tinha pegado uma garfada de peru.

— Mas, se quisesse que eu continuasse rezando — ele prosseguiu —, deveria ter morrido depois de mim.

Ela engasgou com a carne. Olhou para o avô, para conferir se havia amargura ou melancolia na sua expressão. Mas foi como se tivesse dito uma trivialidade enquanto passava manteiga no pão.

Reagan engoliu a comida.

— Deveria mesmo.

Ele deixou o pão no prato.

— Eu sempre dizia a ela que se quisesse que eu fosse para o céu, ia ter que me levar até lá pessoalmente.

Reagan deu risada. Havia lágrimas nos seus olhos.

— Aquela mulher não seguia calendários.

O avô olhou para ela. Seus olhos também brilhavam.

— Pois é.

— Acha que vovó estaria sendo tão cuidadosa quanto você? Com tudo isso?

— De jeito nenhum. Eu teria que fechar as janelas com pregos.

A avó de Reagan era uma mulher baixinha e larga que tingia o cabelo de vermelho e sempre usava batom cor-de-rosa. E era ativa na igreja e na comunidade. O tipo de pessoa que ia a todos os recitais e peças dos netos, ainda que tivesse vinte.

Ela colocava todas as fotos de escola dos netos em porta-retratos, uma por cima da outra, sem tirar as mais antigas, então quase não dava para fechá-los. A foto de formatura de Reagan ficava na mesa de centro da sala de estar. Se abrissem aquele porta-retratos, toda a sua infância sairia voando.

— Não consigo imaginar sua avó usando máscara — o avô disse.

— Talvez ela começasse a gostar. Pelo menos ia ter o que fazer com os retalhos velhos.

— Essas máscaras caseiras são inúteis…

— Melhor que nada.

— Tenho N95 para quando preciso mexer no isolamento da casa. Me lembra de te dar algumas antes que vá embora.

— Tá bom. — O purê estava uma papa, mas o molho tinha ficado bom. O prato de Reagan era todo marrom e branco. O único verde por perto era o da gelatina. Ela devia ter trazido um vegetal. — Mamãe diz que odeia usar máscara porque borra o batom. Quando eu digo pra não usar batom, ela reage como se eu tivesse dito pra sair sem calça.

A risada do avô ficou aguda no fim.

— Queria que ela fosse mais cuidadosa.

— Eu também — Reagan disse.

— Para ser sincero, às vezes fico feliz que sua avó não esteja aqui para viver isso. Penso em como ela nunca teve que ouvir falar no assunto. Nunca precisou se preocupar. Nunca perdeu ninguém assim. Ela foi embora antes que esse fardo recaísse sobre seus ombros. Fico feliz por isso.

Reagan assentiu.

Ela não conseguiu pensar em nada para dizer na sequência. O avô também não parecia com vontade de continuar falando. E não havia mais ninguém para obrigá-los a socializar.

Já fazia um bom tempo que Reagan tinha parado de fumar. Desde o fim da faculdade. Ela se sentia foda fumando. Então terminou os estudos e começou a trabalhar, e fumar passou a fazer com que ela parecesse apenas dura. Até o jeito de segurar o cigarro na mão e na boca... Era como se tivesse sempre um sorriso malicioso no rosto. Como se sua expressão dissesse: Ai, jura.

Reagan já se sentia dura o bastante por conta própria. Não precisava de acessórios. Não precisava comunicar aquilo para o mundo.

Fora que ela tinha bronquite. Isso era um saco e a fez parar.

Só que Reagan sentia falta do cigarro. Sentia falta de ter uma desculpa. Pra dizer "volto já". Sentia falta de como pessoas educadas a deixavam em paz assim que pegava o maço.

Ela ainda fazia um intervalo para não fumar de vez em quando.

Depois de comer, ela e o avô foram ver televisão na sala. Reagan não queria assistir a Fox News, então puseram no Weather Channel. O avô ficou sentado na sua poltrona, e Reagan, no sofá, mexendo em uma agulha de crochê que encontrou enfiada entre as almofadas.

Meia hora depois, ela disse:

— Preciso de um ar.

O avô assentiu.

Ela vestiu o casaco e saiu para os fundos. A neve não tinha derretido, mas o tempo também não estava congelante — nem perto disso.

— Oi — alguém disse.

Reagan deu um pulo.

Era Mason outra vez, no deque da casa dos pais.

— Juro por Deus que não tô tentando te assustar.

— Meu Deus, Mason.

— Desculpa.

Reagan franziu a testa para ele.

— O que é que você tá fazendo aqui?

— Só vim tomar um ar. Quer que eu ponha a máscara?

Ela considerou a distância: havia pelo menos uns cinco metros entre eles. Fora que estavam ao ar livre.

— Quero. Se for continuar falando comigo.

Mason tirou uma máscara do bolso.

Reagan fez o mesmo. Não sabia por que se dava ao trabalho; deveria voltar para dentro.

— Do que tá fugindo? — ela perguntou, passando os elásticos nas orelhas.

— Quem disse que tô fugindo de alguma coisa?

— Bom, você tá fora de casa no meio do inverno. E não é pra fumar ou esperar o ônibus.

Mason riu.

— Só preciso de um momento sozinho.

Reagan fez "hum".

— Eu também.

— Ei, eu, hã... sinto muito pela sua avó.

— Ah. — Ela foi pega de surpresa. — Obrigada. Acho que é disso que tô fugindo.

— Do luto?

— Basicamente. Achei que fosse ser bom para o meu avô fazer um Natal para ele, mas parece que só tô lembrando que é Natal e ela não tá aqui.

Maison não disse nada. Por que deveria? Era um completo desconhecido.

— Desculpa — Reagan disse. — Acho que desaprendi a falar com as pessoas.

Ele riu outra vez.

— Não se preocupa. É a minha primeira conversa cara a cara com alguém que não sejam meus pais. E seu avô. E o carteiro. Em meses.

— Sério? Você tá fazendo lockdown?

— *Opa…*

— Achei que ninguém usasse máscara por aqui.

— Talvez não usem mesmo, não tenho como saber. Não saio de casa.

Reagan abriu um sorriso. Ele não tinha como ver.

— Você mora com seus pais?

— Não — ele disse. — Quer dizer… nem sei mais como responder a essa pergunta.

— Tá…

— Teoricamente moro em Washington. Tenho um apartamento lá. Só que dei uma pirada depois de dois meses de isolamento, e vivia preocupado com meus pais…

— Aí você voltou pra Arnold?

— É, acho que sim.

— Você preferiu fazer quarentena em Arnold, Nebraska, do que na capital do país?

— Bom… sim. — Mason estava sorrindo. Meio que dava para perceber pela sua voz. Ela visualizou o queixo dele desaparecendo. — Sinceramente. Tem sido legal. Tô no antigo quarto do meu irmão, e é enorme. Tem tipo metade do tamanho do meu apartamento em Washington. E posso ficar ao ar livre sem máscara. Bom, em geral. Fora que meus pais são muito menos irritantes agora do que na época da escola. Vejo *M*A*S*H* todo dia com minha mãe. É bem legal.

— Então por que você tá precisando de ar?

Mason ficou em silêncio por um segundo.

— Não lembro de você ser falante assim na época da escola.

— E eu não lembro nada sobre você.

Ele deu risada.

— É sério. A gente estudou junto?

Reagan não estava tentando ser maldosa. (Até porque não precisava tentar. Era natural dela.) Só se lembrava dele como o vizinho dos avós.

— Só tem uma escola de ensino médio aqui, Reagan.

— Tá, mas você é bem mais novo do que eu, não?

— Sou dois anos mais novo do que você.

— *Sério?* Achei que você tivesse ganhado aquele lance de luta-livre estadual quando eu já estava na faculdade.

— Quem ganhou foi meu irmão, Brook.

— É mesmo?

— É. A gente era da banda. Eu e você.

— Acho que apaguei isso. Eu odiava a banda.

— Dava pra ver. Você era péssima.

— Na metade do tempo, eu nem tocava. Só movimentava o clarinete. — Ela procurou cigarros no bolso. Não tinha nenhum. Havia anos. — Desculpa não lembrar muito bem de você.

— Tudo bem. Ninguém queria ser notado por você mesmo.

— Como assim?

— Você era má pra cacete.

— Era nada.

— Era, sim. Você chamava um amigo meu de Sapão.

Reagan gargalhou.

— Você era amigo do Sapão?

— Ainda sou.

— E como ele tá?

— Bem. Ele cuida da casa de repouso.

— Nossa. Que época pra trabalhar numa casa de repouso.

— Pois é…

Os dois voltaram a ficar em silêncio.

— Seu avô é muito cuidadoso — Mason disse, como se ouvisse a preocupação dela. — Seus pais vêm e eles conversam pela porta de vidro.

— Que bom.

— Eu deveria ter jogado sal na entrada dele.

— Quê?

— Não percebi que tinha congelado, e não sabia que ele ia receber visita.

— Ah, nossa, não se preocupa. Não é trabalho seu.

Mason deu de ombros. Estava com as mãos nos bolsos do casaco.

— Bom…

— Ele disse que você limpa o caminho pro carteiro conseguir chegar na varanda.

— Só quando seu pai não vem.

— Ainda assim, é legal da sua parte. Obrigada.

— Não é nada de mais. Não faço pra te impressionar.

Reagan fez uma careta.

— Por que você faria isso pra me impressionar?

— Eu… — Mason devia estar fazendo uma careta também, mas ela não tinha como ver. — É isso que quero dizer.

— De qualquer maneira — ela resmungou —, não impressionou. — Ela deveria voltar lá para dentro. Deveria sentar no sofá do avô e ficar fuçando o Instagram e julgando todo mundo em silêncio por estar passando o Natal reunido com a família. — Então você trabalha em casa? Faz home office, digo.

— Isso.

— E o que você faz?

— Verifico a veracidade de áudios de sites de notícias.

— Não parece um trabalho de verdade.

Ele riu por trás da máscara.

— Meu eu de oito anos ficaria horrorizado, mas é um trabalho interessante.

— O que você queria ser quando tinha oito anos?

— Peão de rodeio profissional. E você?

— Ah, meu eu de oito anos ficaria muito satisfeito com minha vida atual. Eu só queria dar o pé de Arnold.

Mason riu de novo. Se apoiou no parapeito. Reagan recuou meio passo.

— Você mora em Lincoln, né? E o que faz da vida?

— Sou contadora. No departamento de agricultura.

— E gosta?

— É ok. Posso trabalhar de casa. Tenho sorte — ela disse, porque precisava dizer isso, que tinha sorte de *poder* ser cuidadosa. Muito embora a maior parte das pessoas em volta de Reagan que *podiam* ser cuidadosas *não fosse.*

— É, eu também — Maison disse, assentindo.

A conversa voltou a morrer. Ele olhava para o chão entre os dois deques.

— Mas não sinto que tenho sorte — Reagan falou em voz alta.

Ele levantou o rosto.

— Não? Nem eu.

Ela não conseguia vê-lo direito. Estava escuro, e a máscara de tecido cobria a maior parte do rosto de Mason, até debaixo dos óculos. Reagan não tinha conseguido dar uma boa olhada nele antes. Seu cabelo era mais para comprido, ligeiramente ondulado, mas a cor ela não sabia dizer. Devia ser mais alto do que Reagan. O casacão pesado e a calça jeans larga escondiam o corpo. Reagan não seria capaz de distingui-lo em uma fileira de suspeitos, nem mesmo nesse instante. Ele poderia ser qualquer um.

— Tô me escondendo — Mason disse.

— Quê?

— Tô me escondendo aqui. Meu irmão e a família vieram depois de comer. Pra trocar presentes. A gente ia ficar na varanda, mas estava frio. E… — Ele balançou a cabeça. — E pareceu ridículo. Ficar lá, a dois metros de distância. Minha mãe disse: Isso é idiotice, vamos entrar. E todos entraram.

— E você veio pra cá?

— Pois é.

— O que disse a eles?

— Nada. Só atravessei a casa e saí pela porta dos fundos.

— Eles vão ficar bravos com você?

— Talvez. Mas não vão tocar no assunto.

— Por que não?

— Porque não fazemos isso. Somos estoicos, alemães, habitantes de planícies inescrutáveis. Vocês não?

— Não. Minha família é absolutamente escrutável. Quando eu era pequena, nossos vizinhos mais próximos ficavam a oito quilômetros de distância, e ainda assim ouviam minhas brigas com a minha irmã.

— Bom... Ninguém vai dizer nada. Se eu voltar.

— Se?

— A família do meu irmão acabou de derrubar a parede, sabe? Cruzar o perímetro.

— Pior que sei.

— Eles podem estar com covid. São três crianças, e crianças só apresentam sintomas em metade dos casos. Eles podem estar passando covid pros meus pais agora mesmo.

— Não devem estar.

— Como você sabe? — Ele ergueu a voz e os ombros. — Como qualquer pessoa sabe? É como se... o ar tivesse mudado lá dentro. Se eu voltar, vou compactuar com tudo isso. Fico pensando nas coisas horríveis que podem acontecer daqui pra frente. Em como vou ter que cuidar dos meus pais. De mim mesmo. Não estão nem deixando visitar as pessoas no hospital, sabia?

— Sim.

— E meu irmão vai se sentir péssimo se isso acontecer. Ele não é má pessoa.

— Ele é o lutador?

— É. Quer dizer, não mais.

— Então... o que você vai fazer?

— Não sei. Você deve achar que sou louco. Paranoico.

— Acharia. Antes. Mas agora... nem sei mais o que é loucura. Se a gente toma o cuidado que tem que tomar, é neurótico. Eu me sinto neurótica. Agora. E antes não era. Sou o tipo de pessoa que dividiria um sorvete com um cachorro.

— Isso é nojento.

— Eu sei. Mas nunca me incomodei. Nado em lagos. Uso sapato dentro de casa. Se derrubo a salsicha do cachorro-quente no chão, dou uma espanada e como.

Mason riu.

— Só que passei a desinfetar a correspondência.

— Parece que a gente não precisa fazer isso — ele falou.

— Eu sei, mas virou um hábito.

— Você recebe bastante correspondência? Não recebo nada.

— Tenho uma casa e uma previdência privada.

— Agora você só tá contando vantagem.

Reagan deu risada. Ela se debruçou no parapeito. Ficou cansada de ficar de pé.

— Eles estão comendo torta — Mason disse.

— Quanto tempo faz que vocês não se reúnem?

— Dentro de casa? Meses. Acho que desde junho ou julho.

Ela assentiu.

— E a sua família? — ele perguntou. — Tá tomando cuidado?

— Nossa, não. Estão todos na casa da minha mãe. Agiram normalmente esse tempo todo. Não vejo minha mãe desde março.

— Sinto muito.

— Tudo bem. Ela ainda me liga dia sim, dia não. E me manda vídeos estranhos do YouTube.

Mason riu.

— Acho que minha mãe nem sabe entrar no YouTube.

— Sorte a sua.

— Eu sei. — Ele voltou a baixar os olhos, ainda meio que rindo. — Não é justo — Mason falou mais sério. — Fui eu quem fiz a torta.

— Uau. Eu sofri pra fazer gelatina.

Ele levantou o rosto.

— Eu vi a gelatina… É verde, né?

— É.

— Verde é a *melhor.*

— Verde *é* a melhor.

— Fiquei impressionado com sua gelatina.

Reagan sorriu para Mason. Só porque ele não tinha como ver.

— Espera aí.

Ela se virou e entrou na casa. Foi para a cozinha. A travessa estava na geladeira.

— Tá conversando com alguém? — o avô perguntou da sala de estar.

— Com Mason.

— Gosto de Mason. Ele trabalha em Washington.

— Aham. — Reagan pegou duas cumbucas do armário. Azul e branca. — Quer alguma coisa da cozinha?

— Não, obrigado. Ainda estou cheio.

— Tá bom.

Reagan levou as cumbucas para os fundos. Mason continuava ali, com as mãos nos bolsos. Ele deu risada quando a viu.

— Não sei muito bem como fazer isso — ela disse.

— Você pode deixar no chão e depois se afastar.

— Tá bom.

Ela deixou uma cumbuca no chão e recuou.

Mason sentou na beirada do deque, passou por baixo do parapeito de madeira e pulou no chão. Não era muito alto. Ele pegou a cumbuca e voltou para o deque usando a escada. Então se debruçou no parapeito diante de Reagan.

— Tá com uma cara ótima — ele disse. — O que tem aqui?

— Creme de leite e cereja. E nozes-pecã.

— Ah, sim.

— Caso você seja alérgico.

— Não sou.

— Que bom.

Ele ficou olhando para a gelatina.

— Pode comer — ela disse.

— Agora?

— É. É só a gente se manter distante.

Ele sentou numa ponta da varada.

Reagan sentou do outro lado da varanda do avô. Mason tirou a máscara e sorriu para ela. Ela tinha sido um pouco dura demais em relação ao queixo dele — não chegava a ser inexistente. Ele tinha rosto quadrado. Olhos estreitos. Lábios que não se fechavam completamente quando sorria. Parecia um esquilo. Reagan definitivamente teria apontado isso na escola. Mason fez bem em se manter longe dela.

Ele já estava experimentando a gelatina.

— Que delícia.

Reagan tirou a máscara. Sempre arranjava espaço para gelatina.

— É abacaxi?

— Isso. Também tem abacaxi e cream cheese.

— E marshmallow.

— Que belo paladar você tem — ela disse.

— Minha avó fazia essa receita.

— A minha também.

— Nossa. — Ele sorria para a cumbuca. — Esse doce é como uma máquina do tempo.

Regan sorriu para ele.

— Que bom que você gostou.

— Tinha uma outra receita que ela costumava fazer. Com... — Mason franziu os olhos e estalou os dedos. — Pretzels.

— E geleia de morango.

Ele apontou para Reagan.

— É!

Ela balançou a cabeça como se ele estivesse sendo bobo, mas riu mesmo assim.

— Eu adorava — Mason disse, dando outra colherada. — Minha mãe nunca faz nada assim. Ela sempre fala que minha avó fazia tudo com gelatina e sopa em lata.

— A gente enchia o saco da minha avó. Era engraçado porque ela chamava isso de "salada de gelatina". "Mais salada, crianças?"

Mason riu.

— Nem consigo imaginar o Natal sem essa sobremesa — Reagan disse.

Ele olhou para ela, ainda sorrindo. Inclinou um pouco a cabeça.

Ela virou o rosto.

— Você ainda tem amigos por aqui?

— Ah… — ele disse. — Você sabe.

— Na verdade, não.

— Tem um pessoal da escola que ainda mora aqui. Mas a gente se vê mais no Facebook. Não chego a sair com eles.

— Entendi.

— E você? Ainda tem amigos em Arnold?

— Não sei nem se *já tive* amigos em Arnold.

— Não vou cair nessa — ele disse, balançando a mão. — Lembro bem de você e seus amigos. Sempre achei que você ia acabar se casando com Levi Stewart.

Reagan franziu o lábio.

— Por que você achava isso?

— Todo mundo achava isso.

— Eu não.

Ele inclinou a cabeça para trás.

— Pegou pesado.

— Até parece. Levi tá ótimo. Tem esposa, três filhos e cinquenta bisões.

Ela ainda falava com ele uma vez por semana, embora tivessem terminado na época da faculdade. (Ainda que Reagan não deixasse muitas pessoas entrarem na sua vida, não gostava de abrir mão delas depois desse esforço.)

— Bisões, é? Interessante.

— Você deveria adicionar Levi no Facebook. Ele vai te contar tudo sobre isso.

Mason já tinha terminado a gelatina e estava pondo a máscara de volta. Reagan achou uma pena não poder mais ver seu sorriso.

Agora que ela estava sentada no chão, parecia mais frio. Reagan estremeceu.

— Aqui — Mason disse, depois jogou algo no deque dela. Mais de uma coisa, na verdade.

— O que é isso? — Reagan estreitou os olhos para os objetos.

— São aquecedores de mão. Mas acho que eu deveria ter perguntado se você queria. Por causa do contato.

— Hum... — Reagan tinha álcool gel no bolso do casaco. Mason ficou olhando, sem tirar sarro, ela limpar os aquecedores de mão. Ela enfiou os dois sachês de papel nos bolsos. Esquentavam mesmo. Como será que funcionavam? — Ah. Que gostoso. Tem certeza de que não precisa deles?

— Não, tudo bem. Eu estava usando até agora.

Ela voltou a sentar, com as pernas penduradas na beira do deque.

— Só vendo o meu sofrimento.

— Exatamente.

Mason estava sentado na ponta do deque, recostado numa viga. Os dois deques pareciam ter sido construídos pela mesma pessoa. Eram de cedro bruto, com um parapeito simples. Uma criança poderia cair por baixo dele. Reagan e os primos costumavam se empurrar para fora.

Reagan olhou para os próprios pés.

— Desculpa por não lembrar com quem você ia se casar na escola.

— Tudo bem. Acabei não casando.

Reagan assentiu, sem saber o que dizer. O que a pandemia havia feito com ela? Nunca tinha sido de falar muito, mas sempre teve a capacidade de encontrar as palavras necessárias. Agora sua cabeça e sua boca pareciam vazias. Ela sentia que carregava esse vazio; um vazio com dois metros de raio.

— *Reagan* — Mason sibilou. — Olha!

Ele apontou ao longe. Três veados-mulas corriam pelo terreno do avô dela. Quase em completo silêncio na neve.

Havia apenas duas casas naquela rua, e os fundos davam para um campo limitado por uma cerca velha que se estendia por ambas. (No passado, tudo devia ser uma única propriedade.) Dois veados se aproximaram e saltaram a cerca, voltando ao campo. O terceiro caiu. Caiu e não levantou.

— Merda — Mason disse, descendo do deque.

Reagan o viu correr pelo quintal.

— Cuidado — ela disse, baixo demais para ser ouvida. Ele já estava mais perto do animal do que deveria. — Cuidado!

Ela saltou do deque e caiu na neve. Sentiu uma pontada no quadril e uma dor mais aguda no joelho.

— Merda — murmurou, ainda observando Mason.

Ele se aproximava do veado com as mãos estendidas. Reagan foi em sua direção, mas parou ainda distante.

— O que você tá fazendo? — ela meio que gritou, meio que sussurrou.

— Ele ficou preso na cerca.

O veado olhava para Mason. Completamente imóvel. Ainda não tinha produzido nenhum som.

Reagan chegou mais perto para ver melhor. Parecia que o bicho tinha conseguido enfiar uma pata entre duas ripas transversais e uma arvorezinha que crescia bem próxima à cerca.

Mason continuava se aproximando, com as mãos à frente.

— O que você tá fazendo? — Reagan voltou a perguntar.

— Vou ajudar o bichinho a se soltar.

— Ele consegue se soltar sozinho.

— Acho que não. Tá bem preso.

O veado começou a se movimentar freneticamente, brigando com a cerca.

— Ele vai se machucar — Mason disse.

— Ele vai *te* machucar.

Não se tratava de um filhote ou de uma corça faminta; aquele animal devia ter a altura de Reagan e pesar uns noventa quilos.

— Shhh — Mason fez. Talvez para o veado, talvez para Reagan. Então se agachou ao lado dele, o que parecia ser a pior decisão do mundo.

— *Mason* — Reagan sussurrou.

— Tá tudo bem. — Ele tentou pegar a pata presa. — As outras pernas dela estão do outro lado da cerca.

— Acho que é um macho.

— Não é, não. Olha só a cabeça.

O bicho se agitou de novo. Mason congelou. Reagan deu outro passo ansioso na direção deles.

Quando o animal se tranquilizou, Mason agiu depressa. Puxou a arvorezinha, agarrou a pata presa e a soltou.

O animal recolheu a pata — e, ao mesmo tempo, chutou com a perna traseira, atingindo Mason no peito.

— Uff — ele soltou, caindo para trás.

O animal fugiu, e Reagan correu até Mason.

— Ai, meu Deus! — ela gritou. — Eu te falei!

Mason estava deitado de costas na neve. Reagan se ajoelhou ao seu lado. O joelho direito dela doía pra cacete.

— Você tá bem? — ela perguntou, tocando o braço dele.

Os olhos de Mason estavam arregalados.

— Tô bem. Foi mais o susto. Ela tá bem?

— Tá falando do veado?

Ele confirmou.

— Tá, sim. Vai viver pra passar carrapatos e doenças e destruir plantações. Onde ela te acertou?

Mason apontou para o ombro.

— Você consegue mexer?

Ele tentou girá-lo. Era mais largo do que dava a impressão de longe. E não só por causa do casaco. Seu pescoço era grosso, e uma orelha, meio amassada, provavelmente por conta de um machucado antigo. Ele tinha neve nas orelhas e no cabelo. Um cabelo muito mais escuro que o de Reagan, quase preto.

— Não pegou na cabeça?

— Não. Acho que tô bem.

— Foi muita idiotice, Mason. Poderia ter acertado a *sua cara.*

— Acho que tô bem — ele repetiu. Então ergueu a cabeça da neve e se apoiou nos cotovelos.

Reagan se afastou.

Mason levantou, o que a fez levantar também. A dor no joelho havia voltado. Ela silvou e tentou aliviar o peso sobre a perna.

Ele a segurou pelo braço.

— Você tá bem?

— Tô. — Reagan olhou para ele. Mason devia ser uns quatro ou cinco centímetros mais alto. O que não era muito. — Poderia ter pegado no *seu pescoço.* Foi muita idiotice.

— Tá — ele assentiu. — Você tem razão. Desculpa.

— Droga — Reagan resmungou. Seu coração continuava acelerado.

Mason pareceu preocupado. Tinha neve nos óculos, e o nariz havia escapado da máscara. Ele continuou segurando o braço dela.

— Desculpa, tá? Você se machucou?

— *Não.* Eu só...

Mason segurava o braço dela. Estavam bem perto. Reagan tinha se permitido se aproximar assim e não estava nem usando máscara. Onde havia deixado, aliás? Mason estava tão perto que Reagan conseguia ver seu peito subindo e descendo.

Ele esticou a mão devagar e puxou a máscara para cobrir o nariz.

Reagan ficou só olhando, em meio à sua própria respiração condensada.

Então estendeu a mão e tocou a bochecha coberta dele.

Mason não se afastou.

Ela baixou a máscara dele. Devagar. De propósito. Até debaixo do queixo pouco pronunciado.

Mason ficou olhando o rosto dela. Não sorria, mas dava para ver seus dois dentes da frente.

Reagan agarrou a gola de camurça do casaco dele e o puxou.

Com mais vigor do que ela esperava, ele avançou para beijá-la.

Ela fechou os olhos e, por alguns segundos, simplesmente deixou acontecer. Mason estava beijando Reagan. Estava em seu espaço. Tinha ultrapassado o perímetro dela. Era a segunda pessoa que a tocava naquele dia. A segunda pessoa em dez meses. (Se Reagan soubesse em fevereiro o que estava por vir, teria atirado seu corpo em mais braços.) (Ela não precisava de gente tanto quanto os outros precisavam, mas ainda assim precisava... *de alguma coisa*.) Mason apertou o braço dela. Reagan sentiu que despertava. Puxou a gola dele e o beijou com vontade. Ele estava com gosto de gelatina verde. *Nossa. Droga.* Mason abraçou a cintura dela e a puxou para ainda mais perto. Os dois usavam casaco grosso. Reagan ainda calçava as botas de cano baixo. Seus pés estavam encharcados. O veado já devia ter sumido havia tempo. *Droga. Droga. Droga.*

Mason afastou a boca.

— Ei — ele sussurrou. — Você tá bem?

Reagan estava bem.

— Reagan...

Ela estava bem. Estava viva. Tinha sorte.

— Você tá chorando — ele afrouxou o abraço, soltando o cotovelo dela. — Desculpa...

— Não. — Ela balançou a cabeça. — Não é...

Reagan não sabia como terminar a frase. Não sabia o que dizer. Mason estava ali, com a gola do casaco na mão dela. Reagan levou o rosto ao ombro dele.

— Tá tudo bem — ele voltou a tocá-la com delicadeza. — Tá tudo bem.

Não estava. Talvez nunca fosse ficar. Reagan chorava como… como se fosse outra pessoa. Uma pessoa de que ela nem sequer sentiria pena, só julgaria mesmo.

— Tá tudo bem — Mason sussurrou outra vez.

Reagan soltou a gola dele. Ergueu a cabeça. Olhou para Mason. Não lembrava dele da época da escola. Revirou a mente, sem conseguir encontrar nada.

Ela recuou um passo e pensou em pedir desculpa, mas não sabia como. Então correu para casa, contornando o deque e seguindo até a porta da frente.

Quando tocou a campainha, o avô atendeu.

Natal de 2021

Os parentes de Reagan enchiam a casa.

Isso ainda parecia surreal para ela, ficar assim perto das pessoas. Ainda parecia arriscado.

No entanto, o avô tinha decidido que era tão seguro quanto voltaria a ser um dia. Metade da família havia tomado vacina, ele argumentou, e a outra metade já havia pegado covid — e alguns tinham tomado vacina *e* pegado covid. "Estou cansado de esperar que as coisas melhorem. Tenho a impressão de que é melhor nos reunirmos antes que as coisas piorem."

O avô tinha acabado de tomar a dose de reforço e estava se sentindo invencível.

Reagan nem conseguia imaginar qual era a sensação.

Passou tempo demais nos dois anos anteriores se sentindo paranoica e vulnerável. Tinha passado o Dia de Ação de Graças na casa da mãe, sentada ao lado da janela aberta. E evitou a maior parte dos outros eventos. Continuava trabalhando de casa, por opção. E ainda fazia mercado pela internet.

Tentou sair com os amigos algumas vezes no verão, quando o futuro parecia promissor — no entanto, era difícil não olhar em volta num bar lotado e se perguntar como as pessoas passaram o ano anterior. *Não tinham sido aquelas as pessoas que tornaram tudo pior?*

Os amigos diziam que ela ficou amarga. Levi afirmava que era transtorno do estresse pós-traumático.

"Não tô muito segura desse 'pós'", foi o que Reagan disse a ele. (Para Levi, era fácil esquecer tudo. Ele estava cercado de ar fresco e bisões.)

A família não falava mais com ela sobre covid. Sua irmã Caitlin passou uns dois meses mal na primavera, e ainda tinha dificuldade ao subir escadas, mas havia dito a Reagan para não perguntar mais a respeito. "Consigo sentir você me julgando."

Reagan não sabia como dizer à irmã que só a julgava um pouco. Que preferiria que Caitlin tivesse tomado mais cuidado, mas achava que tomar cuidado não bastava. E que, mais do que tudo, ficava *preocupada* com ela. Vivia preocupada com todos eles.

A mãe de Reagan tinha ligado na semana anterior para se certificar de que Reagan estaria presente no Natal. "Você se preocupa demais. O Centro de Controle e Prevenção de Doenças disse que o risco para quem tomou vacina..."

Reagan a cortou na hora. "Ah, o Centro de Controle e Prevenção de Doenças..."

"Às vezes parece que você não quer que as coisas voltem ao normal, Reagan. Às vezes parece que você prefere assim."

Às vezes Reagan concordava com ela.

Mesmo assim, ela foi para Arnold. Chegou até um dia antes, para subir as cadeiras dobráveis do porão e lavar os pratos, que não eram de louça. Agora ali estava Reagan, sentada à mesa lotada de familiares — e ainda mais lotada de comida. (Sem consultar ninguém, ela ocupou um assento na mesa dos adultos. Quem ficou na mesa das crianças foi seu irmão de trinta e oito anos, e Reagan não ficou se sentindo nem um pouquinho mal.)

Ela estava sentada entre a mãe e a tia, de frente para a janela que dava para a casa ao lado. Reagan tinha passado as vinte e quatro horas anteriores tentando não olhar naquela direção, porém não podia mais evitar.

Os vizinhos também estavam dando uma festa, e caminhonetes e SUVs ocupavam toda a rua. As duas casas ficavam tão próximas que Reagan conseguia enxergar a sala de jantar deles. E ver as pessoas sentadas à mesa...

Inclusive Mason, olhando para ela.

Reagan congelou.

Ele tinha um sorriso no rosto. Aquele sorriso simpático de esquilo. Mason ergueu a mão e movimentou os dedos devagar, acenando. Reagan assentiu, mas não sabia ao certo se ele tinha visto, por isso levantou a mão também, só para recolhê-la depressa debaixo da mesa logo em seguida.

— Quem você tá cumprimentando? — a mãe perguntou.

— Um dos filhos dos vizinhos.

— É melhor fechar a cortina. — A mãe parou uma bisneta que passava na frente da janela. — Grace, fecha a cortina.

— Deixe aberta — o avô disse. — Isso não é um funeral.

— Os McCracken podem ver a gente comendo, pai.

— Não vão ficar olhando a gente comer. Eles têm TV via satélite. E formas melhores de se distrair.

Reagan passou o restante da refeição evitando a janela. Nas poucas vezes que ergueu a cabeça, Mason estava lá, provavelmente conversando, embora fosse difícil afirmar. Até que ela voltou a espiar e havia outra pessoa sentada no lugar dele. Isso lhe permitiu relaxar um pouco.

Depois de comer, ela ajudou a mãe e as tias a tirar a mesa. Notou que a travessa de gelatina que tinha trazido estava pela metade. Então pegou duas colheres ainda molhadas do escorredor e saiu pela porta dos fundos.

— Já volto.

Ele estava no deque da casa dos pais, apoiado no parapeito, olhando para o campo. Ela sabia que o encontraria lá.

Não, não era verdade. Ela só torcia para o encontrar.

Mason se virou quando ouviu a porta abrir. Deu um leve sorriso.

— Oi.

— Oi — Reagan disse. — De quem tá se escondendo dessa vez?

— Não tô me escondendo.

Ainda estava claro. Com a claridade típica do inverno, amarelo-forte e cinza. Mason usava uma blusa vermelha com a rena do nariz vermelho. Seu rosto estava corado. O clima não exigia um casaco pesado — nem tinha neve acumulada no chão —, e ele estava com uma camisa xadrez e uma jaqueta jeans desbotada. O cabelo estava curto e roçava no pescoço e nas orelhas. O cabelo comprido do ano anterior devia ser por causa da pandemia. A de agora devia ser a aparência real dele.

Reagan mostrou a travessa de gelatina.

Mason franziu as sobrancelhas.

— Trouxe colheres — ela disse.

Ele deu risada, sentou na beirada do deque e pulou para o chão.

Ele deu a volta no deque do avô e subiu pela escada. Regan se preparou. Ainda não se saía muito bem em momentos assim, em que se aproximavam dela.

A cabeça de Mason despontou na escada. E depois o restante dele. Seu corpo estava mais à mostra do que no ano anterior. Ele tinha ombros e peitoral largos. Braços grossos. Barriguinha. Parecia jovem. Como os caras que moram no campo sempre parecem. Mesmo aos trinta e poucos.

Quando ele chegou ao deque, Reagan recuou um passo. Ele recuou também, voltando para a beira da escada.

Com a travessa na mão, ela deu de ombros. Como se não soubesse o que fazer. Não havia nenhuma cadeira, e Reagan estava prestes a perder a coragem.

— Tenho uma máscara — Mason disse, já pegando no bolso.

— Tudo bem. Estamos ao ar livre. E... tudo bem.

— Pronto... — Ele recuou alguns passos e sentou, deixando mais espaço para Reagan. — Beleza?

— Beleza — ela disse, sentando também.

Reagan enfiou uma colher na travessa e passou para ele.

— É o que estou pensando?

Com certeza. Gelatina de framboesa com pretzel. Reagan não disse nada. Só ficou observando enquanto ele experimentava.

— Meu Deus do céu. Por que as pessoas não fazem mais isso?

Reagan deu risada. Ele devolveu a travessa, e ela provou uma colherada também.

Mason estava com a barba feita. Seus olhos eram azuis. E o rosto, quadrado e bonito.

Ele apontou com a colher para a frente da blusa.

— Fazemos esse lance de usar blusa natalina cafona — explicou.

Regan assentiu.

— Minha família também.

Ele olhou confuso para o peito dela. Reagan estava usando uma blusa preta de gola V.

— Eu não participo — ela disse. — Foda-se.

Mason riu e devolveu a travessa.

Reagan comeu outra colherada de gelatina. Tinha três camadas: gelatina de framboesa, cream cheese batido com açúcar e pretzels esmagados.

— Você voltou pra Washington?

— Voltei — ele disse. — Passei uns dois meses lá. Aí comprei uma casa em Omaha.

Ela levantou a cabeça na hora.

— Você voltou pra *Nebraska*?

Mason confirmou. Ele parecia mais intenso de perto. À luz do dia. (E já parecera bastante intenso no escuro.)

— É, Washington ficou longe demais depois de tudo. E meu apartamento parecia muito pequeno... Então comprei essa casa em Omaha. Meu irmão diz que fui roubado, mas é um *palácio* em comparação com o que eu podia ter em Washington. Me sinto um jogador de beisebol profissional.

Reagan deu risada. Eles estavam rindo muito.

— Você pediu demissão?

— Não. Continuo trabalhando de casa.

— Eu também.

— Que bom. — Ele franziu a testa. — Ou melhor, você acha bom?

— É por opção minha.

— Então que bom. — Mason comeu outra colherada de gelatina. A travessa estava no colo. — Tô devorando, tudo bem?

— Nossa, sim. Meus sobrinhos não quiseram nem experimentar. Dizem que se é sobremesa não deveria ter sal.

— Bom, em primeiro lugar — ele disse, com a boca cheia —, isso não é sobremesa. É uma *salada* de gelatina. E, em segundo, o salgadinho é a melhor parte.

— Pode comer o quanto quiser.

— Deixa comigo.

Reagan sorriu, depois mordeu os lábios por um segundo.

— Ficou, hum... ficou tudo bem no ano passado?

Mason olhou nos olhos dela.

— No ano passado? Você quer dizer...

— Com sua família — ela disse. — Com a vinda do seu irmão.

— Ah, sim. — Ele balançou a cabeça. — Ficou tudo bem. Tipo, claro que ficou, né? Quais eram as chances?

Ela assentiu.

— Você se vacinou?

— Porra! — ele exclamou. — Não tô nem aí se vou ganhar outra perna. Fui o primeiro da fila.

Reagan assentiu mais.

— Eu também.

— Pode mandar essa tal de terapia genética maravilhosa — Mason continuou, ainda mastigando. — Mas... espero que *não* nasça outra perna na gente...

— Pois é. Também espero. Se a gente morrer, só vai sobrar esse bando de idiotas.

Ela fez um movimento com a colher se referindo a metade do condado e seus dois irmãos.

— Isso foi um pouco pesado — ele disse.

Sempre pego pesado, Reagan pensou.

Mason estava sorrindo para ela.

— Eu lembrava de você ser ruiva. Na escola.

— Eu era. Parei de tingir no ano passado. Não queria tingir por conta própria, e acabei me acostumando com a cor.

— Então essa é a natural?

Ela assentiu.

— É legal — Mason disse, ainda com seu sorriso de esquilo. — Cor de mel de flores silvestres.

— Loiro-sujo?

Ele balançou a cabeça, embora parecesse estar mais achando graça do que qualquer outra coisa.

— Pegou pesado de novo...

— Mason — Reagan disse, mais séria. Ela tinha baixado as sobrancelhas e aberto os ombros. — No ano passado, desculpa se...

— Ei. Tudo bem. Você não precisa.

— Não, eu quero...

— Reagan. — Sua voz era gentil. Sua postura toda era gentil. — Foi só um momento na floresta, né?

— Oi?

— Que nem no musical do Sondheim.

— Que porra é essa?

Mason deu risada.

— Sei lá. É só que... você não precisa...

— Desculpa por ter saído correndo — Reagan disse. — Desculpa por ter chorado. — Ela umedeceu os lábios. — Desculpa por ter reagido como se te beijar tivesse sido ruim. Não foi.

Mason tinha parado de argumentar. E parado de sorrir.

— Não foi ruim — Reagan foi tão clara quanto possível. — Te beijar.

— Não foi — ele repetiu.

Ela balançou a cabeça.

— Não — Mason disse. — Tô concordando. Não foi nem um pouco ruim. Na minha perspectiva.

— Ah. Que bom.

— Legal — ele assentiu.

Reagan assentiu também.

Mason coçou a cabeça com a mão que não segurava a colher e sorriu para ela.

— Essa gelatina já cumpriu seu propósito, não acha?

Ele passou a travessa para ela.

Reagan olhou para o recipiente e o deixou de lado.

Assim que a gelatina foi tirada do caminho, Mason estava em cima dela, beijando-a. Ele apoiou o joelho num degrau.

Ela não tinha beijado ninguém esse ano.

Era uma seca extraordinária para Reagan, que podia ser seletiva, mas não era uma freira.

A pandemia a havia mudado.

Reagan tinha se tornado muito mais exigente em relação a quem deixava se aproximar. Passou a ficar obcecada pelos desdobramentos.

No entanto, já tinha beijado Mason, e nada de ruim aconteceu. Havia sido um momento bom em uma época ruim. Reagan não esqueceu. Não parava de se perguntar o que teria acontecido se houvesse mantido o controle.

Mason estava debruçado sobre ela. Com uma das mãos no parapeito e a outra no queixo de Reagan. Ela gostava de como ele a beijava — com delicadeza e vontade. Reagan o abraçou para que ficassem mais firmes.

Os dois continuaram se beijando por um bom tempo. Até que Mason se afastou para olhar para ela.

— Que foi? — Reagan sussurrou.

— Só quis confirmar se você não tá chorando.

Ela cutucou as costelas dele.

— Cala a boca.

— Você tá tremendo — Mason disse.

— Só tô com frio.

— É dezembro.

Ele já estava de pé, tirando a jaqueta.

— Não vou usar sua jaqueta. Não sou uma animadora de torcida de quinze anos.

— Você *foi* uma animadora de torcida de quinze anos — Mason disse, oferecendo a jaqueta.

Reagan aceitou.

— Como você se lembra disso? Fui expulsa depois de um único semestre.

Ele deu de ombros.

— Veste a jaqueta pra eu poder te beijar de novo sem me sentir culpado.

Reagan obedeceu. A peça era forrada e estava quentinha.

Mason sentou ao lado dela, no primeiro degrau. Reagan teve que abrir espaço. Ele inclinou para trás para pegar mais uma colherada de gelatina.

Ela esticou o pescoço para olhar para trás.

— Pode ficar com a travessa — Reagan disse. — Não precisa terminar agora.

Mason abriu um sorriso cheio de dentes. Enlaçou sua cintura.
— Eu devolvo a travessa depois.
Reagan olhou para a escada, para o quintal, para além da cerca.
— Tá. Beleza.

O
PRÍNCIPE
E A
TROLL

O príncipe e a troll

ERA UMA VEZ, EM UMA TERRA, UM MENINO.

Bom, ele já foi um menino, mas agora é um jovem. Alto, forte e cheio de propósito. Com olhos azuis medianos e cabelo castanho mediano, pronto para abrir um sorriso a quase todo mundo que encontra.

Ele tem um trabalho que faz com que se sinta útil.

Tem uma casa que faz com que se sinta seguro.

E tem a sorte de morar na beira da estrada — uma estrada longa e larga, cuja melhor parte consegue ver da sua janela.

Ele poderia muito bem ser um príncipe.

Em um dia quente de janeiro, esse jovem estava andando pela estrada larga onde ficava sua casa segura para ir ao trabalho e ser útil quando derrubou o celular do alto da ponte.

— *Maldição!*

Ele nunca tinha reparado que havia uma ponte ali.

O jovem se debruçou no parapeito para ver se achava o celular. Levou a mão acima dos olhos para protegê-los do sol.

Não encontrou o celular. Porém, da lama, viu dois olhos voltados para ele.

— Ah — o jovem disse. — Oi.

— Oi — os dois olhos disseram. Bem. A boca abaixo dos dois olhos disse. O que quer que houvesse ali tirou uma mecha de fios enlameados do rosto para vê-lo melhor.

— Deixei o celular cair.

— Ah. — Soava mais para uma coisa feminina. — Que saco.

— É…

— Vou ver se encontro. — A coisa enlameada chapinhou em volta por um momento, procurando em meio a pedaços de concreto e uma garrafa de água vazia. — Ah, não. — Ela ergueu um objeto. — É esse?

— Não sei. Como é?

A coisa sacudiu o celular com o que devia ser sua mão.

— Da última geração, com três câmeras.

O jovem suspirou.

— É. O meu mesmo.

— Sinto muito.

— Não, tudo bem. A culpa foi minha. Eu estava distraído.

— A gente tem que tomar cuidado em pontes…

— É, minha mãe sempre me diz isso.

A coisa enlameada levantou um pouco da lama.

— Quer que eu jogue pra você?

— Sim, seria ótimo. Talvez eu possa deixar no saco de arroz durante a noite…

— Ouvi dizer que vendem feijões mágicos…

— Também ouvi.

Ele estendeu as mãos.

A coisa enlameada jogou o celular, mas não alto o bastante. O aparelho voltou a cair na lama.

— Desculpa, vou tentar de novo. São esses dedos com membranas, sabe?

O celular voou outra vez. O jovem se esticou para a frente, por cima do parapeito, ficando na ponta dos pés sobre as pedras lisas. O telefone escapou por entre seus dedos.

— Desculpa! — ela gritou.

— Não, a culpa foi minha. Vamos tentar outra vez?

Ele conseguiu pegar na terceira tentativa, e os dois deram risada juntos.

— Pronto! — ele disse. — Obrigado!

— Imagina, fico feliz em ajudar.

Ele tentou limpar a lama do celular e decidiu que, por ora, era melhor não tentar ligá-lo.

— Sorte a sua que o rio secou — a coisa enlameada disse. — Ou a correnteza teria levado o celular embora.

— Pois é… — Ele voltou a olhar para ela, que continuava coberta de lama. Seu rosto desaparecia quando ela piscava. (Na verdade, também desaparecia quando *ele* piscava… O jovem não estava acostumado a pensar tanto a caminho do trabalho.) — Acho que vou indo. Obrigado de novo.

— Estou aqui se precisar.

— Bom, espero não precisar.

— Haha. Verdade.

Ele voltou ao caminho. Não conseguia mais vê-la.

— Tenha um ótimo dia! — gritou.

— Cuidado por onde anda! — ela gritou em resposta.

O trajeto para o trabalho pareceu mais longo sem o celular para distraí-lo. *Isso é bom*, ele pensou. Sempre quis parar e cheirar as flores. Ou pelo menos olhar para elas.

As melhores flores cresciam na beira da estrada.

Eram todas perenes.

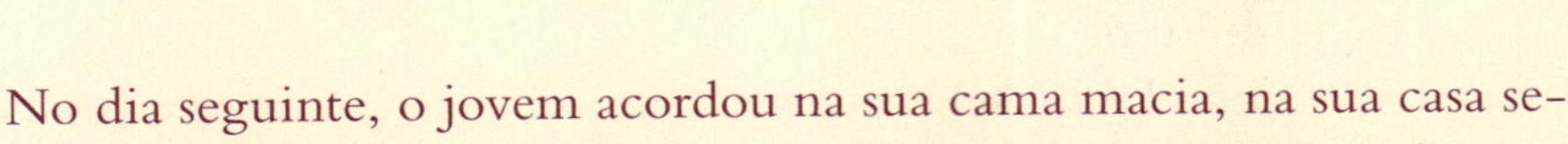

No dia seguinte, o jovem acordou na sua cama macia, na sua casa segura. Ele correu para a estrada. (Gostava da estrada, todo mundo gostava. Tinha sorte de morar nela.)

Daquela vez, quando chegou à ponte guardou o celular — ainda bem que continuava funcionando — no bolso de trás. Ainda assim, ele sentia que o aparelho podia sair voando por cima do parapeito, não era loucura? Por isso, ficava levando a mão ao bolso, para se certificar de que continuava ali.

Pensar nisso fez com que o jovem lembrasse da coisa enlameada. Ele se perguntou se ela estaria lá. *Não é como se ela ficasse esperando que as pessoas deixassem o celular cair*, imaginou ele. De qualquer maneira, o jovem parou no meio da ponte. Se debruçou no parapeito.

— Oi?

Ele ouviu algo chapinhando lá embaixo.

— Ah — a coisa disse. — É você. Oi. — Ela levantou do antigo leito do rio, tirando lama do rosto. — Deixou mais alguma coisa cair?

— Não...

— Quer deixar? Talvez uma bola de vôlei? Podemos jogar um pouco.

Ele deu risada.

— Só pensei em dar um oi.

— Ah... Que legal. Oi.

— Então, hum... — Ele pigarreou. Não tinha pensado naquilo direito. — Você mora aqui? Debaixo da ponte?

— Acho que sim. Você mora aí em cima?

— Mais pra trás na estrada.

— Que sorte.

— É mesmo uma sorte. — Ele protegeu os olhos com a mão outra vez. — Você... Espero que não seja indelicado perguntar...

— Vai em frente.

— Você é uma troll?

Ela deu risada.

— Porque moro embaixo da ponte?

— Bom, é. Eu não quis...

— Não, tudo bem. Acho que sou, sim, uma troll. Vivo embaixo de pontes e chamo meninos inocentes.

— Não sou... Digo, você não me chamou.

— Vou chamar da próxima vez. — ela disse. — Só pra dar um oi.

— Seria legal — Isso pareceu a coisa errada a dizer. Ele deveria ter dito algo engraçadinho.

Ela pigarreou. Ele imaginou que isso significava que ela tinha garganta.

— Bom. Acho que é melhor eu ir pro trabalho.

— Você trabalha?

— Sim.

— E gosta?

— Gosto muito — ele disse. — Faz com que eu me sinta útil.

— E o que você faz?

— Ah. É meio difícil explicar. Tipo... monitoro um trecho da estrada. Tem a ver com manutenção. Gerenciamento de recursos. E um pouco de design gráfico.

— Parece mesmo útil — ela disse. — Pra quem usa a estrada.

— E é! Bom... foi legal falar com você.

— Com você também.

Ele se afastou da ponte, sorrindo, e pegou o celular do bolso.

— Oi! — o homem disse, inclinado sobre o parapeito.

Ele aguardou.

— Oi? — tentou de novo.

A coisa meio feminina se ergueu da lama.

— Ah, oi. Não estava te esperando.

— É, eu não sabia se você estaria por aqui a essa hora.

— Tô aqui meio que o tempo todo.

— Ah. Legal. Quer dizer... — Ele hesitou. — É mesmo legal? É legal pra mim. Te encontrar aqui.

Isso a fez sorrir. Deu até para ver seus dentes. Ela tinha dentes.

— Trouxe algo pra você — ele disse. — Em agradecimento.

— Você já agradeceu.

— Eu sei, mas ia parar pra comprar café de qualquer maneira. Tem uma Starbucks logo ali na frente.

— Você me trouxe Starbucks?

— Você não gosta de Starbucks?

— Não, eu gosto, claro. É só que...

Da lama, ela ficou olhando para ele.

Ele olhou para as mãos com os dois copos de papel.

— Ah. Entendi… Acho que posso jogar um copo pra você.

— Sim. Deixar coisas caírem do parapeito é bem a sua cara.

Ele deu risada. Ela também.

— Seria bom se eu pudesse levar pra você…

— Que pena que não estamos em um poço dos desejos — Outra piada. — Na verdade, talvez aqui tenha sido isso no passado.

— Não acredito na minha burrice — o homem disse. (Ele não é um príncipe, mas poderia muito bem ser.) — Eu levaria pra você se pudesse, se houvesse um caminho.

— Eu acredito em você — ela falou.

Ele acreditou nela.

— O que você tá fazendo? — ela gritou.

Era o dia seguinte, no mesmo horário, e o homem estava subindo a cerca viva ornamental que separava a estrada de todo o resto.

— Tô só tentando passar por esses arbustos.

— Cuidado, acabaram de ser pulverizados!

— Tô tomando cuidado — a calça dele estava prendendo nos espinhos.

— Você vai derramar seu café — ela disse.

— É o seu café.

— Bom, então não quero mesmo que derrame.

Ele deu risada. Seu pé enganchou nos galhos. Não doeu. Os espinhos também não doíam. Mas era embaraçoso. A coisa toda era embaraçosa. Ele se sentia bobo.

— É por isso que ninguém sai da estrada — disse a si mesmo. — E se eu deixar o café aqui pra você? — ele perguntou. No meio da cerca viva, não conseguia vê-la direito. Na verdade, nunca conseguia vê-la direito.

— Não vou conseguir pegar. É melhor você levar pro trabalho. Alguém de lá pode tomar.

— Tá bom. É a intenção que vale, né?

— Foi sua mãe que te disse isso?

— Você voltou pra visitar a cerca viva?

Era o dia seguinte. O jovem estava no meio dos arbustos. Ela já estava rindo dele.

— Trouxe seu café!

— Já ouvi essa história antes.

— Haha!

Ele continuou avançando, deixando que os espinhos prendessem nas mangas. Tinha vestido sua blusa mais barata de propósito.

— Mesmo que você consiga passar pela cerca viva, vai ter que atravessar a lama.

— Tudo bem. Vim com minhas piores roupas.

— Fico lisonjeada.

— Opa, desculpa. É que... — Ele sentiu o pé pousar na lama do outro lado da cerca viva. — Rá! — Seu outro pé atravessou o arbusto. — Ahá!

— Tudo bem aí?

— Tudo! Tô ótimo. Eu tô...

Ele tinha saído da estrada. Não conseguia mais vê-la. Estava do outro lado da cerca viva. Ele poderia voltar. Talvez devesse voltar.

— Você não derramou o café.

O jovem se virou na direção da voz. Assim conseguia vê-la melhor. A forma humanoide recostada numa pedra à beira do leito do rio.

Ele foi até ela.

— Oi.

— Oi — ela disse.

Ele fazia sombra sobre ela.

— Eu, hum…

Ela estendeu a mão enlameada para ele.

— Puro ou com baunilha?

— Quero o que você tomaria.

Ele deu risada e entregou o com baunilha.

— Quanto egoísmo.

— Ah, por favor, você vai na Starbucks todo dia.

Eu poderia te trazer café todo dia, ele quase disse. (E o negócio era que poderia mesmo. Não custaria muito. Aquilo não havia custado muito.) (Mas ele não disse.)

— Por que não senta?

Ele olhou para a lama.

— Vamos, você tá usando sua pior calça.

— Verdade.

O jovem sentou com cuidado, a alguns passos dela e longe do meio do leito, onde a lama era escura e grossa. Ela limpou um pouco de lama dos lábios para tomar o café. Tinha lábios.

Ele vinha torcendo para que a lama fosse limpa e fresca. No entanto, agora que estava sentado ali, sentia um cheiro horrível.

— O cheiro do rio era melhor — ela disse.

Ele devia estar fazendo careta.

— Não, tá bom assim. — Ele lembrava vagamente do rio. Foi necessário por causa da estrada. O que quer que a estrada exigisse, eles providenciavam.

Ela tomou outro gole de café. O lábio ficou sujo de chantili. E a tampa do copo, suja de lama.

— É uma delícia — ela disse.

— Que bom que gostou.

Ela tomou outro gole.

— Muito bom mesmo.

— Eu sei.

— Deve ser uma maravilha poder tomar isso todo dia.

— Tem gente que acha que é desperdício de dinheiro. Mas sempre sinto que valeu a pena. Coisas pequenas e boas valem a pena.

— Com certeza. A gente tem que se permitir. — Ela olhou para ele. Lama escorria por seus ombros e empapava seu cabelo comprido. (Ela também tinha cabelo.) — Obrigada. — Baixou os olhos para o café antes de completar: — Adam.

Ele sentiu um friozinho na barriga. Sua expressão se desfez.

— Como... como sabe meu nome?

Ela sorriu.

— Tá escrito no copo.

— Eu... Isso não... Eu não deveria ter dito meu nome pra você.

— Não tem problema. Você deve estar pensando em fadas.

— E gnomos — ele completou.

— É verdade, gnomos.

— E elfos.

— Mas não trolls que moram debaixo de pontes. É sério, Adam. Sou, tipo, a única criatura pra quem não tem problema dizer seu nome.

Ele deu risada. Estava constrangido. E aliviado. (Embora não totalmente.)

— E você?

— Já falei que não vou te machucar.

— Tô perguntando seu nome.

— Não posso dizer — ela falou, entre uma golada e outra. — Todo mundo sabe que não se pode confiar em príncipes.

— Não sou um príncipe.

Mas poderia muito bem ser.

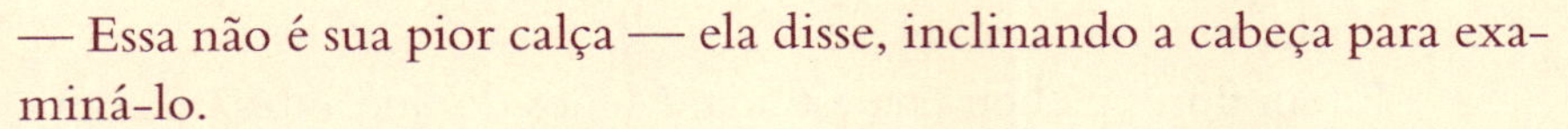

— Essa não é sua pior calça — ela disse, inclinando a cabeça para examiná-lo.

— Minha pior calça tá secando. Baunilha ou canela?

— Qual você prefere?

Ele entregou o café com canela.

— Não posso ficar muito, tô atrasado.

— O que você faz lá? — ela perguntou.

— Já te expliquei.

— Na verdade, não.

— O que *você* faz aqui?

Ela deu de ombros e voltou a se acomodar na lama com seu café.

— Nada de útil.

— Não é verdade. Às vezes você recupera celulares.

Ela inclinou a cabeça outra vez.

— Acha que minha utilidade é ser útil a você?

— Não. Não sei o que achar.

Ele não sabia mesmo.

— Me conta sobre a estrada — ela disse um dia.

Um lindo dia de fevereiro. Ensolarado. Todos os dias eram ensolarados. Embora algumas pessoas dissessem que uma hora teria que voltar a chover.

— Amo a estrada — ele disse. — Todo mundo ama.

— É plana?

— *Muito* plana.

— E larga?

— *Muito* larga — ele disse, sorrindo. — E tem um cheiro maravilhoso.

— Não seja grosseiro, Adam.

— Ah, perdão.

— Não, tudo bem. Sei que cheira mal aqui embaixo. Tenho nariz.

Ela tinha mesmo.

— E tem flores na beira da estrada. Menos do que antes, mas ainda são as melhores. Não tem flores em nenhum lugar que não seja possível ver da estrada.

Ele gostaria que ela pudesse ver.

— Qual é a melhor parte?

— A melhor parte?

— A melhor parte, além da Starbucks.

— Meio que me sinto mal por te dizer isso, mas tem *várias* Starbucks.

Ela suspirou e apoiou a cabeça na pedra. Às vezes, ela sentava na pedra. Ele gostava disso. Fazia com que parecesse mais alta — e menos parte da lama.

Naquele dia, ela estava deitada na lama, com a cabeça e os braços na pedra, como se ficar sentada direito exigisse esforço demais.

— Qual é a melhor parte *de todas* da estrada?

O homem — que agora podemos chamar de Adam, porque ele já entregou seu nome — parou e pensou com afinco. Por fim, disse:

— A estrada vai aonde você quiser. Em qualquer lugar que você pensaria em ir. Nunca termina. E você nunca fica sozinho lá. E tem tudo o que você poderia querer.

— Essa não é a melhor parte de todas. São várias.

— Tá bom. Tá, a melhor parte da estrada é que, quando você tá nela, não dá pra ver mais nada.

Ela estava de olhos fechados.

— Isso não deve fazer sentido pra você — ele disse.

— Faz, sim.

Ela franziu o nariz, e a lama cobrindo seu rosto rachou.

— O que é isso?

— Um refresco de morango com açaí.

— É rosa!

— Só tem no verão.

— Bom, então pode me passar, Adam. Não seja tímido.

Adam continuou sendo tímido. Ele passou a bebida e se acomodou na margem. Ainda não havia chovido — nunca chovia de verdade, o que estava relacionado com a estrada. Ele já conseguia sentar muito mais perto dela sem estragar a calça cáqui.

— Que delícia — ela disse. — Por que não comprou um pra você?

— Estou maneirando.

— No refresco de morango com açaí?

— Carboidratos de modo geral.

— Ah. Trolls que moram debaixo de pontes não precisam se preocupar com carboidratos.

— Sorte a sua.

— É. Tenho muita sorte.

Ele riu, desconfortável. Não sabia muito bem com o que trolls que moravam debaixo de pontes se preocupavam e tinha um pouco de medo de perguntar. (Não, não era isso. Não era medo exatamente. Ele só preferia não saber.)

— Gostaria de saber seu nome.

— Como você me chama na sua cabeça?

Ele corou.

— Você está presumindo coisas.

O canudinho fez barulho quando ela tentou beber. O copo já estava vazio.

— Vem com gelo demais — ela murmurou.

— *Ela* — Adam disse. — Eu me refiro a você como *ela*.

— Agora quem é que tá presumindo coisas? — sua língua se demorou em cada consoante. (Ela tinha língua.)

— Desculpa. Tô errado?

— Não. Você tem razão. Foi um palpite de sorte. — Ela virou o gelo na lama, em cima do que deveria ser a metade inferior do próprio corpo. — A Starbucks vende água?

— Não.

Ela pareceu decepcionada.

— Ah.

— Quer dizer, acho que vende água mineral, sim. Mas se você pedir vão te dar um copo de água. Filtrada.

— *Ah.*

— Posso te trazer água amanhã?

— Em vez de uma bebida cor-de-rosa?

— Ou os dois. Eles têm porta-copos.

— É verdade o que dizem sobre a estrada?

Ela (ela, ela, *ela*) tinha bebido metade do seu copo de água e despejado o restante entre o peito e a pedra. Sob toda aquela lama, sua pele era espessa. Ele quase podia vê-la agora.

Ela escorregou um pouco na pedra.

— E o que é que dizem? — ele perguntou.

— Que os corvos do mago observam as pessoas a todo momento.

— Ah, sim, é verdade.

— Mesmo quando elas estão em casa?

— É, acho que sim. Tento não pensar nisso.

— Como você consegue *não* pensar nisso?

— São só corvos. A gente acaba se acostumando.

Ela estremeceu.

— Não são *só* corvos. São como... olhos voadores.

— Tá, mas não é como se o mago pudesse observar todos nós ao mesmo tempo.

— Imagino que não.

— E o que é que ele vai ver se me observar? Eu dormindo? Eu fazendo um sanduíche?

— Então você gosta de ser observado por um mago das trevas?

— Não sabemos se ele é "das trevas".

— Bom, os exércitos de corvos passam essa impressão.

— Olha, eu não *gosto* dos corvos. Mas é... É um preço pequeno a pagar por viver na estrada.

— Vou acreditar em você, Adam.

— Ah, olha só pra você! — Ele estava todo agitado. — Bem que eu queria saber seu nome. Com certeza me sairia melhor nessas discussões se soubesse seu nome!

Isso a fez rir. (Ele a fazia rir. Pelo menos uma vez ao dia.)

— Tá — ela disse. — Os corvos são legais. São ótimos. Se virem você engasgando, podem crocitar em busca de ajuda.

— Isso é verdade mesmo.

— Então os corvos não são o pior de morar na estrada. O que é?

— Como assim?

— Qual é a pior parte de todas de morar na estrada?

— A gente não estava falando sobre isso.

— Agora tá.

Ela também tinha terminado o refresco cor-de-rosa e estava mastigando o gelo.

— Acho que a pior parte… — Não era bom falar sobre as partes ruins. (E não porque os corvos estivessem ouvindo e observando.) (Não *apenas* por isso.) — Você não deveria se concentrar nas partes ruins. Porque acaba atraindo essas coisas. A felicidade consiste em se concentrar nas coisas boas e atrair *essas coisas.*

Ela fechou bem os olhos. Franziu o nariz. Um pozinho caiu na sua bochecha.

— O que… — ele começou a dizer.

— Xiu.

Ele reduziu o volume da voz a um sussurro:

— *O que você tá fazendo?*

Ela também sussurrou:

— *Tô me concentrando nas coisas boas.*

— *Tipo o quê?*

— *Chuva.*

— *Chuva?*

— *Coisas boas* — ela continuava sussurrando. — *Chuva. Lama. Você.*

O coração dele deu um pulo. (Ele tinha um coração.)

— *Eu?*

Ela apertou ainda mais os olhos fechados.

— *Você… voltando amanhã, com um copo da Starbucks.*

— Eis o poder do pensamento positivo! — ela gritou antes mesmo que Adam saísse da cerca viva.

Ele tinha aberto um buraco num arbusto e caminhado até a margem.

— Oi — Adam sentou com o porta-copos na mão.

— Oi, Adam.

— Trouxe dois frappuccinos, e, antes que você me pergunte qual eu escolheria, os dois são de caramelo. Porque eu escolheria o de caramelo.

— Hum... — Ela fez beicinho. (Isso não era surpresa, porque ele sabia que ela tinha lábios.) (Ainda assim, era bom.) — Gosto de escolher.

Ele passou um frappuccino de caramelo.

— Mas você sempre escolhe o que eu quero.

— É parte do que torna tudo tão delicioso! A microagressão.

— Ah, é?

— É!

— Bom, eu trouxe mais uma coisa.

Ele tirou a água do porta-copos e despejou sobre ela.

Ela arfou.

A água deixou listras quase limpas no cabelo impossivelmente preto dela (talvez verde-escuro) (ou amarronzado?).

Então ela riu como ele nunca tinha visto.

— Você me fez derramar o frappuccino! — ela não parava de rir, e lágrimas abriam caminho através da lama seca nas bochechas.

— Pode ficar com o meu.

Ela aceitou. E bebeu tudo. Lambeu o chantili da tampa. Então atirou o copo no leito do rio.

— Ei, me dá isso. Vou jogar no lixo reciclável.

— Ah, Adam.

Ela riu até suas bochechas ficarem empapadas.

Ele estava deitado de costas, com a cabeça na terra. Nem conseguia vê-la desse jeito. Corvos voavam em círculos. Não importava a circunstância, sempre havia corvos no céu.

— Adam?

Ele sentiu algo puxar seu pé.

Quando sentou, viu seu cadarço desamarrado. Ela nunca tinha tocado nele. Ou nos seus cadarços.

Ele se apoiou nos cotovelos para olhar para ela, que tinha se arrastado até a beira do leito do rio. Ele nunca tinha visto ela ir tão longe. A lama estava rachada e enrugada à sua volta.

— Ei — ele falou. — Não faz isso.

— O que foi?

O rosto dela estava tenso. Todo o esforço parecia doer.

— Não faz isso. Volta.

Ela se recolheu na parte mais fedida do leito. Longe dele, longe da sua pedra.

— Qual é o problema?

— Desculpa por não ter trazido café.

— Tá tudo bem, não preciso de café. Agora fala.

Talvez ele devesse mesmo contar. Talvez pudesse...

— Teve uma Tragédia na estrada hoje.

— Sinto muito — ela disse.

— Tudo bem — E estava mesmo tudo bem. *Ficaria* tudo bem. *Ele* estava bem. — Às vezes Tragédias acontecem.

(Era o que as pessoas diziam depois de uma Tragédia.)

— Sim — ela concordou. — Certas coisas são inevitáveis.

— É — ele disse, mas não era verdade. Tragédias na estrada aconteciam mesmo quando não precisavam acontecer.

Ela continuava olhando para ele. Continuava confusa.

— As Tragédias poderiam ser evitadas — ele explicou. — Mas não as evitamos.

— Por que não?

— Não posso explicar! — ele gritou. (Nunca tinha gritado com ela.) — É parte da vida na estrada! E é um preço pequeno a pagar!

— Tudo bem, Adam.

— Você vive debaixo de uma ponte!

— Eu sei.

— Não entenderia!

— Tá, eu não entendo mesmo!

Ele levantou; foi até a beira do leito seco do rio.

— Vou comprar café.

— A Starbucks tá aberta? Se a Tragédia...

— A Starbucks tá sempre aberta!

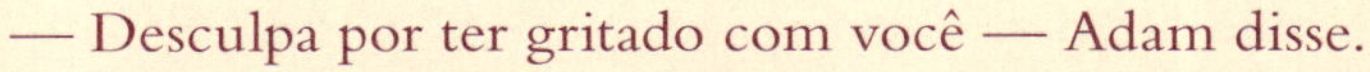

— Desculpa por ter gritado com você — Adam disse.

Ela estava deitada na parte mais escura da lama. Se achava que ele não conseguiria vê-la, estava errada. Ele tinha ficado bom em distingui-la.

— Trouxe frappuccino...

Ele foi até a beira e deixou um porta-copos e um punhado de comidinhas. Bolachinhas banhadas em chocolate. Pãezinhos recheados com cream cheese. E balas de hortelã para tirar o hálito de café.

Então Adam se afastou. Caso ela não quisesse se aproximar dele.

— Gotas de chocolate ou menta. Eu escolheria a segunda opção.

Ela estava deitada de costas. Ele podia ver a lama subindo e rachando com a respiração dela.

— A pior parte de morar na estrada — ele disse, com a voz o mais firme possível — não são os corvos. Ou os Colapsos. Você já deve ter ouvido falar neles. Não são nem mesmo as Tragédias...

Os olhos dela estavam fechados.

— A pior parte de morar na estrada — a voz dele não estava muito constante —, é que você não pode cair. Quando você cai, tá fora. — Não, isso não era verdade. Ele nunca tinha mentido para ela. — Se você cai, eles te empurram para fora. Se alguém cai, *a gente* empurra...

Adam se inclinou para a frente. Os cotovelos estavam apoiados nos joelhos, e a cabeça pendia. Ele ia... não conseguia parar...

Ele a ouviu se arrastando no que restava de lama. Com seu modo de rastejar pesado.

Adam não levantou a cabeça. Não queria que ela o visse desse jeito.

Ela se posicionou entre seus tornozelos.

Descansou a cabeça no chão, sob as lágrimas dele.

— Tenho que te dizer uma coisa.

— Primeiro café — ela disse. — Depois conversa.

Ele vinha depressa pelo caminho, derrapando no cascalho. Estava atrasado. Tinha ficado preparando algo.

Ela estava no meio do leito, onde ainda havia um pouco de lama. Com os braços estendidos para ele.

— Lembra ontem, quando eu disse que não precisava de café? Eu estava errada. Preciso, sim, de café. Você não pode parar de me trazer café, Adam. Acabei de te amaldiçoar, desculpa.

Ele ofereceu os dois copos de café gelado.

— Achei que trolls que moram debaixo de pontes não pudessem amaldiçoar as pessoas.

Ela escolheu o macchiato.

— Hum... Talvez você esteja certo. São as fadas que amaldiçoam, né? Por que tudo o que é divertido fica com elas?

— Desculpa o atraso.

— Tudo bem. Você não precisa continuar vindo. Não te amaldiçoei de verdade.

— Eu sei. Venho porque quero.

— Que bom.

Ela começou a afundar de novo no seu trecho de lama.

— Espera...

Ele a segurou pelo pulso. (Era sem dúvida nenhuma um pulso.)

Os olhos foram para ele na mesma hora. Ela franziu os lábios. Silvou.

Adam a soltou, mas não desviou o rosto. Ele sentou na lama com ela.

— Espera, por favor. Quero falar com você... E agora eu diria seu nome, se soubesse. Pra dar ênfase.

— Sei — ela disse, ainda meio que silvando.

— Eu diria seu nome, e então diria que venho aqui todo dia porque *quero* vir. Porque quero ver *você*.

— Sei disso, Adam.

— Sabe?

— Bom, não achei que viesse pelo cheiro. Ou pela vista.

(A vista do leito era desoladora. O fato de que ainda não tinha sido mencionada só comprovava isso; era exatamente o tipo de coisa que não se podia ver da estrada.)

— Tenho uma casa — ele retomou o raciocínio. Ela sempre fazia seus pensamentos saírem dos trilhos.

— Você me contou uma vez. Disse que era uma casa segura.

— *Isso*. Tenho uma casa segura, com uma cama macia. Uma lareira quentinha. Pão fresco todo dia. Água corrente.

Ela tinha puxado o braço de volta, mas continuava ali, olhando para ele por trás das mechas de cabelo, que pareciam cordas sujas.

— Fica bem na estrada. Na melhor parte.

— Que sorte a sua.

— Você poderia ter a mesma sorte! — Não tinha sido intenção dele gritar. — *Querida*... — ele sussurrou. — Eu poderia compartilhar minha sorte com você.

Ela estava escondida atrás das cordas.

— Você não deveria me chamar assim.

— Eu não teria que te chamar assim se soubesse seu nome.

Ela se mantinha quase imóvel. Adam compreendeu que devia se manter imóvel também. Que estavam ambos tentando não rachar.

Ela envolveu o tornozelo dele com os dedos. Tinham mesmo membranas.

— Adam, não posso morar na estrada. Sou uma troll que vive debaixo de uma ponte.

— Eu posso construir uma ponte — ele disse, embora não soubesse muito bem onde.

— Não seja bobo.

— Não seja má.

— Sou uma *troll*!

— O que é que trolls fazem?

Ela fechou a mão em torno do outro tornozelo dele.

Adam estendeu a mão para tocar a bochecha dela. (Parecia limo, mas era definitivamente uma bochecha.)

— Comemos pedras! — ela silvou. — E ossos de crianças! E, principalmente, atraímos homens pra nossas garras.

— Tá bom. Fui pego.

Os dedos dela estavam bem fechados nos tornozelos.

— Não posso morar na estrada com você!

— Por causa dos corvos?

— Dos corvos?! *Não.*

— Você fez com que eu me sentisse fraco por causa dos corvos.

— Ah, Adam, você *é* fraco. É disso que mais gosto em você às vezes. Você é molenga pra caralho.

Ele passou os dedos pela bochecha dela, tirando a terra e tentando ver o que havia embaixo.

— Não são os corvos — ela disse.

— São os Surtos de Delírio?

— Você nunca mencionou Surtos de Delírio.

— Eu ia mencionar quando você concordasse em morar comigo. Ia te avisar de tudo. Queria te mostrar a estrada primeiro. Pra que entendesse.

Ela deixava que ele tirasse a sujeira do seu rosto. Subia os dedos pela barra da calça jeans dele.

— Adam, você sabe o que a estrada tá fazendo, não sabe?

— Sei mais sobre a estrada que você. Cresci lá!

— Então você sabe que a estrada tá matando *tudo*.

Ele não esperava que ela dissesse isso. Talvez *você* não esperasse que ela dissesse isso. Criaturas mágicas não costumam ser tão diretas.

— Nem *tudo.*

Ela deu risada. (Adam a fazia mesmo rir. Pelo menos uma vez ao dia.)

— Tudo. *Em algum momento.*

— Mas não hoje — ele disse. O que parecia uma coisa importante a ser destacada. Parecia a coisa *certa* a dizer, e devia ser pelo menos um pouco certa, porque agora ela o segurava pelas panturrilhas e subia por entre as pernas.

— É por isso que você deveria vir morar comigo na estrada — (Estava implorando, na verdade.) — Porque a estrada vai ser a última coisa a morrer. E, até morrer, vai ser segura. E quente. E fácil.

— Adam. — Ela caiu no seu peito.

Ele se ajeitou para segurá-la e mantê-la de pé, com as mãos uma de cada lado das suas costelas. Ela pesava nos seus braços, não era mais tão escorregadia quanto antes, e estava mais fria do que era de esperar.

— Meu amor. — (Se ela dissesse seu nome, ele não teria que se constranger assim.)

— Não posso morar com você.

— *Pode, sim* — Adam sussurrou. Tinha tentado silvar, mas sua língua não parecia adequada para aquilo. — *Quero você.*

— Meu amor — ela disse, mesmo sem ter uma desculpa para se constranger. — Vai pra casa. Volta amanhã. Traz café.

— Café parece bobeira agora. Eu traria ouro. E incenso e mirra. Sei onde encontrar. Tem em vários lugares lá em cima.

— Volta amanhã e traz algo doce. Algo que você goste muito e pelo qual não tenha precisado lutar.

Adam foi embora.

No entanto, chorou antes de partir.

Ele não voltou ao trabalho — qual era o sentido? Foi para casa e deitou na cama limpa e macia sem tirar as roupas enlameadas.

Fechou os olhos. Procurou se concentrar. Em coisas boas: chuva, *ela.*

E, uma hora, acabou pegando no sono.

Chovia quando Adam acordou. Fazia muito tempo que não chovia.

Minha mãe estava certa, ele pensou. Coisas boas acontecem com pessoas boas.

Ele se espremeu por entre a cerca viva e quase perdeu o equilíbrio ao chegar do outro lado. O chão estava úmido. Tinha trazido lattes. Ela talvez gostasse de uma bebida quente.

Chovia forte; Adam talvez tivesse se concentrado demais. Tudo o que normalmente era seco e empoeirado agora estava úmido e escorrendo. Até mesmo o rio havia voltado, um fluxo enlameado corria sob a ponte.

— Oi! — Adam gritou. — Tô aqui!

Ele olhou para o meio do rio, onde ela gostava de aguardá-lo. O último ponto a secar, o primeiro ponto a encher.

— Tô aqui — ele gritou de novo. — Trouxe um mocha de menta e um pralinê de castanha. E não apenas escolheria o mocha como em geral detesto pralinê. É agressão gratuita!

Ela não respondeu. Ele não a estava vendo. Chovia demais. E o vento soprava forte.

Adam sentou na beira do rio e aguardou. O café ficou frio.

— Oi! — ele gritou.

Estava de pé na ponte, debruçado no parapeito. Continuava chovendo. O rio estava tão cheio que havia devorado o caminho até a margem.

A Starbucks mais próxima da casa dele estava fechada. Mas havia uma aberta mais adiante na estrada. Ele tinha comprado café quente com creme e açúcar para ela.

— Oi! — Adam gritou.

Ela tinha sido levada? Tinha se afogado? Partido para outra ponte?

Alguém deu um leve toque no seu ombro. Por um segundo, Adam achou que poderia ser ela.

Não era. Era uma senhora, usando uma capa de chuva estilosa.

— O que está fazendo? — ela perguntou, com os olhos arregalados e receosos. — Está escorregando. Você vai cair!

Adam sorriu.

— Obrigado. Vou tomar mais cuidado.

Ele voltou a se virar para o rio e parou de sorrir. Debruçou-se ainda mais no parapeito.

— Você tá aí?

Ele não levou café nesse dia.

O rio batia contra a ponte. Adam estava sozinho. Todos os outros estavam abrigados ou procuravam áreas mais elevadas; a mãe disse que tinha achado um lugar. Ele se segurou no parapeito.

— Tô aqui! — gritou.

Ele segurou o celular depois do parapeito. (Não chegava a ser um grande sacrifício; fazia dias que não havia sinal.) (Teria se livrado do aparelho de qualquer maneira.)

Ela não estava ali.

O celular sumiu.

Era uma vez, em uma terra que estava se perdendo, um homem sentado na beira de um rio.

Ele é Adam. Adam é o homem. Ele estava à beira do rio e não conseguia ver a ponte. A ponte havia sumido. A estrada havia sumido.

A chuva continuava alimentando o rio, e o rio devorava tudo, e Adam o observava fluir — até que finalmente a viu. Ela continuava longe, mas ele a viu.

— Oi! — ele gritou, caindo de barriga na lama e entrando na água.

— Adam! — ele a ouviu gritar.

Ela se aproximava. Nadava na direção dele.

Os dois se encontraram e se seguraram com força.

— Você tá vivo! — ela gritou. — Estive te procurando, torcendo pelo melhor.

— E eu estava *te* procurando! Você deixou a ponte.

— Não deixei a ponte. Só me desprendi. E então fui pega pelo rio, como todo o resto.

— Agora nos encontramos — ele segurava os braços dela, tentando puxá-la para a margem.

— Não — ela disse, se afastando. — Adam, o que tá fazendo?

Os braços dela escaparam dele. Os dois se seguraram pelos pulsos.

— Posso te salvar!

Ela riu de Adam. Seus lábios eram vermelhos. Seus dentes eram afiados. Sua pele era da cor do frappuccino de chá verde.

— Ainda é um não — ela apertava as mãos dele com força.

Era mais forte do que ele. Maior do que ele. Tentava se segurar nele sem afundá-lo.

— Você tá aqui para *me* salvar?

— Ah... — ela murmurou, triste. — Não. — Aproximava-se dele com cuidado. — Mas fico feliz que esteja vivo. Você sempre teve sorte.

— A estrada se foi. Era isso que você queria?

— Não.

Ela era uma sombra escura na água. Porém ele não era tolo — sabia que ela tinha cauda.

— Vai ser mais fácil pra você agora — ele estava chorando. — Fico feliz.

Ela balançou a cabeça.

— Isso não é fácil. É só outro tipo de difícil. É tudo o que resta pra todos nós.

Adam ainda não compreendia. Ela assentiu, como se não esperasse que compreendesse.

Então ela se aproximou com muito cuidado e emergiu da água.

— Meu príncipe — disse, e o beijou.

Então o soltou.

Mensagens
Confusas

Mensagens confusas

DE: BETH

Chegou?
Manda mensagem quando chegar.
Talvez eu não responda na hora, vamos sair pra comemorar nosso aniversário. (Não de casamento.)

DE: JENNIFER

Parabéns!

BETH

Você chegou!

JENNIFER

Cheguei!

BETH

Tá no trabalho?

JENNIFER

Sim! Sou a única editora de texto trabalhando hoje. Será que mandaram todo mundo embora? Não seria a primeira vez…

BETH

Pode falar?

JENNIFER
Falar? Não. Mandar mensagem? Sim.

BETH
Quis dizer mensagem mesmo.

JENNIFER
Então beleza. É aniversário do quê,
se não de casamento?

BETH
Da gente juntos. Do nosso primeiro beijo.
Gosto mais do que do nosso aniversário de
casamento. O clima tá sempre bom.

JENNIFER
Você que quis se casar em junho...

BETH
Eu não queria esperar o tempo melhorar
pra resolver isso.

JENNIFER
Resolver isso.
Foi por isso que você me escreveu?
Pra falar do aniversário de vocês?

BETH
Não.

JENNIFER
Então...?

BETH
Tô com medo de falar.

JENNIFER
Tem a ver comigo?

BETH
Não!
Não. Desculpa. Tem a ver comigo.

JENNIFER
Você tá doente?

BETH
Não. Desculpa.
Para de me fazer perguntas, ou não vou conseguir terminar de digitar...

JENNIFER
Desculpa, desculpa. Vou esperar minha vez.

BETH
Acho que tô grávida.

JENNIFER
Sério?

BETH
Sério.

JENNIFER
Como pode ter demorado tanto pra digitar isso?

BETH
Aff, Jennifer. No começo eu tinha escrito mais, só que você ficou me interrompendo.

JENNIFER
Você acha mesmo que tá grávida?

BETH
Talvez esteja.

JENNIFER
Isso é... possível?

BETH
Você tá perguntando se Lincoln e eu ainda transamos?

JENNIFER
NUNCA pergunto se ALGUÉM transa.

BETH
Bom, a gente transa. A gente faz sexo.
Isso não é um problema.

JENNIFER
Tá, que bom.

BETH
A gente devia falar mais sobre sexo.

JENNIFER
Você e Lincoln?

BETH
Não, você e eu.

JENNIFER
Você escolheu sua melhor amiga errado.

BETH
As mulheres deveriam conversar entre
si sobre sexo. Dizem que é saudável.
E empoderador.

JENNIFER
Bom, não sou saudável nem empoderada.
¯_(ツ)_/¯

BETH
Tem um emoji de dar de ombros,
não sei se você sabe.

JENNIFER
Sou analógica. Gosto desse carinha ¯_(ツ)_/¯
É tipo "nhé".

BETH
Você tem que digitar isso daí toda vez?

JENNIFER
Programei um atalho.
Nhé ¯_(ツ)_/¯

BETH
Jennifer. Posso mesmo estar grávida.

JENNIFER
Isso... é possível? Você ainda fica menstruada?

BETH
Eu teria te contado se não ficasse mais.

JENNIFER
Teria?

BETH
Teria!

JENNIFER
Faz tanto tempo que não menstruo que meio que esqueci que gente da nossa idade menstrua. Na minha cabeça, menstruação é coisa de adolescente.

BETH
Tipo pulseiras bate-enrola? E sandálias de plástico?

JENNIFER
E cyberbullying.

BETH
1. Desculpa jogar na sua cara meu privilégio uterino.
2. Sinto que você não tá reagindo de maneira apropriada à minha possível gravidez.

JENNIFER
1. Ei. Tudo bem. Acho que ninguém tem privilégio uterino aqui.
2. É que não sei o que dizer.
3. Você não tá no seu jantar de comemoração?

BETH
Tô esperando Lincoln na frente do restaurante.
Ele tá atrasado.

JENNIFER
Vocês vão comer num restaurante?

BETH
No Nia's. Tem área externa, só que você precisa entrar pra te colocarem na espera. E só te colocam na espera depois que todos da mesa chegam.

JENNIFER
Usa uma máscara boa.

BETH
Sempre uso uma máscara boa.
Você não acha que eu tô grávida.
Acha?

JENNIFER
Não acho nada. Me diz o que você tá pensando.

BETH
Ai, meu Deus, um jovenzinho acabou de piscar pra mim.

JENNIFER
Beth, acho que precisamos ter uma conversinha sobre como as pessoas engravidam. Piscar não tem problema.

BETH
Dei uma olhadinha no restaurante pra ver a fila e ele piscou pra mim!

JENNIFER
O que você fez?

BETH
Fugi! Sou uma mulher casada e ele só pode ser um maníaco.

JENNIFER
O cara não precisa ser um maníaco pra dar em cima de você. Tem gente dando em cima de você o tempo todo. Eu vejo.

BETH
Tá falando daquela vez em que a gente estava no Chili's do aeroporto de Fort Worth e o garçom me chamou de "mamacita"?

JENNIFER
Isso.

BETH
É que eu estava com um vestido largo na barriga. Ele achou que eu estava grávida.

JENNIFER
Bom, ele claramente estava a fim.
Faz um século que ninguém dá em cima de mim.

BETH
Você quer dizer que ninguém deu em cima de você *neste* século?

JENNIFER
Isso mesmo.

BETH
Seu marido dá em cima de você.

JENNIFER
Mitch não dá em cima de mim desde 1993.

BETH
Que mentira. Já vi Mitch flertando com você. Aquela vez com a tuba. Mas não posso discutir isso agora. Lincoln vai chegar a qualquer minuto. Conto que posso estar grávida?

JENNIFER
Você fez o teste?

BETH
Não.

JENNIFER
Então por que acha que tá grávida?

BETH
Minha menstruação tá atrasada.

JENNIFER
Quantos dias?

BETH
Uma semana.

JENNIFER
E isso é incomum pra você? Costuma ser regular?

BETH
Historicamente.

JENNIFER
Com historicamente você quer dizer dez anos atrás?

BETH
Não. No geral. Atualmente. Quase sempre.

JENNIFER
Bom. Ok. Você deveria fazer o teste.

BETH
Você acha que é menopausa, né?

JENNIFER
Não. Não sei o que achar.

BETH
Você acha que é perimenopausa.

JENNIFER
Nem sei o que é perimenopausa.

BETH
Ninguém sabe o que é perimenopausa!
É no que a gente põe a culpa quando tá
velha e ferrada.

JENNIFER
Não acho isso. Por que presumiria algo
sobre a perimenopausa alheia, poxa?

BETH
Não tenta me distrair com essa aliteração
toda.

JENNIFER
Desculpa. (Pessoas com ovários às vezes
são tão sensíveis...)
Como você se sente com a possibilidade de
estar grávida?

BETH
Não tô grávida.

JENNIFER
Faz o teste.

BETH
Prometi pra mim mesma que nunca mais faria um teste.
Pois é.
Ai, meu Deus, o bonitinho continua olhando pra mim.

JENNIFER
Espera. Ele é jovenzinho ou bonitinho?

BETH
Dá pra ser os dois, né? Cacete. Será que é melhor eu dizer que sou infértil?

JENNIFER
Você pode simplesmente dizer que é casada.

BETH
Não vou dizer nada. Que estressante.

JENNIFER
Como você tá vestida?

BETH
Por quê? Acha que pode ser culpa minha?

JENNIFER
¯_(ツ)_/¯

BETH
É nosso aniversário. Estou tentando valorizar meus atributos.

JENNIFER
Vai nessa, mamacita.
Nossa, desculpa. Tentei ser engraçada.

BETH

Não, tudo bem. Foi engraçado mesmo. É que eu estava mudando de lugar pro cara não conseguir mais me ver. Quem vai num bar de tapas no subúrbio pra dar em cima de uma mulher de meia-idade?

JENNIFER

Cadê o Lincoln?

BETH

Não sei. Supostamente ia cortar o cabelo.

JENNIFER

Ele foi se livrar do rabo de cavalo da pandemia?

BETH

Pois é. Finalmente.

JENNIFER

Você não vai ficar com saudade?

BETH

Talvez. Mas acho que não.

JENNIFER

Pensei que você gostasse.

BETH

Antes gostava. Era como ser casada com o MacGyver. Depois foi como ser casada com o Eddie Vedder no fim dos anos 90. Mas agora é tipo ser casada com o cara que abriu o primeiro estabelecimento de comida saudável em Omaha. Tipo, ele não quer soltar o cabelo, não quer fazer um coque, não me deixa fazer uma trança. É aquele rabo de cavalo baixo todo santo dia. Tá virando parte dele.

JENNIFER
Não acredito que ele não te deixa fazer trança. É tão egoísta. Minhas filhas também não me deixam mais fazer trança nelas. A gente tá cercada de gente egoísta.

BETH
(Suas filhas me deixavam fazer trança no cabelo delas quando eram pequenas, eu amava.)
Se Lincoln usasse o cabelo solto, seria tipo o Eddie Vedder do começo dos anos 90, talvez eu continuasse gostando.

JENNIFER
Queria que Mitch tivesse deixado rabo de cavalo na quarentena.

BETH
Pelo menos ele pode ir no barbeiro agora que tomou as três doses da vacina.

JENNIFER
Ele se recusa. Diz que não vai pagar pra cortar o cabelo se eu posso fazer isso perfeitamente bem e de graça. Acho que vou ter que cortar o cabelo dele até morrer ou começar a ter tremores.

BETH
Pelo menos você tem algo pelo que esperar.

JENNIFER
POIS É.

BETH
Não posso dizer a Lincoln que acho que tô grávida.

JENNIFER
Por que não?

BETH
Porque eu ia parecer uma maluca. Tô sendo maluca mesmo.

JENNIFER
Você não tá sendo maluca. É possível.

BETH
Se fosse possível, já teria acontecido. Não aconteceu. Não vai acontecer.

JENNIFER
Faz o teste.

BETH
Não vou fazer.

JENNIFER
Tá. Então espera pra ver.

BETH
É isso que acontece, né? Tudo para de funcionar. É a progressão. Virgem, mãe, anciã. Só pulei a parte do meio.
É virgem/ mãe/ anciã? Ou virgem/ puta?

JENNIFER
Você tá pensando no complexo de Madonna/ prostituta.

BETH
Acho que é madonna/ prostituta.
Alguma coisa/ mãe/ anciã.
Não posso dizer a Lincoln que sou uma anciã.

JENNIFER
Você não é uma anciã. A menstruação só atrasou.

BETH
Minha menstruação tá se despedindo. Indo embora. O mar vermelho secou com os anos.

JENNIFER
Não sinto falta de ficar menstruada, mas sinto falta do estrogênio. Minha pele anda tão seca...

BETH
Nossa, desculpa. Eu não deveria ficar reclamando dessas coisas pra você.

JENNIFER
Tudo bem. Pra quem mais você vai reclamar? Não comparo sua dor com a minha quando você tá mal.

BETH
É muito legal da sua parte.

JENNIFER
Mais ou menos.

BETH
Não, é legal mesmo. Tipo... "amar significa nunca ter que pedir desculpa".

JENNIFER
Tá mais pra "amizade significa nunca ter que considerar seus privilégios".

BETH
Bom, obrigada.

JENNIFER
Além do mais, quantas vezes não reclamei pra você das crianças?

BETH
Ah, eu nunca me ressentiria disso.

JENNIFER
Eu sei.
Se vale alguma coisa, não acho que você tenha que contar pro Lincoln que sua menstruação tá atrasada ou irregular. As pessoas não falam com os maridos sobre menstruação.

BETH
Eu falo.

JENNIFER
Por quê?

BETH
Sei lá. Porque é algo que acontece comigo. Porque preciso que alguém pegue uma banana no meio da noite pra eu tomar com Advil.

JENNIFER
Você continua tendo cólica?

BETH
Toda vez.

JENNIFER
Não sinto falta da cólica.

BETH
Eu nunca pensei que sentiria. Mas agora acho que vou sentir falta de tudo. Da rotina. Do ciclo. Da regularidade. Era algo em que eu podia confiar. No que eu posso confiar agora?

JENNIFER
Na passagem do tempo?

BETH
Você não tá ajudando muito.

JENNIFER
Eu sei. Nunca fui boa em tranquilizar as pessoas. Mas sou ótima em ter empatia.

BETH
Você é mesmo genial nisso.
Tá tendo empatia agora mesmo, e nem tem ovários.

JENNIFER
Não é porque você fala com seu marido sobre sua menstruação de vez em quando que precisa falar dessa vez. Acha que ele vai notar o atraso?

BETH
Não... mas acho que ele já percebeu que tô ansiosa.

JENNIFER
Por que não conta o motivo da ansiedade?

BETH
E se *ele* achar que posso estar grávida?
E se ele ficar *torcendo* pra que eu esteja?

JENNIFER
Ele torceria?

BETH
Acho que ele sempre meio que já torceu.

JENNIFER
Bom, você também.

BETH
É, só que não torço mais. Deixei isso pra lá.

JENNIFER
Talvez ele também tenha deixado.

BETH
Não quero lembrar Lincoln disso.

JENNIFER
Não quer lembrar seu marido que você não quer ter filhos?

BETH
Sinceramente? Não quero.
Tento manter os olhos de Lincoln em tudo o que temos. Me concentro no positivo.

JENNIFER
Quer dizer que você tenta manter os seus olhos em tudo o que vocês têm?

BETH
Dá no mesmo!
E odeio dizer isso, mas você tinha mais empatia antes de fazer terapia.

JENNIFER
Mitch diz a mesma coisa.

BETH
Agora sempre vem com perguntas espertinhas.

JENNIFER
Eu sei. Desculpa.

BETH
Não posso dizer "Lincoln, é nosso aniversário e só consigo pensar que minha menstruação tá atrasada e que isso não significa o que significaria antes. Significa que finalmente acabou".

JENNIFER
Não vai dizer pro seu marido no aniversário de vocês que finalmente acabou.

BETH
Mas acabou! Você sabe do que tô falando!
Não vai mais acontecer pra gente, e eu já sabia que não ia acontecer, e nunca me esforcei muito pra fazer acontecer.
Só que agora acabou mesmo. Acabou.
Tô perecendo. É hora de Galadriel partir pro oeste.

JENNIFER
É uma fala de Senhor dos Anéis?

BETH
É! Como você sabe?!!

JENNIFER
Sei algumas coisas. De vez em quando.
Pode ser meio melodramático anunciar a perimenopausa com um trecho de Senhor dos Anéis.
Aliás…
Normalmente é você quem me diz pra não ser tão melodramática e negativa.

BETH
Essa era a velha Beth, cheia de estrogênio e otimismo.
Essa é a nova Beth. A Beth anciã.
A Beth anciã vai direto ao ponto.
É totalmente sincera.

JENNIFER
Sabe o que percebi depois da histerectomia? Quando passei pela menopausa da noite pro dia?

BETH
Eu me lembro dos calores...

JENNIFER
Que perdi a paciência pra encheção de saco. O estrogênio deixa a gente meio mole. Todos aqueles hormônios da maternidade... a gente simplesmente se permite ser pisada pelos outros. Se sente mal por todo mundo. Outro dia eu estava lendo a People e tinha uma história melosa, porque sempre tem, e eu pensei: "Não tenho mais estrogênio pra isso".

BETH
Você estava lendo a People?

JENNIFER
No celular. No aplicativo.

BETH
Lembra das revistas?

JENNIFER
Lembra dos jornais?

BETH
Sou do velho mundo. Uma mulher do século XX. Uma relíquia de outro tempo.

JENNIFER
Voltou pro seu discurso?

BETH
Lincoln me disse que não pensava em constituir família. Antes da gente começar a namorar.

JENNIFER
Isso significa que ele não queria filhos?

BETH
Não, acho que só significa que ele não pensava no assunto.

JENNIFER
Bom, ele não é muito de fazer planos.

BETH
Eu sou. Eu tinha um plano. Quatro filhos, lembra?
De três em três anos.

JENNIFER
Lembro.

BETH
Que idiotice.

JENNIFER
Não era idiotice.

BETH
Desafiei o destino.

JENNIFER
Você nem acredita nessas coisas.

BETH
Não mesmo. Acredito em entropia.
O que é pior.

JENNIFER
Vou sugerir algumas opções... São só ideias. Você pode aceitar ou não. Ou pode ficar pirando. Se fosse comigo, eu provavelmente ficaria pirando. (Quem não adora pirar?)
Opção 1: Você faz o teste. Só pra tranquilizar essa parte da sua mente.
Opção 2: Esquece tudo isso por um mês. Talvez seja temporário. Talvez você ainda tenha anos de sangue e cólica pela frente.

BETH
Não sou muito boa em esquecer as coisas.

JENNIFER
Eu também não.

BETH
Sou boa em ficar obcecada.

JENNIFER
Eu também.

BETH
Em focar nelas até não conseguir ver mais nada.

JENNIFER
Não é ingênua?

BETH
Como assim?

JENNIFER
Ingênua/ mãe/ anciã.

BETH
De jeito nenhum.

JENNIFER
Mocinha?

BETH
Mocinha/ Mãe Gostosa/ Vovó Safada.
A gente pode procurar no Google.

JENNIFER
Você sabe que não gosto de procurar no Google. Tá acabando com nosso cérebro. Provocando demência.

BETH

Outro dia eu estava pensando...
Pensamos em nós mesmas, em tudo, como se houvesse um estado ideal. Tipo, amadurecemos até um estado ideal, depois entramos em decadência.
E se o meio não for o ideal? E se cada momento na curva for ideal? Porque tudo tá acontecendo como deveria acontecer?
Uma semente não é melhor que um pedaço de fruta. Talvez um pedaço de fruta podre também não seja pior. Deveria mesmo apodrecer.
E a gente também apodrece.
Talvez o meio não seja melhor do que o fim.

JENNIFER

O meio parece melhor.

BETH

É. Bom. Eu já estava pensando tudo isso, e aí minha menstruação não veio, mas tive cólica de qualquer jeito, e aí me veio: "Um pedaço de fruta podre com certeza é pior do que uma semente".

JENNIFER

Você teve cólica?

BETH

Tive. Provavelmente vou ter cólica até morrer.

JENNIFER

Lincoln também tá envelhecendo, sabe?

BETH

É, mas os homens não sofrem uma mudança radical. O prazo de validade deles não expira tipo leite. Eles só ficam mais velhos.
O bonitinho acabou de sair. Minha vida é inacreditável.

JENNIFER
Ele tá te assustando?

BETH
Acho que não. Tô tentando não olhar.

Beth estava sentada no meio-fio, trocando mensagens. Provavelmente com uma das irmãs ou Jennifer.

Ela vestia a blusa preferida dele. E a calça jeans preferida dele. Sentada daquele jeito, a blusa subia e ele conseguia ver sua lombar. Sabia que, caso se aproximasse, veria sardas.

Beth levantou enquanto ele se aproximava. (Ia ter que procurar pelas sardas depois.)

Ele tocou seu braço, e ela deu um pulo.

— Desculpa. Achei que tivesse me visto.

Beth pareceu assustada e cautelosa.

— Beth?

Ela arregalou os olhos.

— Lincoln.

— Querida... — Ele tocou o braço dela outra vez. — Você tá bem?

Beth ainda estava sobressaltada. Ela se agarrou à blusa nova dele e afundou o rosto no seu peito.

— Lincoln.

— Ei. — Ele a abraçou. — O que tá acontecendo?

— Eu não...

As palavras dela se perderam no peito dele.

— Você não o quê?

— Não te reconheci.

— Não me reconheceu?

Ele tentou afastá-la um pouco, mas ela continuou grudada.

— Seu cabelo. E a máscara.

— Bom... — Lincoln disse, então afastou o ombro dela, levou a mão ao rosto e baixou a máscara. — Melhor assim?

Ela olhou para ele, com o rosto e o pescoço ainda bem vermelhos. Então assentiu.

— Aí está você.

Lincoln tocou o queixo dela.

— Quer dizer então que vinte anos não são o bastante pra você gravar meu rosto, né?

Beth tentou se esconder.

— Que vergonha.

Ele deu risada.

— Tudo bem. Ei... — Lincoln pegou o queixo dela. — Não se esconde. Tá tudo bem. Fiquei mesmo me perguntando por que você não acenou nem nada. Achei que estivesse no meio de uma discussão acalorada.

Ela deu risada, finalmente.

— Achei que fosse um jovenzinho bonito dando em cima de mim!

— Agora você tá inventando.

Beth olhava para ele. Seus óculos estavam pendurados no pescoço. Não conseguia ler com eles, e não queria usar lentes bifocais. Ele deu um beijo na sua testa.

— Não tô. É verdade. Pode perguntar pra Jennifer.

— Jennifer vai mentir por você.

Beth deu risada, voltando aos poucos a ser ela mesma.

— Eu te mostro.

Ela continuava com o celular na mão. Mostrou a tela acesa.

O bonitinho acabou de sair. Minha vida é inacreditável.

Lincoln sorriu. Então deu uma gargalhada. Por um minuto, pensar que ela não o tinha reconhecido — que não o reconheceria em qualquer lugar — pareceu ruim. Agora parecia um pouco melhor...

Ele tá te assustando?

Acho que não. Tô tentando não olhar.

Uma mensagem chegou nesse instante.

Tudo bem aí, Beth? Ele tá te incomodando? É só dizer que tá grávida e ele te deixa em paz.

Lincoln parou de sorrir.

— Que foi? — Beth virou o celular para si, e sua expressão se desfez. — Ah. É brincadeira.

— Ah — ele disse.

— Não tô grávida.

Ele assentiu.

— Minha menstruação só tá atrasada.

— Sua menstruação tá atrasada?

— É, mas não...

— Então foi por isso que você quis sair hoje à noite...

— Ah, nossa, *não*. — O celular de Beth vibrou. Ela largou o marido para mandar uma mensagem rápida para Jennifer. Depois guardou o aparelho na bolsa e olhou para ele. — Não. Desculpa. Eu não queria... Eu estava só falando com Jennifer. Sobre menstruação e tal. Menopausa. Virgem, mãe, anciã etc. Não... Desculpa. Não queria te deixar esperançoso.

Lincoln balançou a cabeça.

— Tudo... — Ele tocou o rosto dela. — Você tá bem?

Ela fez que sim.

— É só que... eu queria muito que minha menstruação viesse. Pra parar de pensar nisso. — Ela deu risada. Em meio a lágrimas. — Ou que parasse de vez. Pra parar de pensar nisso.

— É donzela — ele disse.

— Donzela?

— As três faces da deusa. Donzela, mãe, anciã.

— A deusa? — Beth repetiu.

Ele passou os dedos pelo cabelo dela.

— A deusa.

— Você aprendeu isso jogando *Dungeons & Dragons*?

— E estudando história da religião.

— Achei que era só uma maneira de dividir as mulheres...

— Não dá pra dividir as mulheres assim. Elas são todas as três.

Beth fungou e olhou para o chão.

— Eu não sou.

Lincoln a puxou, mantendo a mão na sua nuca. Encostou a testa na dela. Beth cheirava a coco.

— Eu não estava esperançoso.

— Quando?

— Agora há pouco. Não estava esperançoso. Só surpreso.

— Sinto muito de qualquer jeito. Por toda a confusão.

Ele enfiou o rosto no cabelo dela.

— Não achei que fosse… algo que pudesse acontecer.

— Não deve poder — Beth disse.

Ele beijou o cabelo dela.

— Você estava esperançosa?

Ela fungou de leve.

— Sempre estive, acho. Contra todas as probabilidades.

Lincoln encontrou uma maneira de trazê-la ainda mais para perto, envolvendo sua cintura com um braço e mantendo a outra mão na sua nuca.

— Gosto disso em você — ele sussurrou.

— Do quê?

— De como tem esperança mesmo contra todas as probabilidades.

— É, mas já tá ficando um pouco patético.

— Você ia gostar mesmo… disso? Agora?

— Eu… — Ela inspirou fundo, e quando soltou o ar afundou ainda mais no peito dele. — Tô com quarenta e nove.

Lincoln assentiu.

Ele também estava com quarenta e nove. Gostava que os dois estivessem com quarenta e nove. Gostava que se deslocassem pelo mundo no mesmo ritmo. E tivessem chegado ao mesmo tempo. Como se estivessem destinados a fazer aquilo juntos.

— É mais como se eu nunca tivesse deixado de querer. Como se eu nunca tivesse reservado um momento pra superar. E fechar a janela aberta no computador. Entende?

Ele assentiu.

— E agora minha menstruação tá atrasada. E percebi que essa esperança antiga continua aqui, mas não sei muito bem o que fazer com ela.

Lincoln respirou fundo e a puxou ainda mais para perto ao soltar o ar.

— Gostei do seu cabelo — ela sussurrou.

— Não vai sentir saudade do rabo de cavalo?

Tinham cortado ainda mais do que Lincoln esperava. Ele não usava o cabelo tão curto desde o ensino médio.

Beth balançou a cabeça no peito dele.

— Estava com saudade da sua nuca.

— Se quiser, deixo você fingir que sou um jovem desconhecido de cabelo curto.

Ela deu risada.

— Não quero. Lincoln?

— Hum?

— Você quer… *isso*?

— Fingir ser um desconhecido? Acho que eu ia ficar com ciúme.

— Não. — Ela cutucou a barriga dele. — Que minha menstruação esteja atrasada. Pelo motivo de antes.

— Ah…

Ele queria?

Lincoln nunca sonhou em ser pai. Tinha sido criado sem uma figura paterna, então talvez pais estivessem fora do seu radar.

Beth, no entanto, sempre quis filhos. Beth tinha um plano, e Lincoln…

Bom, Lincoln queria Beth.

Mais do que imaginava que fosse possível querer outra pessoa.

Ele sentia que tinha tanta sorte de estar com ela a ponto de ter concordado com o plano.

Não sabia como ser um bom pai, mas pensaria nisso quando chegasse o momento…

E o momento nunca havia chegado.

Eles tinham tentado algumas coisas. Remédios. Injeções. Lincoln queria, porque Beth queria muito.

Foi decisão dela parar de tentar.

Lincoln sofreu. Mas não saberia dizer, nem mesmo naquele momento, se sofreu pela sua perda ou pela dela.

— Eu ficaria feliz — ele disse — caso acontecesse... mas não ia ficar desejando.

Ela não disse nada.

— Tudo bem? — ele sussurrou.

Beth assentiu. Seus ombros tremiam.

Ele se afastou, deixando um pouco de espaço entre os dois, com medo de que ela estivesse soluçando. Mas não chegava a tanto. Ela apenas chorava.

— Sinto muito — ele disse.

— Tudo bem. Mesmo. Não é por isso que estou chorando.

— Então por quê?

— Não sei... — As sardas nas suas bochechas desapareceram quando o rosto ficou vermelho. — Porque tô velha. Porque não vai acontecer, e já faz muito tempo que acho isso. Tô velha, sabe? Sou uma anciã.

— Não tem nada de errado em ser uma anciã.

— Lincoln. — Ela bateu no peito dele. — Você deveria mentir e dizer que não sou uma anciã.

— Querida, são as três faces da deusa. Todas sagradas.

— *Lincoln.*

Ele levou a mão ao queixo dela.

— Você tá exatamente onde deveria, Beth.

— Tipo, "onde quer que você se encontre é exatamente onde deveria"? Tipo atenção plena, zen-budismo, *As aventuras de Buckaroo Banzai*?

— Não. — Ele balançou a cabeça. — Você prometeu envelhecer comigo, e aqui está você, cumprindo a promessa.

Beth reagiu com um ruído que lembrava uma risada. Continuava chorando. Voltou a se jogar no peito dele, como se tivesse desistido.

— Deveríamos dar nosso nome pra lista de espera.

Ele voltou a abraçá-la.

— Já fiz isso.

— Achei que tínhamos que estar os dois aqui.

— E estávamos os dois aqui.

— Ah. Verdade.

Lincoln apoiou a testa na dela outra vez.

— Vim pra dizer que vai demorar no mínimo vinte minutos.

— Não consigo acreditar... — ela disse.

— Hum?

— Não consigo acreditar que não te reconheci. Com a máscara.

— Você me reconheceu. Só não na hora.

— Ficou magoado?

— Um pouco... Mas até que gostei de ser o "bonitinho" de novo.

— Rá. — Ela estava apoiada nele, com as mãos preguiçosamente mexendo na blusa. — Acho que eu ficaria feliz... Se acontecesse. Mas primeiro ficaria com medo. E sentiria como se fosse perder alguma coisa.

— O quê?

— O que temos agora. O futuro previsível.

— É...

— Não acho que eu desejaria isso — ela prosseguiu. — Um bebê. Agora. Tudo bem?

— Claro que tudo bem.

— Não tô grávida, Lincoln.

Ele assentiu.

— Só tô envelhecendo.

Lincoln abraçou forte sua cintura.

— Continue envelhecendo, Beth — ele sussurrou.

CONVIDADO
para o
NATAL

Convidado para o Natal

BAZ

MINHA MADRASTA DISSE QUE NÃO QUERIA PRESENTE DE NATAL esse ano. Só queria que eu a encontrasse para tomar chá quando viesse a Londres fazer compras.

Daphne cresceu em uma cidade pequena no norte do país. Ela adora fazer compras em grandes lojas de departamentos e tomar chá na Fortnum com todos os turistas.

Quando eu a encontro no saguão, Daphne está carregada de sacolas.

— Basilton, querido — ela diz, ficando na ponta dos pés para me beijar no rosto. — Como vou levar tudo isso para Oxford? Seria ótimo se houvesse um feitiço de Mary Poppins, não acha? Eu mataria por uma bolsa daquelas.

— Posso mandar entregarem. — Pego o máximo de sacolas que consigo. — Ou enviar por feitiço. Penelope Bunce tem um que…

— Ah, vou ficar bem. — Daphne pega uma das sacolas de volta. — Nada de espiar. Esse é o seu.

Uso mágica para conseguir uma mesa de imediato — o mesmo feitiço que meu pai sempre usa, preparar-apontar-já —, e Daphne fica tão satisfeita quanto uma menininha quando o garçom nos traz um suporte de três andares repleto de scones, sanduichinhos e bolos. É uma pena que Simon não esteja aqui. Ele me disse hoje de manhã que nunca foi a "uma casa de chá grã-fina".

"Sua avó serve um chá grã-fino sempre que você aparece", eu disse a ele.

"Tá, mas ela não tem um carrinho de bolos."

"A casa toda dela é um carrinho de bolos."

Simon estava na beirada da cama, movimentando a espada como se cortasse alguém na metade em câmera lenta.

"Gareth disse que a Fortnum tem um carrinho com bolo com cobertura de marzipã" — ele deu um golpe de espada para o outro lado — "pão de ló, bolo de chocolate e... algum tipo de torta de maçã. E que a gente pode comer o quanto quiser, além de todas as frescurinhas, como bombas e não sei como chamam aqueles biscoitinhos amanteigados..."

Eu estava bem na frente dele, dando o nó na gravata e me esforçando muito para não parecer impressionado com seu showzinho de espada. (É um esforço constante.)

"Petit four", falei.

Simon voltou a golpear com a espada, batendo a face da espada no meu quadril.

"Isso mesmo."

"Quando foi que Gareth te disse tudo isso?"

"No primeiro ano. A mãe o levou pra tomar chá de aniversário."

"Imagino que isso seja tudo o que você aprendeu no seu primeiro ano em Watford."

"Não é verdade." Simon girou a espada entre nós e me acertou do outro lado do quadril. "Também aprendi que você era um babaca."

"Você que era um babaca." Empurrei o peito de Simon, e ele caiu de costas na cama, rindo. "Vou enfiar uns petit fours no bolso e trazer pra você."

"Boa. E não esquece de usar Seguro-morreu-de-velho pra não esfarelarem."

Revirei os olhos e fingi que ia embora sem dar um beijo nele. Era sempre um bom joguinho. Simon pulou da cama e me imprensou contra a parede. (Ele não pode comprar mais móveis; precisa de um espaço livre descomunal no apartamento.)

Me beijou com vontade.

"Volta logo. Com os bolsos cheios de bolo."

— *Mordelia* queria vir — minha madrasta diz, me trazendo de volta ao presente. — Mas eu falei que nunca consigo ficar a sós com você, e que precisávamos conversar sobre a véspera de Natal.

Daphne está passando uma bela dose de geleia de morango num scone. Ela me disse que não comeu carboidrato a semana toda — nem mesmo cenoura — se preparando para hoje.

— O que tem a véspera de Natal?

— Bom, seu pai e eu gostaríamos que você viesse…

— É claro que eu vou. Sempre vou pra casa no Natal.

Nem preciso me preocupar em deixar Simon sozinho este ano, porque Lady Salisbury provavelmente vai tirar o atraso dos últimos vinte Natais numa única noite. Ele vai acabar ganhando um trenzinho e um cavalinho de balanço.

Daphne parou de passar a geleia. Está sorrindo para mim.

— E gostaríamos que levasse alguém.

— Alguém — repito.

Ela se inclina para a frente.

— *Alguém*.

Minha madrasta é uma mulher muito bonita, com cabelo escuro, um sorriso cheio de dentes e braços torneados. Também é menos potente do que minha mãe em todos os sentidos. Mais magra. Mais baixa. Menos cheia de opiniões. Menos poderosa.

"É como se, depois de uma vida bebendo gim, seu pai tivesse decidido que queria um copo de água", minha tia disse uma vez.

Tia Fiona pretendia insultá-lo. Ela sempre fala como se meu pai tivesse *trocado* minha mãe por Daphne, não se ele tivesse passado anos de luto até a carcaça de seu antigo eu ser arrastada para a praia de Daphne.

— Tipo… — começo a dizer, pegando um scone — … um amigo?

— Tipo… qualquer pessoa com quem você queira passar o Natal. Achei que talvez Simon Snow fosse gostar de ter onde comemorar o Natal.

Meu queixo cai. Estalo a língua sem querer.

— Simon Snow.

Daphne continua sorrindo.

— Sim. Seu amigo.

— Meu amigo Simon Snow…

Falar com a minha família é como jogar tênis. Ficamos trocando eufemismos de um lado para o outro para evitar dizer o que realmente queremos.

— Falei com seu pai, Basil…

— Falou?

— E ambos concordamos que pode ser bom para você ter companhia no Natal, alguém da sua idade.

Deixo o scone no prato para esfregar os olhos com as duas mãos.

— Mãe. Parece que você está sugerindo que eu leve um amigo numa viagem para esquiar…

— Achei que fosse ficar feliz, Basil.

— Feliz? — Olho para ela. — Você *sabe* que não posso levar Simon para passar o Natal com a gente. Em primeiro lugar, porque ele sugou toda a magia da propriedade da família…

— Isso é passado. Seu pai está muito impressionado com o papel de Snow em toda a… *confusão* no último verão.

(A confusão. Quando minha madrasta se juntou a um culto mágico. E meu namorado salvou todo mundo.) (Meu namorado. Simon Snow.)

— E — ela prossegue — concordamos em deixar o passado para trás.

— Então… — Abri o guardanapo de pano com um movimento brusco e posicionei sobre as pernas. — Ninguém vai mencionar o Mago ou os Homens do Mago ou a vez em que Simon prendeu tio Cyril…

— Por que mencionaríamos? Seu pai odeia o tio Cyril.

— Está tudo perdoado? Tudinho?

— Basil, ninguém vai nem tocar no assunto.

— E ninguém vai tocar no assunto de que…

Será que *eu mesmo* vou tocar no assunto? Posso simplesmente dizer? Do que realmente estamos falando aqui? Que eu sou eu? Que praticamente moro com outro cara? Que eu levaria Simon para passar o Natal com minha família porque sou apaixonado por ele?

Daphne estende a mão por baixo da mesa para tocar meu braço.

— Ninguém vai tocar em nenhum assunto que te incomode, Baz. E sei que *você* não vai tocar em nenhum assunto que incomode seu pai. Vamos ter um jantar muito agradável. E trocar presentes. Liberamos o sótão e transformamos em um quarto de hóspedes, já está tudo pronto. O sr. Snow pode ficar ali e você, no sofá. Vai ser maravilhoso, você vai ver. Um novo começo.

Franzo a testa para o scone e cutuco uma uva-passa. Simon no quarto de hóspedes. Eu no sofá. Ninguém dizendo nada que possa incomodar os outros.

— É muito legal da sua parte convidar Simon, mãe. Só que este ano ele vai passar o Natal com os Salisbury.

— Ah — Daphne diz. Fica surpresa. E decepcionada. — Claro. Que bom para ele.

Simon não está em casa quando chego. Eu trouxe petit four e um pedaço de bolo coberto de marzipã. (Não precisei enfiar nos bolsos, eles me deram numa caixa.)

Tento estudar. Tenho um trabalho para entregar, e deveria ficar feliz por ter todo o apartamento só para mim. Simon saiu com Penny. Depois de um tempo, ele manda mensagem dizendo que está a caminho. Uma hora depois, diz que agora está mesmo a caminho. Desisto de fazer o trabalho e vou ver futebol, porém não consigo me concentrar.

Quando Simon finalmente chega, estou jogado no sofá cor-de-rosa dele, com os pés na mesa de centro.

Ele entra e tira o casaco. Está com uma blusa de lã azul. Simon não quer saber de outra vida depois que descobriu como dobrar bem as asas e escondê-las debaixo de blusas de lã.

— Quanto tempo faz que chegou? — ele olha para a mesa de centro. — Ainda está de sapato.

— Ah. Desculpa.

Tiro os sapatos oxford, certamente arranhando a parte de trás. Eles caem com dois baques na mesa. Empurro para o chão.

— Puta merda — Simon diz. — O que foi?

— Nada… Foi um dia longo. Não consegui me concentrar.

Simon tira a blusa de lã e abre as asas vermelhas de dragão. Está usando uma das suas camisas novas, com abas que cobrem as asas e botões onde ele alcança.

— Tá puto comigo por ter chegado tarde?

Franzo a testa.

— Quê? Não. Você não estava com Penelope?

— Estava.

— Por que eu ficaria puto com isso?

— Sei lá. — Ele se joga ao meu lado no sofá e deixa a blusa de lã cair no chão. — Por que tá puto então?

— Não estou puto — digo, puto.

Simon franze a testa para mim.

— Você ainda está de terno.

Ele estende os braços e começa a desatar o nó da minha gravata com todo o cuidado. Pegou bem o jeito nos últimos meses.

— Não estou puto com você.

— Que bom.

Simon dá uma puxada firme na gravata e ela desliza do meu colarinho. Então ele abre o primeiro botão da minha camisa.

— Fui tomar chá com minha madrasta.

— Eu sei. Ela mijou no seu chá preto?

— Não seja grosseiro.

— Não seja pudico. Fala o que aconteceu.

— Ela quer que eu leve alguém pra passar o Natal em casa.

Simon se recosta no sofá.

— Alguém? Onde você vai encontrar alguém?

— Não *alguém*. Você. Ela quer que eu leve *você* pra passar o Natal comigo em casa.

Ele fica tão surpreso quanto eu sete horas antes.

— Mas sua madrasta não gosta de mim.

— Eu sei.

— E seu pai *me odeia*. Acabei com a sua casa.

— Eu sei. Daphne disse que isso é passado.

— E você acredita?

— Acredito que eles não vão tocar no assunto.

— Mas... — Snow ainda está confuso. Sei o que vai dizer. — Achei que seu pai não soubesse que você...

— Ele sabe — digo, com amargura. — Só não aprova.

— Então por que eles querem que você leve seu namorado pro Natal?

(*Meu namorado.*)

— Não sei. Pra me agradar, acho. Minha madrasta disse que seria "um novo começo".

Simon fica sentado ali, com o rosto todo contorcido, como se refletisse. Seu rosto é muito bonito e cheio de sardas. Ele ajeita os cachos na testa.

— Tá. Beleza. Eu vou.

Eu me endireito no sofá.

— Simon, você não pode. Já falei pra Daphne que vai passar o Natal com Lady Salisbury.

— Passo um dia com Lady Ruth e outro com você. Ela vai entender.

— Não — digo de maneira enfática. — Você não vai abrir mão de um Natal cheio de amor com pessoas que te aceitam para passar o dia com gente que nem gosta de você.

— Eles nem me conhecem.

— Eles te culpam pelo Mago e pelo Oco...

— Você disse que eles não vão tocar no assunto.

— Não vão, mas...

— Ótimo. — Ele dá de ombros. — Eu também não. Odeio falar sobre aquilo.

— Simon. Meu pai ainda se refere a você como "o discípulo do Mago".

— Sua tia me chama de coisa muito pior e você me obriga a almoçar com ela o tempo todo.

— Eu não te *obrigo*. E é diferente. Pelo menos minha tia... Bom, minha tia não finge que somos apenas bons amigos.

— Achei que você tivesse dito que seu pai sabe que você é gay.

— Ele sabe! Mas não reconhece.

— Você quer que ele reconheça?

— Simon, eles vão me botar pra dormir no sofá enquanto você fica com o quarto de hóspedes.

— Você quer que a gente *durma junto* na casa dos seus pais? Tá maluco?

— Eu... — Estou nervoso. Com sede. Devia ter caçado enquanto Simon estava fora. Levanto e tiro o paletó. — Quero... Não quero *voltar pro armário* na *minha própria casa* durante o *Natal*.

— *Baz*. — Simon gesticula e faz cara de quem acha que sou um idiota. — Eles já sabem que você é gay. Todo mundo sabe que você é gay! Está chateado por não ter feito um discurso grandioso? Eles te incentivaram a levar o seu namorado em casa pra que você o apresente direito. Vejo TV o bastante pra saber que é um bom sinal. Você acha que ir sozinho seria *mais* assumido que ir comigo?

— Você não entende.

— Não entendo mesmo.

Eu me inclino para pôr os sapatos.

— Vou caçar.

— Tá bom.

Simon levanta e faz menção de pegar a blusa de lã.

— Não, vou sozinho. Preciso pensar.

— Tá bom.

Ele continua segurando a blusa azul.

Termino de amarrar os cadarços e pego o casaco. Paro na porta. Sem me virar.

— Já volto.

— Eu sei — Simon diz atrás de mim.

Quando volto ao apartamento, Simon está na cama. Não digo nada e vou pro chuveiro. Todas as minhas coisas estão aqui agora. Todos os meus itens de higiene. Minha lâmina de barbear. Simon usa qualquer sabonete que eu deixe no chuveiro. Eu não gostava disso no começo. Queria que ele tivesse o próprio cheiro, não o meu. Mas ele continua tendo.

Deito na cama. Ele arrumou uma cama de verdade. Eu trouxe meu edredom da casa da minha tia e meus travesseiros. Simon rouba todos. Está com os três travesseiros. Tento pegar um, e ele se vira para mim, deixando o travesseiro livre.

Sinto seu braço por cima da minha cintura.

— Desculpa — ele diz.

Não respondo. Mas sinto a pele quente dele.

— Vou aonde você quiser. Posso passar o Natal com Lady Ruth e Jamie. Como planejado.

Empurro o peito dele. Simon fica na posição que eu quero — de barriga para cima, para que eu possa deitar a cabeça no seu ombro. Ele me abraça.

— Você não entende.

— Tem razão — Simon sussurra.

— Eles não vão reconhecer.

— Eu sei.

— A gente pode se casar e ter filhos…

— Podemos?

— … e ainda assim minha família não reconheceria o que somos um para o outro.

Simon fica em silêncio. Brincando com meu cabelo.

— Que foi?

— Nada.

— Consigo ouvir você pensando, Snow. Como se algo estivesse sendo moído. Como uma marcha emperrada.

Simon puxa meu cabelo.

— Ainda sinto que o convite *é* um reconhecimento. Mas te entendo, Baz, de verdade. Entendo o que está dizendo. Que você se sente…

— Sufocado.

— Isso.

— E constrangido.

— Isso.

Ele beija minha cabeça.

— Tipo, tudo o que eu sou é algo que não pode ser mencionado.

— Eles sabem que você é um vampiro, né?

Levanto a cabeça para olhar feio para ele.

— *Sim.* Sabem *de tudo.* Aparentemente, não tenho mais nenhum segredo!

Ele está passando a mão nos cabelos na minha nuca.

— Lindo. Não é verdade. Lady Ruth não sabe que você é um vampiro. E ninguém da escola acreditava nisso quando eu falava.

Afundo o rosto no seu ombro e solto um gemido.

— Ei. — Simon volta a beijar minha cabeça. — Por que não vem passar o Natal comigo e Lady Ruth? A gente pode ser tão gays quanto quiser lá. Mais gays até, só por esporte.

— Você nem é gay, Snow.

— Sou, sim. Para todos os efeitos.

Isso me faz rir. Ele sempre ganha, no fim das contas. Eu me aproximo e me aconchego nele.

— Desculpa — digo.

— Pelo quê?

— Por ter ido embora sem te dar um beijo.

— Dá agora então.

Ergo o queixo, e ele encontra minha boca no escuro. (Não é difícil; estou sempre no mesmo lugar.)

Nós nos beijamos. Na cama de Snow. (Na nossa cama. Para todos os efeitos.)

Eu me afasto.

— Quero passar o Natal em casa.

— Tá bom.

— E… — Fecho os olhos por um segundo. — Quero que você vá comigo.

— Tá bom — ele sussurra, depois beija minha bochecha. — Como você quiser, Baz. Sempre. Sempre vai ser como você quiser.

Mais tarde, quando estou pegando no sono, Simon me cutuca.

— Você se lembrou de trazer alguma coisa pra mim?

— Lembrei.

— O quê?

— Bolo e petit fours.

— Maravilha.

— Mas comi tudo.

— Você comeu tudo? Por Crowley, devia estar péssimo mesmo.

SIMON

O plano é: vou até Oxford com Baz hoje, passar a véspera de Natal, e volto para Londres amanhã de manhã, para passar o dia com minha avó. Baz pegou o carro da tia emprestado. Não sei se ela sabe que vou dirigir.

Fico feliz que Fiona não vai estar lá. Ela é má e grosseira, e seu marido me dá arrepios.

A tia de Baz se casou com um vampiro *de verdade*. Todos dizem que ele não mata mais gente, só que esse "mais" não chega a me tranquilizar. Fiona não pode levar Nico para a reunião da família no Natal porque o pai de Baz ia cravar uma estaca nele. E eu ajudaria.

Não podemos demorar para sair, só que Baz não decide que roupa eu deveria usar.

No momento, estou vestindo um terno xadrez. Cinza, azul e verde, com um toque de vermelho. Tão apertado que mal consigo sentar.

— É um pouco exagerado, não acha?

— Meu pai vai achar.

Baz também está de xadrez, com uma calça roxa e dourada, além de uma blusa vermelha de gola alta.

— Por que *você* não precisa ir de terno?

Ele está mexendo na minha gravata.

— Porque meu pai espera que eu use terno.

— Tá, mas você *gosta* de usar terno.

— Posso usar terno o restante do ano. — Ele faz uma careta e arranca a gravata. Está presa no colarinho, por isso minha cabeça é puxada para a frente.

— Você realmente se desdobra pra cutucar seu pai. Chegar comigo já não basta?

Baz abre um botão da minha camisa e murmura:

— Melhor assim.

Essa mínima pele exposta já mexe comigo, e eu tento beijá-lo. Ele não deixa, porque está concentrado. Alisando minha camisa. Ajeitando minha lapela.

— Você não precisa esconder as asas — ele diz, espanando a parte de trás do meu paletó, sobre as asas recolhidas. — Meus pais já sabem.

— Não quero assustar as crianças.

Saber que vou passar um tempo com os irmãos dele me deixa nervoso. Nunca sei o que dizer para crianças. Comprei presentes para todos. Baz me disse para não comprar, porque eles já são mimados, mas não obedeci.

Espero que sejam pequenos demais para lembrar da última vez que passei o Natal lá — quando eles tiveram que sair correndo de casa no meio da noite.

O mesmo Natal em que matei o Mago.

E perdi minha magia.

O Natal em que beijei Baz pela primeira vez...

Levanto a cabeça. Ele parou de me cutucar e apalpar. Está parado, olhando para mim, como se também estivesse perdido em pensamentos.

— Você é o homem mais bonito que meus olhos já viram, Simon Snow.

Sorrio. Meus braços envolvem Baz.

— Achei que você tivesse dito que vampiros se enxergam no espelho.

Depois que tornei o castelo deles inabitável, a família de Baz se mudou para uma cabana de caça em Oxford. Não sei como eu esperava que uma cabana de caça fosse, mas definitivamente não era assim — outra casa gigante de gente rica. Esta parece saída de um conto de fadas. Com estrutura de madeira e telhado de palha. E uma guirlanda enorme na porta.

Baz está pegando a chave — uma chave de metal de verdade, do tamanho da minha mão — quando a porta se abre. A madrasta dele aparece, com um longo vestido vermelho. Ela é uma mistura de Billie Piper e Kate Beckinsale. É muito mais nova do que o pai dele, e, a meu ver, muito mais simpática.

— Basilton. — Ela puxa Baz para um abraço.

— Mãe — ele diz, retribuindo o abraço.

— E... — Ela abre um sorriso só um pouco tenso. Prefiro atribuir essa tensão a constrangimento, porque da última vez que vi Daphne Grimm ela tinha sido enganada pelo líder de um culto mágico. — Sr. Snow.

— Pode me chamar de Simon.

— Simon, claro. Seja bem-vindo. Que bom que veio.

Tenho nas mãos uma caixa com presentes, o que nos salva de um abraço. Ela faz sinal para entrarmos e pega nossos casacos.

Duas meninas agarram as pernas de Baz. Sophie e Petra. Ele acha que é melhor eu nem me dar ao trabalho de tentar diferenciá-las. Ambas parecem bonecas, com seus vestidinhos vermelhos de veludo e laços dourados na cintura.

— Vocês estão pesadas demais pra colo — Baz geme, erguendo as duas para abraçá-las. — Esse é meu amigo Simon. Vocês já se conhecem, mas não devem lembrar.

— Oi — digo.

Elas estreitam os olhos para mim. (Talvez a aversão a mim esteja nos seus genes.)

Uma delas puxa a blusa de Baz.

— Basil, você vai dormir aqui?

A outra puxa do outro lado.

— Mamãe disse que você vai dormir aqui.

— Mamãe disse que devemos ser boazinhas com os amigos mesmo que eles sejam idiotas.

— Não. Mesmo que eles façam alguma idiotice.

— Que bom que estão avisadas — Baz diz. — Agora me soltem. Estão estragando minha blusa.

Outra menina com o mesmo vestido aparece. De fone, assistindo a alguma coisa no celular. Mordelia.

Daphne volta carregando um bebê (Swithin) com um terninho cinza e colete vermelho. Por Merlim, a família toda está vestida como um cartão de Natal da realeza.

— Vou te mostrar o quarto de hóspedes — Daphne me diz, passando o bebê para Baz. — Infelizmente fica no sótão.

— Não tem problema.

Já estou saindo atrás dela quando o pai de Baz chega do outro lado.

O clima muda.

Mordelia tira o fone de ouvido. Daphne e Baz se empertigam. As gêmeas param de pular em cima de Baz e levam as mãos às costas, como se estivessem acostumadas a se comportar mal e ter algo a esconder.

Levo a mão ao quadril, como se tivesse uma espada escondida. (Não tenho.) (Baz não me deixou trazer.)

Malcolm Grimm olha diretamente para mim. Tem a altura de Baz, cabelo branco como neve e um terno escuro. É bonito, de um jeito cruel e mais velho. Baz e o pai não são muito parecidos, mas meio que se mexem da mesma maneira. E ficam parados da mesma maneira. Franzem a testa da mesma maneira.

O sr. Grimm estufa o peito ao me ver. E pigarreia.

— Sr. Snow. Bem-vindo à nossa casa.

— Obrigado — decido não pedir que me chame de Simon.

Ele vira para Baz, e seus olhos recaem imediatamente sobre a calça roxa. A testa fica ainda mais franzida. (Será possível que não viu o terno florido de Baz? É muito pior do que essa calça.)

— Basilton.

— Pai.

— Você ficou bem assim.

— Obrigado. O senhor também.

— Sim, é…

O pai dele pigarreia outra vez.

— Eu estava indo mostrar o quarto de hóspedes a Simon.

Daphne entrelaça seu braço ao meu e me puxa na direção da escada.

Baz procura meus olhos antes que eu suba. Parece preocupado. Dou uma piscadinha. Vamos sobreviver. Sobrevivemos a tudo até agora.

O jantar demora demais.

Passamos o que parecem horas na sala de visitas — apenas sentados. Não tem televisão aqui. As gêmeas disputam um brinquedo e

Swithin tenta montar em um cachorro enorme. (Um mastim tibetano. Tão grande que achei que fosse mágico, mas Baz diz que é só caro mesmo.) Mordelia fica sentada toda certinha na sua poltrona, com cara de tédio.

Recebi um copo de uísque, mas estou tentando não beber. Não acho que álcool seja uma boa ideia para mim, no geral — tenho muita coisa na vida para estragar — e *certamente* não é uma boa ideia hoje. Preciso manter o que me resta de controle.

Estou sentado no sofá com Daphne, e Baz está numa poltrona do outro lado do cômodo. Não fizemos nenhum esforço para sentar lado a lado — não teríamos feito de qualquer maneira, mas parece estranho saber que eu não poderia tocá-lo agora mesmo se quisesse.

Eu não era de tocar Agatha na frente dos pais dela. Não queria lembrá-los de que fazíamos coisas juntos. Queria que os Wellbelove confiassem em mim e sempre me deixassem ficar na sua casa.

Os pais de Baz nunca vão confiar em mim. E, ainda que estejamos sentados o mais distante possível, dá para ver que minha presença os incomoda. Daphne não para de sorrir para mim, como se precisasse lembrar o tempo todo para fazer isso, enquanto o pai de Baz nem me olha.

No carro, tentei fazer com que Baz me explicasse por que eles eram tão homofóbicos.

"Eles não são homofóbicos. São... entusiastas da heterossexualidade. Obcecados por fazer as escolhas certas e ser os melhores em tudo."

"Você é o melhor em tudo."

"Sou o pior em me casar com uma moça poderosa e ter filhos poderosos, e em herdar a propriedade da família."

"Você precisa ter filhos pra herdar a propriedade da família?"

"Precisaria dar continuidade à nossa linhagem."

"Bom, foda-se, já destruí o lugar mesmo."

"Meu pai olha pra mim e vê um erro. Sou tudo o que resta da minha mãe, e sou um fracasso."

— Mais bebida? — Daphne pergunta.

— Ah, não — digo. — Estou bem assim.

Gostaria de pedir água. Estou com sede e fome, e mal consigo respirar nesta calça.

Chupo o gelo e tento não encarar Baz.

Ele está com um paletó cinza por cima da blusa vermelha de gola alta. Deve ter feito um feitiço, porque sei que não trouxe essa peça.

Dá para ver que ele está estressado. Nervoso.

Baz era só um menino quando o vi com a família pela primeira vez. No entanto, ele parecia calmo, moderado, indiferente. Era um deles.

Agora...

Agora ele é um homem independente. Se destaca. Usa o cabelo mais comprido e solto. Suas roupas são mais chamativas. (Agora tenho certeza de que Baz não é intocável.)

Ele parece não conseguir se acomodar ou sossegar no lugar. Está no seu segundo copo, e fica mexendo na calça, como se estivesse coberta de fiapos invisíveis. Ele não olha para mim. Tampouco consegue se concentrar em quem quer que seja. O pai precisa repetir as perguntas o tempo todo.

Ficamos todos aliviados quando Daphne diz que é hora do jantar.

Nós a seguimos até o outro cômodo. A única vez que vi uma produção à altura foi no último Natal que passei com os Grimm-Pitch. A toalha é vermelha e dourada, e há um laço vermelho vistoso amarrado em cada cadeira. A mesa de jantar está repleta de travessas de prata, pratos floridos e fitas decorativas.

— Você pode sentar ao meu lado, Simon — Daphne diz.

Baz ocupa a cadeira do outro lado, à direita do pai. Tem um arranjo de flores gigantesco bem no meio da mesa, mal consigo vê-lo depois que sento.

— Desculpe se está um pouco apertado — Daphne diz quando bato a cadeira sem querer na parede. — Esta mesa cabia perfeitamente bem em nossa antiga sala de jantar.

A antiga sala de jantar, na casa que eu destruí. Estremeço.

Petra e Sophie estão brigando para ver quem vai sentar ao lado de Baz.

— Parem de discutir agora mesmo — o pai diz.

— Eu fico no meio — Baz diz, e começa a levantar.

O pai o impede.

— Não. Nunca cedemos às birras delas. Mordelia, venha sentar ao lado de Basilton.

Eu levanto tão rapidamente que bato a cadeira na parede de novo.

— Eu mudo de lugar.

Isso faz o pai de Baz olhar para mim pela primeira vez desde que me cumprimentou. Ele não parece satisfeito.

— Obrigado, sr. Snow.

— Pode me chamar de Simon — murmuro, tentando chegar a Baz sem acertar ninguém por acidente. O cômodo é realmente pequeno demais para a mesa.

Antes mesmo que eu me acomode ao seu lado, Baz agarra minha perna. Com tanta força que acho que está bravo comigo. Seu rosto, porém, permanece sereno e até um pouco entediado.

Uma das irmãs menores, ainda choramingando, joga o corpo no assento ao meu lado.

— Chega de fazer minhas irmãs chorarem, Snow — Baz tira sarro.

Ele continua agarrando minha coxa. Levo a mão à dele e aperto de leve. Ele pega minha mão e segura com força, e o alívio me deixa até um pouco tonto. Parece que faz anos que não o toco. (A tontura também pode ser fome. Parece que faz anos desde o café da manhã.)

A comida já está na mesa. Deve ter sido posta há horas e mantida fresca com magia. Ninguém havia entrado na cozinha.

O pai de Baz pega uma travessa de batata assada e passa para ele.

— Então, sr. Snow…

— É sério, sr. Grimm — eu o interrompo. Baz aperta minha mão, mas é tarde demais. — Pode me chamar de Simon.

— Simon… — o pai dele diz, com o rosto todo retraído, como se isso doesse. — Está estudando o que na universidade?

Baz solta minha mão para me passar a travessa.

— Eu…

— Ele está dando um tempo — Baz diz.

O pai dele continua olhando para mim.

— Um tempo?

Eu me atrapalho com as batatas. Uma cai no meu colo.

— Comecei a estudar políticas sociais, mas não era pra mim. Então... estou dando um tempo. Arranjei um emprego.

— Que tipo de emprego?

Baz me passa a cesta de pãezinhos sem pegar nenhum.

— Trabalho para uma empreiteira.

O pai de Baz se inclina para mim.

— Você é pedreiro?

— Não. — Peguei pãezinhos demais, mas desconfio que não devo devolver nenhum. — Sou meio que um mensageiro. Mas estou tirando uma licença pra dirigir empilhadeiras.

— Uma licença para dirigir empilhadeiras... — o sr. Grimm diz, aparentemente mais em choque do que em reprovação, embora com certeza não esteja aprovando.

Todo mundo espera que eu faça algo grandioso, só porque sou o Escolhido. Só que minhas habilidades não valem nada no mundo normal. Na verdade, ando pensando em me juntar à Força Aérea Real, mas sempre que menciono isso Baz dá um chilique e Penny diz que eu nunca passaria no teste físico. Quando fui a um evento de recrutamento para trabalhar na polícia, os dois passaram dias sem falar comigo.

— E o que você faria com uma licença para dirigir uma empilhadeira, Simon? — Daphne pergunta.

— Hum... empilharia coisas, acho.

— Não pode usar sua varinha? — uma das gêmeas pergunta.

— Ele não tem varinha — Mordelia diz.

Baz me passa outra travessa.

— Ele está pensando em entrar pra Força Aérea. Quer ser piloto.

Olho confuso para Baz. Ele não quer *nem um pouco* que eu seja piloto.

— A Força Aérea normal? — o sr. Grimm pergunta.

Eu me viro para ele.

— Tem uma Força Aérea mágica?

— Por que você quer ser piloto se tem asas? — Mordelia pergunta.

— *Mordelia* — a mãe a repreende.

— Todo mundo sabe que ele tem asas!

— É falta de educação falar sobre qualquer parte do corpo que não esteja visível.

— Piloto? — o pai de Baz insiste.

— É só uma ideia — murmuro.

— Simon seria muito bom nisso — Baz garante.

Viro a cabeça para ele, torcendo para que meu rosto diga: *Que porra é essa?*

Ele me passa o peru sem nem me olhar.

Aceito a travessa. E pego um pouco de peru.

— Primeiro vou pilotar uma empilhadeira. Depois, talvez, um avião.

Baz mantém a coluna bem ereta e fica olhando para o prato em vez de fazer contato visual com qualquer um.

É assim que eu percebo que ele não pôs nada no prato — ou quase nada. Baz pegou as menores porções possíveis. E nenhum pedaço de peru.

Franzo a testa para ele e sirvo duas fatias no seu prato.

O pai, que estava prestes a passar a molheira, congela. Ninguém se move. Baz talvez nem respire.

— Obrigado. — Estico o braço na frente de Baz para pegar a molheira. Rego a carne dele e depois a minha. Depois rego a carne de Sophie (ou talvez Petra) e passo a molheira a Daphne.

Ponho o meu pãozinho extra no prato de Baz. Então apoio a mão na sua coxa.

Ele consegue. Sei que consegue.

BAZ

Respiro fundo.

O aroma do peru é divino. Vera deve ter ajudado Daphne com o jantar; reconheço o molho de cebola dela.

Não estou com sede. Saímos mais cedo de Londres para que eu pudesse parar no bosque que cerca a propriedade da minha família. Drenei um veado inteiro. E deixei Simon ver tudo.

Ainda estou tão cheio de sangue que as pessoas ao redor mal fazem minhas presas despontarem. Minha garganta não dói. Meus seios da face não queimam.

No entanto, as presas não diferenciam as fomes. Querem despontar agora. Querem ajudar.

Olho para Simon. Eu deveria esganá-lo.

Ele olha nos meus olhos. Assente.

Então olha para o próprio prato e pega uma garfada.

— O peru está uma delícia, sra. Grimm.

Simon aperta minha perna.

É o único que não me observa.

Inspiro fundo.

Solto o ar.

Pego meu garfo. Sophie se debruça sobre o prato para me observar. Seu cabelo está pegando no molho.

Pego a faca.

— Uma delícia mesmo — Simon diz.

Corto um pedaço de peru.

Respiro.

Sinto minhas presas despontarem.

Eu me lembro de quando elas surgiram pela primeira vez. Eu tinha onze anos. Estava em casa, nossa casa antiga, sozinho na cozinha comendo a torta de carne que Vera havia feito para mim. Meu pai tinha acabado de casar de novo. Mordelia era recém-nascida.

Minhas presas rasgaram a gengiva quando dei uma mordida. E se cravaram no meu lábio. Corri para me esconder no banheiro, sem saber o que estava acontecendo. Tinha sangue no rosto e nas mãos. Lambi tudo o que podia, depois fui atrás de mais.

Daphne estava na sala.

Mordelia estava no quarto.

Tínhamos um cachorro…

É uma resposta animal, penso agora, *e você não é um animal.*

Penso em puxar as presas de volta. Recolhê-las.

Lembro de quando Fiona me encontrou aquela noite. Escondido no celeiro.

Já era tarde. Eu estava coberto de sangue. Mais sangue. Me enfiei na palha quando a ouvi chegando.

Imaginei que deviam estar todos me caçando.

Fiquei feliz por ter sido Fiona a me encontrar, e não meu pai.

Ela viu o cachorro antes de me ver.

"Que bom, Basil."

Eu me mantive imóvel. Sem respirar.

"Tô falando sério", ela disse. "É um alívio do cacete. Venha, venha."

Não me movi.

"Não me obrigue a lançar um feitiço."

Fiona estava certa. Seria muita infâmia. Levantei e espanei a palha do corpo.

Ela apontou a varinha para mim mesmo assim.

"Limpo como meu nome!"

O sangue desapareceu da minha blusa de lã nova da escola.

Fiona se aproximou e segurou meu queixo. Virou meu rosto para um lado e para o outro. As presas já haviam se recolhido fazia tempo. Os cortes nos lábios já cicatrizavam.

Ela pôs as mãos nos meus ombros.

"Você se saiu bem. Estou orgulhosa."

"Fiona", sussurrei.

"Xiu. Não diga nada, Basil, nunca."

"Mas, Fiona...", insisti.

"Quietinho. Olhe para mim. Muito bem, querido." Ela sacudiu meus ombros. "Estou muito orgulhosa de você."

"Mas... eu... o cachorro do papai..."

"Foi uma ótima solução, Basil. Você demonstrou força e inteligência. Eu não esperava nada menos do filho de Natasha Pitch."

Soltei um soluço de choro. Fiona me sacudiu outra vez.

"Era só um *cachorro*. E aquilo lá é só um cavalo. E ali no campo são só ovelhas. E, no bosque, veados. Entende?"

Fiz que sim.

"Sei que você vai dar conta disso, Baz. Antes de tudo, é um Pitch. O resto é uma nota de rodapé."

Fiz que sim outra vez.

Ela enxugou minhas bochechas com os polegares.

— Me avise se precisar de ajuda, está bem? Caso fique em apuros. Venha falar comigo, nunca com seu pai. Nem com Daphne, está bem?

— Tá.

— Eu não poderia estar mais orgulhosa de você, Basil. Não mesmo.

Sou um homem, penso agora, *sentado à mesa do meu pai. Sou um Pitch.*

A mão de Simon continua na minha coxa. Apertando. Com força.

Pego um pedaço de peru. (Segura, segura, recolhe.)

Engulo.

Minhas presas não saem. Nem preciso cobrir a boca.

Corto outro pedaço.

— Pode me passar o sal? — Simon pede.

Estou mastigando.

Simon leva a mão ao meu braço.

— Lindo? O sal?

— Claro — pego o saleiro. Engulo. Continua tudo bem.

Olho para meu pai. Ele ainda não tocou na comida e me encara abertamente. Seus olhos brilham.

Na outra ponta da mesa, Daphne chora.

— Está excelente. Você se superou, mãe.

Mordelia olha estupefata para mim. As gêmeas se concentram na mãe chorando. Só Swithin e Simon comem. (Seus modos à mesa são parecidos, aliás.)

— Basilton — Daphne diz, em meio às lágrimas. — Você não pegou batata.

Ela passa a travessa. Simon se serve mais antes de entregá-la a mim.

— O recheio, Baz — Mordelia diz, passando a travessa para ele.

Comida chega de todas as direções.

Simon começa a rir. Dou risada também. De boca cheia. Que falta de educação.

Então meu pai levanta.

E deixa o cômodo.

Eu me viro para minha madrasta. Ela também fica confusa.

Então meu pai volta. Com uma garrafa. Ele serve um pouco de champanhe na minha taça vazia. Em seguida, serve Simon. Então Daphne e Mordelia, só um pouquinho. Por fim, a si mesmo.

— Feliz Natal! — meu pai diz, erguendo a taça.

Com os olhos ainda brilhando. E o punho molhado de champanhe.

Todos erguemos nossas bebidas.

— Feliz Natal!

SIMON

Acho que bebi demais com o pai de Baz no jantar.

Talvez não tenha sido demais, porque comi meio peru e repeti duas vezes a sobremesa.

O sr. Grimm não parava de abrir garrafas de champanhe. E Daphne não parava de oferecer comida. Achei que ia dar a sobremesa na boca de Baz, fazendo aviãozinho. Nunca o vi comer tanto.

Uma hora, quando o sr. Grimm foi pegar mais champanhe, eu me inclinei para Baz e disse: “Eles sabem que você continua sendo um vampiro, né?”.

Ele me endireitou no lugar. Eu estava quase caindo da cadeira. “Você tá bêbado, querido.”

“Não posso fazer nada. Não consigo dizer não pro seu pai. Ele me assusta.”

“Ele assusta todo mundo”, Mordelia disse.

Imagino que estivessem todos felizes de ver Baz comendo. A família não comia junta desde que ele tinha uns doze ou treze anos, ou sei lá quando foi que as presas saíram.

Não posso culpá-los. Também fico feliz em ver Baz comendo. Se estão gostando disso, deviam vê-lo comendo com suas presas enormes. Deviam vê-lo chupar todo o sangue de um veado! É lindo. Adoro vê-lo assim. Satisfeito. Alimentado. Tranquilo.

Estou um pouco bêbado.

Não sei como eu poderia ter evitado isso.

BAZ

Ninguém me pergunta o que mudou. Ou o que significa isso. Para onde minhas presas foram.

Para eles, a variável é Simon.

Meu pai quase o abraçou depois do jantar. E chegou de fato a me abraçar. “Basilton. Muito bem.” E: “Estamos todos muito felizes, não é?”.

Simon acha que minha família pode estar pensando que fui curado. Se é o caso, vou deixar que pensem assim. Que fui curado pela homossexualidade. Curado pelo cuidado carinhoso de Simon Snow.

(Nunca vou contar a eles sobre o rei dos vampiros, que me ensinou a comer de boca fechada.)

Minha madrasta também me abraçou. E abraçou Simon. As crianças pareceram todas fascinadas com o comportamento de papai. Nunca o vi embriagado, por isso imagino que elas também não tenham visto.

— É hora desse pessoal ir pra cama — Daphne diz afinal, quando o champanhe e o merengue acabam, tentando tirar meu pai e as meninas da mesa. Swithin já pegou no sono sobre a comida. — Vamos — ela diz, ao que as gêmeas protestam. — Se não dormirem, Papai Noel não vem.

— Acho que Simon e eu vamos ficar mais um pouco e ver um filme.

— Quero ver um filme também — Mordelia resmunga.

— Você pode ficar com a gente — Simon diz. — É Natal. Gosta de *Duro de matar*?

Daphne franze a testa.

— Vamos, Mordelia.

— Não tem problema — digo. — Ela pode ficar com a gente.

— Tem certeza, Basilton?

— Tenho.

— Eba! — Mordelia comemora.

Daphne se aproxima do meu ouvido.

— Você conhece algum feitiço para ficar sóbrio?

— Conheço — digo, sorrindo para Simon. — Só vou dar um minuto pra ele curtir. Simon nunca bebe.

Ela me dá um beijo na bochecha.

— Boa noite, Basil. Feliz Natal.

— Feliz Natal, sra. Grimm! — Simon grita.

— Feliz Natal, Simon.

Empurro Mordelia de leve.

— Vai pôr o pijama.

— Eu bem que queria pôr o pijama — Snow comenta enquanto eles se afastam. — Odeio esse terno.

Eu o pego pelo ombro e o viro, então ergo o braço e tiro a varinha do punho.

— Isso é sexy pra caramba — Snow comenta.

Aponto para ele.

— *Passa fogo!*

Snow sorri.

— Você tá bêbado, Baz?

Franzo a testa.

— Nem um pouco.

Ele dá uma risadinha e empurra meu ombro.

— Sou imune a magia, seu bobo.

— Pelas cobras — xingo. — Esqueci.

Ele me abraça pela cintura e descansa a cabeça no meu ombro.

— Me ajuda a pôr o pijama, vai? Odeio tanto esse terno. Não consigo nem respirar.

O terno não é imune a magia, por isso eu o transformo em um pijama. Deixo as asas de Simon soltas, e Mordelia fica devidamente impressionada.

— Que demais!

Sentamos no sofá da sala e começamos a ver *Duro de matar.* Mesmo bêbado, Snow conhece o filme bem o bastante para pular as partes mais violentas e as cenas de nudez.

No processo, ele vai recuperando a sobriedade.

— Foi tudo bem, né? — Simon pergunta quando o acompanho até o sótão.

— Foi, Snow.

— É um começo, não acha?

— Bate na madeira pra não dar azar — digo, batendo na testa dele.

— Queria ter conhecido sua mãe. Não o fantasma dela, digo. Sua mãe de verdade.

— Aquela era minha mãe de verdade — digo, tranquilo. — Não era um fantasma. Era ela.

— Bom, eu gostaria de ter conhecido sua mãe assim.

Imagino que ele não queira dizer meio embriagada e de pijama.

— Ela era ainda mais tradicional do que meu pai. Quando era diretora de Watford, alguém podia ser expulso da escola se…

— Ei — ele diz, tocando minha bochecha. — Você não sabe como ela reagiria.

— Posso imaginar.

— Bom, então imagina que estando viva ela teria continuado a evoluir. Ela poderia ter mudado de ideia em relação a uma série de coisas.

Me concentro nos olhos azuis dele.

— Talvez — sussurro.

— Talvez — Simon sussurra de volta, sorrindo. Seus olhos perdem o foco por um segundo, então ele franze a testa. — Ela me pediu pra te dar um negócio...

— O quê?

Simon me segura pelos ombros, fica na ponta dos pés e beija minha testa.

Já com o pé inteiro no chão, ele sorri para mim.

— Isso.

SIMON

Desperto com as gêmeas batendo na minha porta.

— Acorda! Papai Noel passou aqui!!

A porta se abre e Baz enfia a cabeça no sótão.

— Elas não podem abrir os presentes até que todos estejam acordados.

Solto um gemido.

Uma das meninas empurra a porta para abri-la de vez.

— Acorda, preguiçoso, você tá estragando o Natal!

Baz sorri para mim. Tomou banho e já está vestido e tomando chá. Meu pijama cheira a champanhe e molho.

— *Acorda* — a outra gêmea diz. — Você tá atrapalhando!

Tomo um banho rápido e visto a blusa de lã verde e a calça jeans escura que Baz trouxe para mim. Só vou ficar até abrirmos os presentes, porque preciso voltar para Londres. Queria que alguém pudesse lançar um feitiço para dar um jeito na minha dor de cabeça — feiticeiros nunca têm aspirina.

Quando chego lá embaixo, os Grimm e os Pitch não parecem nem um pouco impressionados comigo. (Mas imagino que tenha apenas um Pitch entre eles. O meu.)

Baz me passa uma xícara de chá e Daphne me oferece um bolo de frutas. As meninas começam a abrir os presentes.

Baz estava certo, eu não deveria ter trazido livros e giz de cera para elas. As gêmeas ganharam uma casa de bonecas gigantesca do Papai Noel, e Mordelia ganhou um pônei de verdade. Baz dá a todas, incluindo Daphne, fivelas de cabelo — e elas gostaram muito mais do que eu imaginava. Ele também deu mel de abelhas mágicas ao pai.

(Eu e Baz vamos trocar presentes mais tarde. Vou deixar que ele fique com um lado do quarto só para ele, e vou dar uma pulseirinha de couro que comprei da mulher que faz minhas blusas.)

O sr. Grimm não está tão animado quanto ontem à noite, mas permanece num humor muito melhor do que quando chegamos ontem. Parou de olhar na minha direção e suspirar. E parece genuinamente satisfeito com Baz, que não para de comer bolo. Os pais o estão enchendo de comida sempre que têm a oportunidade, como na história de João e Maria.

Uma das gêmeas me traz um presente.

— É de todos nós. Uma blusa de lã horrível.

— É uma blusa *linda* — Daphne a corrige, horrorizada.

— Obrigado — rasgo o papel de presente.

A menina já está recostada no sofá, olhando para mim.

— Delia disse que você tem asas.

— É mentira de Delia! — a outra gêmea diz.

— Não é, não. Tenho mesmo asas.

— Então mostra! — as duas gritam.

Olho para Baz.

— Vocês vão ter que pedir pro seu irmão fazer um feitiço.

Baz revira os olhos, como se eu estivesse sempre exibindo as asas aonde quer que fosse.

— Vai, Basilton! — uma gêmea incentiva.

— Dá asas pra ele! — a outra fala.

— Não vou *dar* asas pra ele — Baz resmunga, apontando a varinha pra mim. — Só vou soltar as que Simon já tem. — *Como uma luva!*

Minha blusa se reacomoda em torno das minhas asas, e eu as desdobro com cuidado. As gêmeas ficam impressionadas, e Swithin dá um gritinho.

— Piu-piu! — ele diz.

Abro bem as asas.

O sr. Grimm volta a ficar consternado.

Mas Baz sorri para mim.

Vou embora enquanto ainda estou por cima. Todo mundo está razoavelmente de bom humor e não fiz nada para destruir a casa.

Os pais de Baz me agradecem por ter vindo — e me acompanham até a porta (talvez para se certificar de que vou mesmo embora). É esquisito me despedir de Baz na frente deles. Ele me passa a chave do carro de Fiona e minha mala.

— A gente se vê em Londres, né?

— Claro — ele concorda. — Manda feliz Natal pra Lady Ruth e Jamie por mim.

— Pode deixar.

— Dirija com cuidado, Simon — Daphne diz.

— Não se preocupa. Baz fez um feitiço pra transformar o carro num tanque.

Saio pela porta. Desço os degraus.

— Simon! — Baz grita. — Suas asas!

Quando eu me viro, ele já está descendo os degraus com a varinha na mão. Recolho as asas e aguardo que o feitiço seja lançado.

— *Cobertura extra!* — ele diz.

Então toca meu peito e se inclina para me beijar. Depressa. Na boca.

BAZ

Eu não poderia deixar Simon ir embora sem um beijo de despedida. Acabaria me arrependendo depois.

À
espera
S
O
L
N

À espera

ANNA NÃO O VIU CHEGANDO. ELE SURGIU LÁ DE REPENTE, andando de um lado para o outro e parecendo desorientado.

— Ei — ela disse. — Você é novo.

— É. — Ele passou os dedos pelo cabelo. — Acho que sim.

Então deu risada. De nervoso. Como se não tivesse certeza de que deveria dar risada. Provavelmente nunca tinha rido.

— Ei — ela disse, mais simpática. — Tudo bem. Senta. — Deu espaço para ele no banco. — Se situa.

Ele sentou ao lado dela. Era mais velho do que o esperado. E corpulento. Com ombros largos e rosto grande. O cabelo, num tom entre loiro e ruivo, caía na testa.

Tudo nele parecia cuidadosamente pensado. Até a blusa de lã tinha um padrão geométrico.

Ele afastou o cabelo do rosto e engoliu em seco.

— Eu… estou… na história?

— Não. Ainda não. Aqui é meio que… a sala de espera. Você ainda não foi escrito.

— Tá… — Ele assentiu. Depois estremeceu e balançou a cabeça. — Mas me sinto escrito.

— Eu sei. É esquisito. Você vai se acostumar. Ou talvez não. Talvez seja chamado logo. Acontece o tempo todo.

— É mesmo?

— Ah, sim. É o mais comum.

— Você chegou quando?

Ela sorriu e deu de ombros.

— Faz um tempinho.

O homem — ele era um homem crescido — continuou olhando para ela. Para sua roupa. Seus sapatos. Seu cabelo. Tentava compreendê--la. Tinha medo.

— Faz um tempo que não aparece um ruivo — ela comenta.

— É? — Ele soltou outra risada nervosa. — Acho que pareço com alguém de um programa de TV que ela gosta… — Ele balançou a cabeça. — Só que menos bonito. Por que ela me faria menos bonito?

— Ah, não se preocupe. — Anna bateu com o ombro no dele. — Você tá ótimo assim. Acho que se fosse melhor acabaria sendo bonito *demais*.

— Você só tá sendo legal.

— Não, é sério. Ser bonito demais não faz bem nenhum. Até assusta um pouco.

O homem riu. Com mais naturalidade.

Ela prosseguiu:

— Quando alguém agressivamente bonito chega, sei que não vão fazer nada de interessante. Esse pessoal mal sustenta uma conversa.

Ele sorria para ela.

— Você parece bem por dentro, hein?

Anna retribuiu o sorriso e decidiu ser sincera. Sabia que ele tinha sido criado para conversar — ou até fazer gracinha. Seus olhos pareciam cheios de ideias e um sorrisinho nunca abandonava o canto da sua boca. Isso era irresistível. Convidativo. Ela ia aproveitar enquanto podia.

— Faz anos que tô aqui. Desde o ensino médio, acredita?

— Desde o seu ensino médio?

— Desde o ensino médio *dela*.

— Quanto tempo…

Ele deu uma olhada com tristeza. Fazia três minutos que estava vivo e já tinha pena dela.

— Cheguei perto algumas vezes. Ela me preparou. Tipo, eu estava prontinha pra ir. Sou superestruturada, tenho até pais.

— Você tem *pais*?

Anna confirmou.

— Eles estão por aqui em algum lugar. Depois apresento vocês.

— Mas você nunca... — Ele baixou a mão depois de um aceno vago. — Nunca entrou? Nunca foi adiante?

— Não. — Como sabia qual seria a próxima pergunta, ela se adiantou: — Não sei bem por quê. — Anna desviou os olhos para o parque onde estavam sentados. Era um belo dia de primavera. Com árvores floridas. Os lírios estavam firmes. Havia gente em toda parte, bastava procurar. — Só adolescentes e feiticeiros passaram por aqui nos últimos anos. Ela mal pensou em mim.

— Ah — ele disse, com cuidado. — Sinto muito.

Anna olhou para ele, com um sorriso grande. Tinha dentes pequenos e regulares e covinhas suaves no rosto. Seus olhos eram de um tom raro de azul, e seu cabelo estava repartido para a direita.

— Não sinta. Não é uma vida ruim. Quer dizer, poderia ser pior. Imagina se ela escrevesse terror. Na verdade, as histórias nem têm vilões.

— Não têm vilões?

— Não. De vez em quando chega o que meu pai chama de "personagem complicado"...

As pontas das sobrancelhas do homem subiram um pouco. Era uma expressão avançada. Descrença e compaixão ao mesmo tempo.

— Ainda não consigo acreditar que você tem pais.

— Também tenho uma melhor amiga! Uma carreira... e até um gato!

Ele sorriu.

— Você é tipo a Barbie.

— Rá! — Ela deu uma cotovelada nele. — Você vai gostar disto aqui. A gente entende as piadas uns dos outros.

Ele desviou os olhos dela para observar o parque. O caminho. Os vultos se movendo por entre as árvores.

— Nunca me ocorreu que eu passaria tanto tempo neste lugar. Certamente não anos.

— Bom. Não te ocorreu muita coisa, né?

Ele voltou a se virar para Anna e se recostou no banco e cruzou as pernas.

— Acho que você tem razão. Mas... eu meio que tomei forma achando que ia entrar direto.

Ele fez um movimento estendendo a mão espalmada.

— Na batalha.

— É...

— Bom, talvez você entre! — Anna não queria arrastá-lo junto para a lama. — Ela sempre tem prazos a cumprir. Talvez esteja preparando alguma coisa. Você não parece adolescente...

— Tenho trinta e dois.

— Ah, é? — Anna se virou para ele, sentando de lado no banco. — Tenho trinta e quatro. Você tem data de aniversário?

— Algum dia de fevereiro.

Ela se inclinou para a frente.

— É um *ótimo* sinal! Digo, se você estiver torcendo pra ser protagonista.

Ele ergueu a sobrancelha loira-avermelhada.

— Não é o que a maior parte das pessoas quer?

— Nossa, não. — Anna deu risada. — Nem mesmo os que acabam sendo escolhidos. Tem muita gente nervosa por aí.

Ele franziu a testa.

— Não me sinto muito nervoso... tipo, isso não parece parte da minha constituição.

— Sério? Hum... Então talvez você não seja o protagonista. Mas pode ser o par romântico. Gostaria disso?

Ele pareceu reflexivo. Até o queixo ficou enrugado.

— Talvez. Tipo... não tenho nada contra. Todo mundo precisa de um pouco de romance, né?

— Não tenho como saber.

Ele olhou nos olhos dela na mesma hora.

— Ah, nossa, desculpa.

— Rá. — Ela cutucou o braço dele. — Brincadeira.

— Ah. — Ele estava aliviado. — Que bom. Quer dizer… você sabe. Você também não parece muito nervosa.

— Engraçado você dizer isso. — Anna puxou as pernas para cima do banco e as cruzou. — Eu era. Tipo, bem tensa. Mas faz tanto tempo que cheguei que não tenho mais por que ficar nervosa. Fora que eu meio que me desviei…

Ele baixou as sobrancelhas.

— Do quê?

— Da pessoa que eu deveria ser.

— Você saiu do personagem? — ele perguntou, chocado.

— Acho que sim. Minha mãe diz que meio que ganhei vida própria.

— Isso é *possível*?

— Bom… — Anna deu de ombros. — Quem vai me impedir? — Ela estendeu a mão. — Meu nome é Anna, aliás.

Ele apertou a mão dela. Sua mão tinha peso. Era quente.

— James.

— Você tem nome! — ela exclamou, retribuindo o aperto de mão. — Eu não quis perguntar. É um *excelente* sinal.

— Tem muita gente sem nome?

— Muita! Alguns nem têm rosto. Tem uma cara por aí que mal passa de um corte de cabelo.

James franziu a testa.

— Parece horrível.

— Ah, não. Não é. É um corte de cabelo incrível. Mas voltando… *um nome*. É a última coisa em que ela pensa. Você tá prontinho. É o pacote completo.

— O que será que me aguarda? — Ele olhou em volta, depois para as mãos abertas. — É estranho não saber.

— Hum… — Anna estreitou os olhos. Queria ajudar. — Vamos pensar. Você tem trinta e dois anos… Faz feitiços?

— Não, acho que não.

— É um vampiro?

— Não — James disse, injuriado. — Sou sociólogo.

— Dá pra ser as duas coisas.

Ele deu risada.

— Obrigada pelo incentivo, mas sou só um homem ruivo com uma mãe autoritária e um Scion xB.

— James! Você tem mãe? Você tem *carro*? Não vai passar muito tempo neste mundo, meu amigo. Eu nem deveria me dar ao trabalho de te conhecer!

A expressão dele se transformou. Compaixão de novo.

— Sinto muito, Anna.

— Para com isso — ela resmungou. — Tô brincando. Fico feliz em te conhecer. Tipo, não curto muito adolescentes. Ou vampiros, diga-se de passagem. Mas é legal falar com alguém da minha idade.

Ela sorriu para James. James sorriu de volta.

Os olhos dele eram de um tom *muito* específico de azul. Claro. Quase gelo.

— Tá se sentindo melhor? — ela perguntou. — Podemos dar uma volta.

— Não preciso ficar por perto? Caso ela...

— Ela não vai chamar seu número nem nada assim. Só vai te levar.

Ele pareceu preocupado e cauteloso.

— E vai conseguir me encontrar? Se eu andar por aí?

— Ah, sim, é tudo o mesmo lugar. Não dá pra se esconder dela.

— Tá bom, então. Vamos dar uma volta.

Anna desceu do banco, e James a seguiu. Ela o conduziu ao longo do caminho, na direção dos carvalhos. Água fluía por perto, mas Anna nunca tinha conseguido encontrar. Devia pertencer a outra pessoa.

James era consideravelmente mais alto do que ela. Caminhava com as mãos nos bolsos. Vestia uma calça verde-clara e sapatos de couro confortáveis. Poderia fazer parte de qualquer tipo de história. Era impassível e tranquilizador. Tinha sardas no rosto e rugas de expressão ao redor dos olhos e da boca.

— Você costuma ficar ali? No banco?

— Ah, não, eu me movimento bastante. Tenho uma casa.

— Você tem uma casa? Acho que não tenho uma...

— Primeiro eu tinha um quarto. Só que agora é uma casa inteira. Quer ver?

— Quero. Você se importa?

— Não, de jeito nenhum. Vem comigo.

Anna continuou conduzindo James pelo caminho. Para chegar à casa, bastava decidir ir para lá, e o trajeto levava o tempo que ela quisesse.

Decidiu demorar alguns minutos. Estava gostando de andar com James. Sem pressa. Não tinha tanta coisa a mostrar mesmo. Não havia tanta coisa ali.

A casa apareceu ao longe. Eles pegaram o caminho de cascalho.

— Você mora numa fazenda.

— É, acho que um dos lugares onde ela morou quando pequena. Eu cheguei aqui ainda criança.

Ele parou para olhar para Anna.

— Espera, você cresceu aqui?

— Mais ou menos... — ela disse, inclinando a cabeça. — É como se *ela* tivesse me feito crescer. Me revisado. Ao longo dos anos.

James abriu um sorriso gentil. As pontas das suas sobrancelhas se ergueram outra vez.

— Isso é tão esquisito.

Anna arregalou os olhos.

— *Eu sei.*

— Quanto tempo faz que você tem trinta e quatro?

— Pelo menos uma década. — Ela o puxou pelo braço. — Vem.

Anna o conduziu pelo terreno. Galinhas ciscavam diante do galinheiro. Havia cabras nos fundos. Houve um cavalo por um tempo, mas agora não mais.

A porta da frente não estava trancada. Anna atravessou a cozinha antiga com James. Tinha um filtro perto da pia e uma mesa grande em vez de uma bancada.

Ela mostrou a sala de estar, com o sofá velho e a televisão...

Nunca tinha contado a ninguém sobre a televisão, porque todos ficariam morrendo de inveja. A princípio, a casa deixava todos com inveja. Então, com o tempo (em geral mais de três minutos), as pessoas passavam a achar que aquilo era digno de pena. E depois, com mais tempo, tinham até um pouco de medo. Os mais velhos não chegavam nem perto. Agiam como se fosse mal-assombrada. Como se quem a assombrasse fosse Anna.

No entanto, James não ia ficar muito tempo. Ela mostrou seu quarto, com a colcha feita à mão e os bichinhos de pelúcia.

— Não sei por que eles continuam aí. Parece meio aleatório.

Ela apresentou o banheiro, com a pia majestosa e a banheira de ferro fundido.

— Precisa usar o banheiro?

— Não.

— Não — ela disse. — Ninguém nunca precisa.

Os dois terminaram a visita na varanda da frente, no velho balanço de madeira.

— É muito bonito — James disse.

Ele olhava para o campo de trigo e movia o balanço sem perceber, com um pé apoiado no chão.

Anna voltou a sentar sobre as pernas cruzadas.

— Obrigada.

Um gato laranja e gordo andava pela calçada da frente. Anna estendeu a mão, estalou os dedos e fez um ruído para chamá-lo.

— Vem, Pêssego.

O gato pulou no seu colo. Anna deu risada e fez carinho nele.

— Até seu gato tem nome.

— Bom... mais ou menos. — Ela corou. — Na verdade... eu que escolhi o nome dele.

— Dá pra fazer isso?

Anna olhou para James.

— Quem vai me impedir? Com certeza ela vai dar outro nome se chegar a usar Pêssego. Mas talvez ela não use nenhum de nós. Talvez transforme Pêssego em cachorro. Não custa nada dar um nome enquanto ele estiver aqui, não acha?

James observava Anna, sorrindo apenas com os olhos e um canto da boca.

— Acho.

— Pode fazer carinho nele se quiser.

James estendeu a mão e coçou entre as orelhas de Pêssego.

— É a primeira vez que você faz carinho num gato?

— Não. Fiz carinho em uma porção de gatos.

— No seu passado — Anna disse. — Mas não aqui. É diferente. Consegue sentir?

James continuou acariciando Pêssego, que fechou os olhos e ronronou.

— Não. Acho que não consigo.

— Vai conseguir. Se tentar. Se tiver experiências o bastante aqui. Vai ver a diferença.

— Tô sentindo um *puxão* — James parecia agitado. Tirou a mão do bichinho e olhou para o campo de trigo. — Você também sente? É como se eu devesse ir para o meu livro. Como se eu não pudesse me atrasar.

— Não tô te atrasando. — Anna tentava não passar a impressão de que estava na defensiva. — Não sou uma armadilha.

— Não. — James olhou para ela. — Não pensei isso. Mas você sente esse puxão?

— Sinto. Todo mundo sente. Mas não podemos fazer nada. Só esperar. E ficar aqui até que ela precise da gente.

— Mas por que ela me criaria pra me deixar aqui? Por que deixaria você aqui, com tudo isso? Não faz sentido.

— Bom, ela não tem como usar todos nós — Anna tentava ser prática. — Alguns de nós estamos sobrando.

— E por você tudo bem? Isso não te deixa frustrada?

— Por um tempo, sim... Eu acordava toda manhã e me preparava. Mas... não podia continuar fazendo isso, sabe?

— Como você se sente agora?

— Sinto... — Anna suspirou.

Baixou os olhos para Pêssego. Nunca falava sobre aquilo. Com quem falaria? Com os pais? A melhor amiga? Não seria legal. Eles não passavam de um esboço em comparação a ela. Talvez nunca virassem nada mais.

Anna quase nunca encontrava outro personagem como James. Alguém com o exterior e o interior bem delineados. Com uma maturidade emocional desenvolvida com todo o cuidado. James não fazia ideia de quão especial era. Da sorte que tinha. Não ficaria lá muito tempo. Ela estava surpresa de ele ainda não ter ido embora.

— Me sinto esquecida. Na maior parte do tempo. Tipo... devo ter parecido fascinante em algum momento. Pra ela desenvolver tudo isso pra mim. — Anna olhou em volta. — Devo ter sido promissora. Depois ela só... me deixou de lado. É como saber que alguém que te amou não ama mais.

James ficou ouvindo. Mesmo depois que Anna parou de falar.

Ela continuou olhando para Pêssego.

— Bom, não que eu saiba qual é a sensação...

— Você nunca teve um interesse romântico?

— Não. — Ela ergueu os olhos para ele. — O que é estranho. A maior parte das pessoas aparece em casal.

— Talvez seja por isso que você foi esquecida — James disse, cautelosamente. — Talvez ela esteja te guardando pra algo especial.

Anna sorriu.

— Você é bem otimista, James.

— Parece que sou mesmo otimista.

— Agradável. Compreensivo. Quase bonito demais. Tenho uma boa sensação a seu respeito.

Ele deu risada e pareceu relaxar. Ainda movimentava o balanço com o pé apoiado no chão. A sensação era boa. Reconfortante.

Anna teve dó dele. Ainda sentia o puxão, apesar de tudo. Mas estava acostumada. Era como a gravidade.

— Dá pra fazer amigos aqui?

— Dá, claro.

— Mesmo que a outra pessoa não tenha sido pensada pra mesma história?

— Ah, sim. Relacionamentos não precisam ser eternos. As pessoas entram e saem da nossa vida.

— Acho que é isso mesmo.

— Tenho alguns amigos de anos aqui.

Ele apoiou o cotovelo no encosto do balanço e descansou a cabeça na mão.

— Tem alguém que chegou há mais tempo que você?

— Não que tenha ficado.

— Você quer dizer que não há ninguém que não tenha terminado em uma história?

— Nem todo mundo termina em histórias.

Ele pareceu preocupado.

— Como assim?

— Bom, algumas pessoas desaparecem — ela disse, sem rodeios.

— *Desaparecem?*

— Em geral, as pessoas que desaparecem já surgem pouco definidas. Nunca tomam forma e então... — Ela fez um aceno. — Desaparecem.

James continuou preocupado.

— Alguém com nome já desapareceu?

— Já. Algumas vezes.

— Que horror.

— Ah. — Anna precisava ter mais consideração. Nada daquilo era claro para ele. E James era bastante sensível. Sua personalidade devia estar bem aprofundada. — Isso não vai acontecer com você. Você já surgiu inteiramente formado. É um *excelente* sinal.

— Tem certeza?

— Claro. Você é tipo uma ferramenta destinada a um trabalho superespecífico. Acho de verdade que vai embora assim que ela parar pra sentar.

Ele inclinou a cabeça na mão e a coçou.

— Eu não deveria deixar que me reconfortasse assim, é muito egoísmo.

— Não me importo. Tô sendo sincera.

— Sincera. Agradável. Compreensível.

— Para com isso — Anna disse, sorrindo. — Tá com fome?

— Tem comida aqui?

— Muita comida. Em toda parte. Sempre tem um bolo na minha cozinha.

— De que tipo?

— Limão com cobertura de coco. Às vezes abacaxi.

— E podemos comer?

— *Claro.*

Anna levantou e colocou Pêssego no chão da varanda.

O bolo estava delicioso. Os pratos e talheres eram antigos.

Os pais de Anna apareceram depois de um tempo. Não eram muito bem delineados, o que ela percebeu que deixou James nervoso. Ela o levou de volta para o balanço na varanda.

— Por que você acha que ainda mora em casa?

— Acho que ela ainda não pensou nisso direito. Esta casa tem um monte de inconsistências narrativas. Ideias despejadas por cima de outras ideias. É uma zona.

— Eu até que gosto — O sol se punha no campo. — Por que o sol se põe?

— Não sei. Pra manter a nossa sanidade?

Ele deu risada.

— Tô cansado. É maluquice?

— Não. Acho que é outro bom sinal. Nem todos aqui dormem.

— Você dorme?

— Durmo. Às vezes até sonho.

James deu risada. Como se isso fosse demais.

— Você pode ficar aqui — Anna disse, rápido demais. Esperançosa demais.

Ele olhou para ela.

— Tem espaço?

Teoricamente, Anna pensou.

— Tem.

Os dois ficaram vendo o sol se pôr. James quis saber mais sobre os protagonistas. Anna descreveu todos que conseguiu lembrar.

— Parece um pessoal complicado. Problemático.

— Acho que sim. Mas não de maneira irreversível.

— Vou confiar na sua opinião. Mas não acredito que eu seja um protagonista. Acho que tô bem ok.

— A principal característica dos protagonistas — Anna disse — é a definição. A luz bate diferente neles. Tipo... eles têm veias azuis e a pele mais escura no joelho. Mantém os ombros em uma postura diferente. Têm tiques nervosos e uma centena de sorrisos diferentes. Chamam a atenção a um quilômetro de distância.

James ficou ouvindo enquanto observava.

— Você tá vestindo calça de sarja lavada, James. E até suas sardas são bem delineadas. Ela foi bem cuidadosa com você.

— Eu não deveria deixar você me reconfortar — ele sussurrou.

— Só tô sendo sincera. Vamos, vou te mostrar o quarto.

Sempre houve uma porta fechada entre o quarto de Anna e o banheiro. Que nunca abria. Ela tentou mesmo assim.

E a porta abriu.

Dando para um vazio nebuloso.

Anna voltou a fechá-la depressa.

— Vou tentar outra vez.

Ela fechou os olhos e visualizou um quarto. De que tipo de quarto James gostaria? Algo simples. Reconfortante. Anna pensou em uma cama como a dela, com uma manta de lã verde. Lençóis brancos e limpos, três travesseiros de pena. Cortina de renda. E uma janela entreaberta para entrar a brisa. Acrescentou uma bacia de água e um jarro. Embora fosse antiquado. Imaginou tudo. Então abriu os olhos e sorriu para ele. Até que abriu a porta do quarto.

— Anna… — James sussurrou. — Você fez isso?

Ela não respondeu.

— Todo mundo consegue fazer isso?

— Não — ela disse, tranquila.

— Como…

— Faz tanto tempo que tô aqui que já me confundo com o cenário.

James soltou algo entre uma fungada e uma risada. Estava impressionado e um pouco assustado.

— É seguro?

— Não posso te machucar ou te esconder. E não faria isso. É seguro. Tudo é o mesmo lugar. Eu juro.

— Tá. — Ele olhou para ela. — Acredito em você. Obrigado.

— De nada… Quando acordar amanhã vai ter café esperando. E biscoitos caseiros.

— A gente se vê então. Boa noite, Anna.

— Boa noite, James.

Anna deitou na cama e ficou ouvindo o vento, se sentindo… leve. Se sentindo radiante. Ninguém nunca passou a noite ali. Ela não tinha conhecido muitas pessoas como James. Da idade dela. Capazes de falar como ela. Que dormiam. E comiam bolo. Que tinham medo e podiam articular isso.

Ela pensou no cabelo loiro-avermelhado e nos olhos azul-claros dele.

Estava esperando por James quando ele desceu a escada na manhã seguinte, com a mesma calça verde e blusa de frio bege.

Anna tinha se trocado. Possuía um guarda-roupa repleto de vestidos — e sapatos da cor dos vestidos. Até mesmo chapéus. Era mesmo uma Barbie.

— Parece que a casa não te devorou.

— Bom dia — ele disse.

— Bom dia. Dormiu bem?

— Como um bebê. E você tinha razão.

— Em relação a quê?

— Foi mesmo diferente. De como eu lembrava que era dormir.

Ela pegou a xícara de café com ambas as mãos.

— *Foi?*

— *Foi.* — James também parecia empolgado. — Tipo, diferente na textura. Se eu pensasse muito a respeito, a sensação me escapava pelos dedos. Mas continuava ali.

Anna assentiu.

— É exatamente isso. Tá em toda parte. A sensação. Tudo é um pouco diferente aqui. Esta experiência é diferente.

James balançou a cabeça. Procurando esquecer.

— Foi fantástico. Posso tomar café?

— Sua primeira xícara de café.

Ele riu.

— Acho que sim.

Os dois tomaram café da manhã, e ela perguntou se ele gostaria de conhecer outras pessoas que moravam lá. Isso pareceu deixá-lo desconfortável.

— Se eu acabar ficando, talvez. Mas se só for passar mais um dia ou coisa do tipo...

— Faz sentido. Fora que você só vai deixar todo mundo com inveja.

Ela ficou feliz por ele ter se recusado. Queria James só para si. Depois de comer, os dois foram dar uma volta no campo de trigo. James tinha crescido na cidade. Aquilo tudo era novidade. Ele fez mais perguntas. Sobre como o mundo funcionava. Anna não sabia responder a tudo, porém sabia mais do que qualquer outra pessoa.

Os dois voltaram à casa para almoçar. Sanduíches de queijo quente.

— Sua mãe que faz? — ele perguntou.

— Não, eles são parte da casa. Uma característica vestigial.

Ele achou graça. Achava graça em Anna. Estava sempre sorrindo para ela. Para incentivar que continuasse falando.

Depois do almoço, os dois voltaram a sentar na varanda. James contou o que sabia sobre si mesmo. Era sociólogo. Trabalhava numa universidade. Ficou empolgado quando descobriu que eram ambos de Nebraska.

— Não é nada de mais. Somos todos de Nebraska. Tipo os personagens de Stephen King, que são todos do Maine.

— Ah. — Ele apoiou as costas no balanço, decepcionado. — Bom. Sou professor universitário, mas também pesquisador. Me casei aos vinte e poucos anos, mas não durou. E nunca me saio bem em encontros.

— Você com certeza é um interesse romântico.

— Não me sair bem em encontros não faria de mim um interesse romântico *péssimo*?

— Hã... não. É fofo você achar isso.

James corou.

— Bom. Eu... passo a maior parte do tempo com a minha mãe e o cara que trabalha na sala ao lado. Será que eles estão aqui?

— Você consegue visualizar os dois?

— Não.

— Então provavelmente não. Mas talvez você tenha uma sala em algum lugar.

— Minha sala... O campus todo. Como a gente encontraria?

— Você só precisa se concentrar bem. Se estiverem aqui, a gente encontra.

James levantou. Saiu da varanda. Anna o seguiu pela entrada e pelo caminho até o campus universitário. Ela nunca tinha visto nada tão extenso. Perdeu o fôlego.

— James... É magnífico.

— Acho que ela estudou aqui. Assim é mais fácil imaginar, né?

Conforme eles se aproximavam os prédios ficavam embaçados e não paravam de mudar de lugar. Aquele em que James trabalhava, por sua vez, era sólido. A escada cheirava a lustra-móveis. A porta da sala estava aberta. James ficou encantado.

— É essa. É a minha sala.

— É maravilhosa — Havia papéis na mesa, com coisas escritas.

Porta-retratos com fotos de gente de verdade.

James sentou na cadeira e girou. Anna se recostou na mesa dele.

— Você tá feliz.

— Porque é minha sala.

— Não. Quero dizer que você é feliz aqui. Como um evento canônico. Gosta do seu trabalho.

— Ah. — Ele ficou pensativo. — Acho que você tem razão. Isso é bom, não é?

— É, sim.

— Quero te mostrar as máquinas de venda automática. A sala de descanso tem as melhores máquinas de venda automática.

Anna o seguiu até a sala de descanso — a única outra porta que abria —, e ele comprou um sorvete para ela.

— Você é feliz na sua casa? — James perguntou, mordendo seu sorvete de casquinha industrializado.

— Sim. Mas não acho que deveria ser.

— Explica melhor.

— Acho que eu deveria me sentir confortável, mas também com um pouco de medo.

— Medo do quê?

— Não sei, e essa deve ser a questão. Parece que ela não pensou nessa parte. Na ameaça.

— Então você decidiu não ter medo?

— Acho que sim.

— Isso é extraordinário, Anna. Nem consigo imaginar como seria não sentir o que eu deveria sentir.

— Isso porque você é novo. Continua cheio de propósito. Não tem experiências contraditórias.

— Devo parecer um bebê.

— Você parece estar na própria embalagem. Internamente consistente.

Isso o fez rir.

Os dois passearam um pouco pelo campus. Quanto mais se afastavam da sala de James, mais embaçado tudo ficava.

Uma hora ele perguntou se ela não queria voltar ao balanço.

— Não quer ir atrás da sua casa? — ela perguntou.

— Acho que não fui criado pra ser feliz em casa.

— Como você lembra de se sentir lá?

James pensou por um momento.

— Solitário.

— Então foda-se. Você pode esperar na minha.

Os dois passaram outro fim de tarde na varanda. Anna esperava o tempo todo que ele desaparecesse. Não sabia por que demorava tanto — James parecia *pronto.*

Ao longo dos anos, ela tinha conhecido pessoas que começavam a desaparecer ao dar oi. Pessoas que não passavam de um lampejo diante dos seus olhos. Em parte era por isso que Anna gostava de sentar no parque. Para ver quem aparecia. E quanto tempo permaneciam ali.

Antes isso a deixava amarga. Anna ficava sentada lá odiando todo mundo. Odiando *a si própria.*

Agora... era por curiosidade.

Eles encontraram cerveja na geladeira. Miller. Anna nunca tinha experimentado. Não havia abridor, por isso James usou o parapeito da varanda para tirar a tampinha das garrafas transparentes.

— Essas cervejas devem ter uns trinta anos — ele comentou. — Olha só o rótulo.

Anna olhou. Não sabia qual era a cara de uma cerveja atual. Não sabia se ela mesma tinha trinta e quatro anos *agora*. Ou há trinta anos. Não estava localizada no tempo. Outra coisa a seu respeito que estava em aberto.

— Espero ir pra um lugar com um balanço na varanda — James se balançava. — Pra que tipo de livro você acha que tá destinada?

Ela deu de ombros.

— Não teve nenhuma pista nesses anos todos?

— Acho que ela nem sabe. E esse é um dos problemas. Acho que ela me criou antes de saber como criar a história. Então sou mais um sonho acordado do que qualquer outra coisa.

James deu uma cotovelada de leve nela.

— Não fala assim. — Tomou um gole de cerveja. — Você tá bem desenvolvida demais pra isso.

— Bom, obrigada. Mas... devo ser uma imitação. — Anna ficou em silêncio por um segundo. Não havia problema em contar a James, ele logo iria embora. E seria bom contar a alguém. — Tenho quase certeza de que é tudo autobiográfico.

Ele deu de ombros.

— E o que não é autobiográfico? Tipo o meu campus.

Anna franziu os lábios.

— Hum... É diferente. Uma coisa é pegar detalhes, cenários e traços emprestados. Outra coisa é... bom. E tem...

Ela baixou os olhos para a cerveja. Não tinha gostado muito do sabor. Ia oferecê-la a James quando ele terminasse.

— Tem você — James olhava para ela.

Ela fez que sim. Depois suspirou. E fez que sim outra vez.

— Isso tem que funcionar a seu favor — James disse, com cuidado. — Pra você entrar em uma história.

— A princípio, também achei — Anna falou, olhando para ele com franqueza. — Sabe como a gente se expõe quando é jovem? Só que, com o tempo, talvez a gente não queira mais mostrar tanto aos outros. Talvez essas coisas sejam mais valiosas se as guardamos pra nós.

— Não dá pra saber. É só uma teoria.

— Tive bastante tempo pra contar histórias pra mim mesma.

James sorriu para ela. Baixou os olhos para o colo.

— Você não gosta de cerveja?

— Esta — ela ergueu a garrafa — é a primeira que tomo.

Ele bateu a garrafa contra a dela, brindando.

— E a última — Anna concluiu. — Pode ficar.

James sorriu e aceitou.

— Pelo menos não vou te deixar aqui sozinha com um problema com bebida.

— Você não vai me deixar aqui sozinha.

No dia seguinte, eles deram outra volta pelo campo, e Anna mostrou a James a árvore em que brincava de casinha quando era pequena. Era mais real do que a sala dele. Dava até para ver ranhuras no tronco.

No dia seguinte, James acordou com um sobrenome. MacIsaac. Isso o deixou feliz. Também deixou Anna feliz. Ela passou a chamá-lo de "sr. MacIsaac". Os dois comemoraram com bolo de limão.

No meio do segundo pedaço, ele falou:

— Não sou mais sociólogo. Agora trabalho para o governo.

— Ela tá trabalhando em você. Neste exato momento.

Os dois ficaram sentados à mesa de Anna, esperando que James mudasse diante dos seus olhos. A blusa de frio dele deu lugar a uma camisa branca. Com o primeiro botão aberto. Dava para ver sardas no peito.

Mas James não desapareceu.

No dia seguinte, a velha Renee maluca foi lá para cima. (Ou para baixo. Foi para *lá*.) Renee tinha passado anos ali. Não era nem uma personagem. Não passava de uma regatinha com uma risada irritante. Soava como um asno.

James não conhecia Renee, mas a notícia o deixou devastado.

— Não fique com inveja. Ela provavelmente vai ser mandada de volta.

— Dá pra ser mandado de volta? — James entrou para pegar uma cerveja, depois deu um longo passeio no campo.

Não quis que Anna o acompanhasse.

Ela aguardou por ele no balanço. Não sabia ao certo se James conseguiria voltar sem ela.

Ele voltou. Quando já estava escuro fazia um tempo.

James se aproximou da varanda com passadas lentas.

— Oi — ele disse.

— Oi. Eu não sabia se você ia conseguir encontrar o caminho de volta.

— O campo desapareceu assim que a casa sumiu de vista. Mas... estava tudo aqui quando voltei.

— Fico feliz.

— Posso sentar com você?

— Claro.

Ele se jogou no balanço e se movimentou por alguns segundos.

— Tem comida na cozinha, se quiser. Meus pais estão vendo TV.

— Eu deveria ser mais legal com seus pais.

— Sei que eles te deixam nervoso.

— Mesmo assim… — James suspirou e esfregou o rosto. — É que quero *muito* ir embora.

— Eu sei.

— Parece *urgente.*

Ela assentiu.

— E nem sei por quê! Só sinto que deveria estar em outro lugar. Como se fosse peça de um quebra-cabeças maior, como se precisasse ser encaixado no lugar.

Anna não disse nada. Não parecia o certo. Ela não sentia mais nenhuma urgência. (A não ser de que James ficasse.)

Quase não a incomodava mais quando outros personagens eram levados. Ela estava acostumada, às vezes ficava até aliviada. Um pessoal metido a espertinho era insuportável. Esses já iam tarde.

Foi um pouco insultante pensar que a velha Renee maluca tinha sido chamada antes dela, mas nem isso a deixava chateada.

— É como se eu tivesse um trabalho a fazer, mas ela me impedisse. É tão *irritante.*

— Sinto muito.

— Aliás, não trabalho mais pro governo. Estou escrevendo um livro.

— Sobre o quê?

— Sei lá. — Ele pareceu abatido. — Acho que ela tá se perdendo.

Anna pôs a mão no joelho dele e o apertou para reconfortá-lo.

— Ela ainda não terminou com você.

James pôs a mão sobre a dela e a apertou.

— Hoje percebi… que ela não precisa me usar. Pode pensar em alguém totalmente novo. E aí vou desaparecer.

— Isso não vai acontecer. Você é legal demais.

James soltou uma risada. Revirou os olhos.

— Que bom que você me encontrou no parque. Ou eu ainda estaria andando de um lado para o outro, feito um lunático.

— Outra pessoa teria te ajudado. Todo mundo aqui é muito prestativo. Mesmo quem não tem rosto.

No dia seguinte, os dois estavam passeando no campo quando a cobra apareceu. Como Anna podia tê-la esquecido.

Ela congelou. Como sempre acontecia. Toda vez, independente da sua idade.

— Que porra é essa? — James sussurrou.

A cobra sacudiu a cauda. Prosseguiu no seu caminho sinuoso.

— Não se mexe — Anna disse, entredentes. — Ela não vai machucar a gente.

— Então por que tá com medo?

A cobra rastejava na direção deles. Não ia machucá-los. Ia roçar no pé e no tornozelo de Anna. Ela só precisava ficar parada.

A cobra chegou mais perto. Como sempre, Anna estava com medo. Nunca se acostumava.

A cobra já estava quase no seu sapato.

James ergueu a bota — usava botas agora — e pisou nela.

— Puta merda — James disse, passando as mãos pelo cabelo.

A respiração de Anna estava trêmula.

— Você matou a cobra... Você matou a cobra! Como fez isso?

— *Cacete*. Era uma cascavel?

— Era. E você matou. Eu não sabia...

— Anna, isso não é só um cenário... foi uma cena. Você tem cenas?

— Algumas.

— Minha nossa. — Ele levou as mãos aos ombros dela. — Tudo bem com você?

— Tudo.

— Ela costuma te picar?

— Não, só roça em mim.

— *Cacete*. — Ele a puxou para um abraço. — Mesmo assim fico feliz por ter matado a cobra.

Anna se apoiou no peito dele. James tinha um cheiro característico. De sabonete, desodorante e cerveja. (Por que James tinha *cheiro*? Era um personagem ou uma fantasia?)

Ele a apertou.

— Tomara que não volte mais.

— Tomara mesmo — ela disse.

— Nossa…

Ela deu risada. E se afastou dele.

— Vamos dar o fora.

Os dois voltaram para a casa dela e comeram um prato pronto na varanda.

— Não como um prato pronto assim desde que era criança — James comentou.

O passado dele a fascinava. Anna não tinha passado. Embora tivesse um cenário bastante elaborado. Era como uma boneca em uma casa de bonecas, cercada por móveis.

James tinha *lembranças*.

Anna também, só que a maioria era daquele lugar. Seu passado se resumia a algumas cenas. Alguns flashbacks desconexos.

O personagem de James continuava mudando. Isso o deixava louco.

— Ah, não — ele disse, quando os dois acabaram de comer.

— Que foi?

— Nada.

Ele parecia chateado.

— James… o que foi?

— Não me chamo mais James. Agora sou Isaac.

— Mas o seu sobrenome é…

— Não mais.

— Ela continua te desenvolvendo. É um bom sinal.

Ele suspirou.

— Ela tá mantendo as partes mais importantes — Anna disse. — Você ainda é ruivo e tem belos ombros.

Isso o fez rir. Ele revirou os olhos e tentou relaxar.

— Sua personagem mudou bastante ao longo dos anos?

— Bom, eu tinha oito anos no começo, então sim.

— Você sempre foi Anna?

— Sim, mas...

— O quê?

— Bom... — Ela olhou para ele por um segundo, enquanto decidia se deveria dizer mais. — Por um tempo, eu abria portais pra outras dimensões.

James — Isaac — soltou uma gargalhada.

— Não tem graça — Anna disse, rindo.

— Como funcionava?

— Sei lá. — Os ombros de Anna tremiam. — Ela nunca foi muito além. Meus olhos emanavam um brilho próprio.

James — ela continuaria chamando-o de James — ainda ria.

— Você era mesmo um personagem do Stephen King.

— Por um tempo também tive irmãos.

— E eles desapareceram? Deve ter sido traumático.

— Não foi tão ruim. Eu já estava aqui fazia anos, e eles eram bem superficiais. Tipo, às vezes eram três, às vezes eram quatro...

James se recostou no balanço. Ficou olhando para as estrelas.

— Acha que as pessoas se lembram deste lugar? Depois que vão embora?

— Não. Por que se lembrariam?

— Talvez algo perdure. Nas entrelinhas.

— Talvez — Anna disse, cruzando as pernas e deixando que ele movimentasse o balanço. — Mas acho que não. — Ela olhou para o rosto dele. De perfil. James tinha maçãs do rosto proeminentes e um nariz forte. Uma mandíbula dramática. Tudo nele era sólido.

— Por que acha que queremos ir para as histórias? — ela perguntou.

Ele se virou para ela.

— Porque é isso que a gente é?

— Pode ser, só que enquanto estivermos aqui vamos permanecer na jornada. A história é o *fim*.

— Não é o fim, é o destino.

— Mas é quando tudo para, não? Tudo é restringido. Enquanto estamos aqui, fazemos coisas. Mudamos. Quando vamos pra um livro... é o fim.

Uma sobrancelha de James estava mais baixa do que a outra. Como se refletisse.

— Indo para um livro — ele disse —, vamos chegar ao lugar a que pertencemos e poderemos ficar lá para sempre.

Ela sorriu para ele. Para seu rosto sólido e seus olhos azuis. O cabelo ruivo caía na testa.

— Você é muito otimista, James.

Ele sorriu de leve ao ouvir o nome.

— Sou mesmo. Sempre.

James fez um esforço para conversar com os pais dela antes de ir para a cama. Não conseguiu olhar diretamente nos olhos deles.

Anna deu boa-noite na porta do quarto dele, depois foi para seu próprio quarto e vestiu a camisola. (Ela tinha várias camisolas. E um casaco de inverno. A impressão era de que seu passado envolvia patinação no gelo.)

Bateram na porta. Anna abriu. James estava sorrindo.

— Anna — ele sussurrou. — Voltei a ser James.

Ela sorriu.

— Boa noite, James.

Ela foi para a cama sabendo que ele continuava mudando. Que talvez desaparecesse. Gostaria de ter uma câmera fotográfica. Ou uma maneira de manter parte dele ali.

— Você não fica entediada? — James perguntou.

Os dois estavam sentados na varanda, observando as galinhas.

— Na verdade, não. Se você não estivesse aqui, eu estaria no parque conhecendo gente nova e conversando com amigos. Tudo tá sempre em fluxo.

— Por que você não me levou mais pro parque?

Anna olhou para James. Ele quis usar algo diferente aquele dia, portanto ela tinha emprestado um cardigã azul largo.

— Achei que pudesse te desanimar. Ver as pessoas indo e vindo.

James não negou. Os dois estavam bebendo limonada.

— Em que tipo de livro você *não* gostaria de viver?

— De terror — ela disse, sem precisar pensar. — Ou de guerra. E você?

Ele baixou a sobrancelha enquanto pensava.

— Odeio o espaço.

Isso fez Anna rir.

— Por que você odeia o *espaço*?

— Não tem nada lá além de morte.

— E alienígenas. E o Han Solo.

— Eu passo.

— Que tipo de livro mais te agradaria? — ela perguntou, encostando o ombro no dele.

— Acho que quando cheguei aqui eu queria ir pra uma espécie de… dramatização de eventos históricos.

Anna soltou uma risada.

— Mas agora acho que esse é o tipo de livro que eu gostaria de ler, não de fazer parte.

— Então o que você quer?

— Só quero crescer. Quero me sentir mais confortável na minha vida. Quero mais coadjuvantes.

— Talvez você seja um coadjuvante — ela o provocou.

— Você disse que tá na cara que eu sou um protagonista.

— Eu disse que você parece um interesse romântico. Tem diferença.

Ela tentava não sorrir, mas não conseguia. Seus lábios se retorciam.

James também sorria. Seus olhos brilhavam.

— Serve. E você? Pra que tipo de livro gostaria de ir?

— Desde que seja um livro, não me importo. Só espero que ela não me desperdice em um conto.

James teve que rir.

— Até parece. Ela teria que gastar metade de um conto só pra descrever sua casa esquisita.

James ficou uma semana sem mudar muito. A decepção dele não passou despercebida a Anna, tampouco o fato de que se sentia abandonado. No entanto, James não perdeu a compostura. Só disse que queria conhecer mais gente.

Anna passeou com ele, fazendo as devidas apresentações.

— O que ele tá fazendo aqui? — uma rara vampira que ainda não havia sido usada perguntou a Anna por trás de James. — É praticamente 3D.

— Eu sei — Anna sussurrou. — Acho que ele vai embora logo.

A vampira balançou a cabeça. Tinha senso de humor, mas seu rosto não passava de um borrão.

— A única outra pessoa tão detalhada é você.

Anna deu de ombros. Torcia para que James não tivesse ouvido. Ele não gostaria de ser comparado a ela.

Quando voltaram à fazenda, James estava cansado. Ele não quis ficar sentado na varanda, por isso eles foram ver TV com os pais dela.

— O que é isso? — ele perguntou, depois de uns vinte minutos de programa.

— *Gunsmoke* — o pai dela respondeu.

— Seus pais não parecem muito mais velhos do que você — James disse baixinho, para que apenas Anna pudesse ouvi-lo.

— Eles nunca foram revisados — ela explicou.

Anna e James continuaram sentados no sofá depois que os pais dela foram para a cama. Ele parecia perdido em pensamentos.

— O que foi?

— Eu estava pensando... agora que não sou mais professor de sociologia, não posso voltar à faculdade pra comprar sorvete.

— Aposto que as mesmas máquinas vão reaparecer em algum lugar. — Anna gostava delas.

— Eu queria muito ir pra um livro que tivesse aquele sorvete — James disse, triste.

Ela riu.

Eles estavam sentados lado a lado no sofá. A mãe dela tinha desligado a TV, mas o abajur continuava aceso.

— Não quero que nada dessas coisas estejam no meu livro — Anna disse, baixo.

James desencostou a cabeça do sofá para olhar para ela.

— Como assim? São coisas ótimas. É tudo tão vívido.

— Não sei que tipo de história ela tem em mente para mim... Mas não é uma comédia romântica.

Ele continuou ouvindo.

— É uma história com uma menina que tem medo o tempo todo. Talvez eu não sinta mais medo, talvez não seja mais menina, mas isso tá embrenhado na casa. Foi por esse motivo que foi construída. E ela pôs uma cobra no campo da qual não consigo fugir.

Lágrimas escorriam pelas bochechas de Anna. Ela as enxugou.

James a ajudou, enxugando algumas lágrimas com os polegares. Parecia preocupado.

— Anna... Você tá se escondendo? Da sua história?

Ela fez que não. E sua voz saiu bem baixa:

— Talvez *ela* esteja me escondendo. E tenha um bom motivo.

James franziu a testa. Provavelmente porque não conseguia pensar em nada otimista para dizer. Ele passou um braço por cima dos ombros de Anna, dando um abraço de lado. Ainda estava com o cardigã dela. Ainda era grande e quente. E temporário.

James a acordou na manhã seguinte. Batendo na porta do quarto dela.

Anna sentou na cama.

— Pode entrar.

Ele apareceu. Já estava vestido — com um cardigã novo.

— Levanta. Temos planos pra hoje.

— Planos?

Anna nunca tinha planos.

Ele puxou a colcha da cama. Ela cruzou os braços nus sobre a camisola.

— Vamos fazer um piquenique. No lago.

— James, não tem lago aqui.

Ele sorriu.

— Ah, tem, sim.

— Você tem *um lago* agora?

James assentiu, ainda sorrindo.

— Também tem um piquenique?

Ele apoiou um joelho na cama.

— Não. Você vai fazer o piquenique.

— Como?

James cobriu gentilmente os olhos dela.

— Você consegue, Anna. Sei que consegue.

Sua mão era quente e real. Anna imaginou um piquenique. Uma cesta com forro xadrez vermelho. Sanduíches com azeitonas no palito. Uma garrafa xadrez verde de chá gelado. Uma torta de cereja.

Quando Anna abriu os olhos, a cesta estava na cama, e James sorria para ela.

Ela pôs um vestidinho amarelo e tênis branco — tinha ambos desde menina, mas ainda serviam.

James ficou esperando na varanda.

Por favor, ela pensou, *não o leve. Não até depois do piquenique. Nunca fiz um piquenique.*

— Por que você tem um lago? — ela perguntou enquanto cruzavam o jardim.

James pegou sua mão. Estava conduzindo Anna.

— Ainda não sei. Vamos torcer pra que não desapareça antes que a gente chegue lá.

O lago parecia estar conectado à fazenda. Anna deu um gritinho quando viu. James deu risada. O lago era pequeno e límpido, e tinha um píer no fim. Os dois sentaram e tiraram os sapatos para molhar os pés. Havia peixes nadando mais para a frente.

— Você tem até um lugar para pescar — Anna disse.

Ele continuou sorrindo.

— Você ainda tá escrevendo um livro? — ela perguntou.

— Não tenho certeza. Isso já não parece tão claro. Mas agora tenho um apartamento. Bem definido.

— Um apartamento com um lago?

— Acho que uma coisa não tem nada a ver com a outra.

— Ah. Você tem mais de um cenário.

Ele se virou para Anna e olhou bem nos olhos dela.

— Ela deve estar trabalhando a sério em mim.

— Também acho. Você melhora a cada dia que passa.

Ele continuava olhando nos olhos dela. Suas sardas se destacavam ao sol. Uma brisa brincava com seu cabelo cor de pêssego. Ele estava de barba, o que era novidade. Sorriu para Anna. Estava sempre sorrindo para Anna.

James levou um dedão à bochecha dela.

— Tem um cílio. Bem… aqui.

— Obrigada — ela murmurou.

— Anna, eu…

A mão dele ficou no seu rosto. Se fechou no queixo dela. Anna sentia a palma na pele. Sentia cada dedo. Ela projetou o queixo para a frente, esperançosa.

James se inclinou para beijá-la.

Ela tinha pensado bastante nisso. Beijos. Meninos e meninas. Homens e mulheres. Nunca com rostos — eles não tinham rostos. Ou nomes.

James tinha lábios macios. Boca úmida. Havia ganhado dentes e língua e um suspiro leve.

Anna se permitiu tocar sua bochecha barbada.

Quando se afastou, ela olhou para as próprias pernas, com medo da reação de James, com medo de que ele pudesse se arrepender. No entanto, ele soltou uma risada. E ergueu o rosto dela pelo queixo. Estava sorrindo.

— Foi meu primeiro beijo — Anna disse.

— O meu também.

James tinha sido feito para beijar.

Os dois se beijavam no balanço da varanda.

No campo de trigo.

Deitados na cama dela, sobre a colcha feita à mão.

Ele era delicado e gentil, e nunca tirava a mão dela — do seu rosto, do seu cabelo, das suas costas.

James sorria enquanto a beijava. E ria.

— Eu não deveria — Anna disse uma tarde, entre os beijos.

Ele segurava seu rosto, com o dedão no queixo.

— Não deveria o quê?

— Te beijar. Você foi pensado pra outra pessoa.

Ele baixou as sobrancelhas, pensativo. Estava apoiado em um cotovelo. Com mais um botão da camisa aberto.

— Você disse que a gente não vai se lembrar do que aconteceu aqui.

— É o que eu acho. Não seria prático.

Ele acariciou o queixo dela com o dedão.

— Não sei o que é certo — ele disse. — Mas sei que continuo no personagem.

Anna sorriu. Tanto que movimentou até o couro cabeludo.

James beijou sua bochecha.

— Se ela não quisesse que eu te beijasse, não teria feito você tão beijável.

Anna riu. Ele estava beijando sua orelha, seu pescoço… Estava rindo também.

— E encantadora? — ela sugeriu.

— E encantadora. E simpática.

Anna o abraçou.

— Ela não deveria ter deixado um sonho como você sozinho por aí.

— Não fiquei sozinho. Nem por um minuto.

James teve sotaque inglês por três horas certa manhã. Os dois acharam irritante.

James a ensinou a jogar paciência em dupla. Ela demorou um tempão para visualizar um baralho completo.

Eles saíam para caminhar. Pescavam. Ficavam deitados de costas no jardim, olhando para as estrelas.

Passavam tempo na cama dela, James recostado na cabeceira e Anna sentada no seu colo, de frente para ele. James soltava o cabelo dela, e Anna pensava que nunca tinha parecido tão brilhante.

— Tem uma moça nova no parque — a mãe de Anna disse.

Anna e James jogavam baralho na varanda. Ela usava seu vestidinho amarelo, sem sapatos. Ele estava com a camisa para fora da calça, com Pêssego no colo.

— Ela precisa de ajuda? — Anna perguntou.

— Ela parece bem, mas achei que vocês poderiam querer dar um oi. Deve ter a idade de vocês e é clara como um dia de verão. O cabelo bate na cintura, e ela está vestindo calça de veludo cotelê. Veludo cotelê! Dá pra ver até as fibras. Com certeza é uma protagonista.

A mãe entrou em casa.

Anna olhou para James.

— Quer ir conhecer a moça? — ela perguntou.

James balançou a cabeça, sem tirar os olhos das cartas.

Ele queria roupas diferentes.

— Quero uma calça jeans.

Anna se concentrou nisso, e até conseguia por alguns minutos, mas o jeans sempre voltava a se transformar na calça verde.

Ela não via James tão frustrado desde o dia em que Renee tinha sido chamada.

— Seu passado continua mudando? — ela perguntou. — Você não tocou mais no assunto.

— Na verdade, não.

Estavam os dois deitados na cama. Ele com a cabeça no peito dela, logo abaixo do pescoço.

— Talvez ela esteja te refinando de maneira imperceptível.

James não comentou nada.

Anna passou os dedos pelo seu cabelo ruivo e grosso.

— Com certeza ela continua trabalhando em você.

A mulher — a protagonista — continuava lá. James continuava sem querer conhecê-la.

Um dia, ela foi até a fazenda; os pais de Anna deviam ter mostrado o caminho. Ela ficou no jardim e olhou para a casa. Tinha cabelo castanho comprido. Da mesma cor do cabelo de Anna. Usava óculos e um cardigã fofo.

Anna e James ficaram olhando por trás das cortinas do quarto.

— A gente deveria ir lá — Anna falou.

— Não — James falou, com dureza na voz.

Pêssego foi até a mulher e se esfregou no seu tornozelo. Ela se inclinou para acariciá-lo.

Depois de alguns minutos, a mulher foi embora.

Aquela noite, Anna ficou sentada no sofá com James depois que os pais dela foram para a cama. Ele a beijava com urgência. Sorrindo menos.

— Anna... Posso dormir com você?

O coração dela deu um salto no peito.

Anna pensou na calça verde de James e na mulher perambulando pelo parque.

— Não podemos.

— Não diga que não podemos. Diga que não quer ou que não tá pronta. Mas não diga que não podemos.

Ele a abraçava forte. Seu rosto estava corado, seu hálito estava quente. Anna se perguntou se seu próprio desejo chegava perto de ser tão bem expressado.

— Eu quero — ela disse. — Quero você.

James grunhiu e enterrou a cabeça no pescoço dela.

Anna levantou do sofá e o guiou até o quarto escada acima. Eles tiraram os bichos de pelúcia da cama. (Os dois estariam de volta no lugar no dia seguinte.)

Por um momento, Anna teve medo de que James não conseguisse tirar a roupa. No entanto, as peças logo estavam no chão e permaneceram lá. Ele devia ter sido feito para aquilo também.

Ela entrou debaixo das cobertas, ainda de vestido.

James o tirou e o jogou para o lado.

Ele a beijou. Estava sorrindo outra vez, mas seus olhos pareciam um pouco desconcertados e preocupados. James era capaz de sentir infinitas ambiguidades.

Anna nunca havia feito isso. Mal havia imaginado. Não precisava ter medo de engravidar — não conseguia nem usar o banheiro.

James deitou sobre ela, entre suas pernas. Beijou seu rosto enquanto transava com ela.

— Anna — ele dizia. — Anna.

Nenhum dos dois ficou cansado. Depois. A janela estava aberta. Uma brisa soprava. James deitou a cabeça no peito dela, logo abaixo do pescoço.

— Eu te amo — ele disse.

Ela acariciou o cabelo dele.

— Não quero amar ninguém além de você, Anna.

A princípio, ela não disse nada. Não retribuiu. O que poderia dizer? Não tinha como revisá-lo. Não tinha como escondê-lo. Não tinha controle sobre nada que importava.

— Eu te amo, James — Anna acabou dizendo.

Porque o amava. E, ainda que não mudasse nada, era verdade.

James se revelou teimoso. Obstinado. Talvez sempre tivesse sido desse jeito. Franzia mais a testa. Para o campo. Para as estrelas.

— Isso é uma vida — ele disse a Anna, com as sobrancelhas arqueadas. — Não importa o que venha depois, isso é real.

Ela não discordou.

Segurou o rosto de James e deixou que ele a beijasse com a urgência que quisesse.

Anna se perguntava se James ainda sentia o puxão. Da sua história. Devia sentir, porque às vezes ficava inquieto.

Ela se imaginava pegando a tesoura na gaveta da cozinha — havia uma tesoura na gaveta da cozinha — e cortando os laços que ligavam James ao livro dele.

Mas talvez fosse pior. Se ela decidisse não o usar em uma história, ele poderia desaparecer. Anna não suportaria ver James desaparecer.

As pessoas não desapareciam quando eram chamadas.

Era mais como se desfiassem. Como se elas fossem lentamente desmontadas para ser montadas outra vez em outro lugar. Em geral, era um momento de alegria. Êxtase. Anna já tinha visto acontecer. Havia abraçado uma pessoa enquanto ela se desfazia em seus braços.

No dia em que James foi chamado, Anna estava com ele na varanda. Os dois tinham acabado de voltar de um passeio.

— Anna — ele disse, com a voz estranha.

Ela se virou para ele. Ele a encarava, chocado.

— James. — Ela olhava para os pés dele, que cintilavam.

— Anna. — James correu para ela. Pegou seus braços. — Você está...

Ele estava olhando para as mãos dela. Para a ponta dos dedos. Também estavam cintilando.

— Ah, meu Deus — Anna se afastou dele. — Não...

Pêssego estava a seus pés. Ela o pegou.

— *Não* — Anna disse. Então correu para o pilar próximo aos degraus e o abraçou. — *Não!*

— Anna... — James tentou soltá-la do pilar, mas suas mãos estavam se desfazendo. — Estamos indo juntos, linda.

— Não vai ser assim, James!

— Eu sei.

Ele tentou abraçar sua cintura, mas seus braços não pegaram nada. Ele fez mais uma tentativa.

— Talvez a gente nem se conheça lá.

— Vem comigo, Anna.

Não seria igual aonde quer que eles fossem. E não iriam para um lugar bom. Anna tinha certeza disso, porque era sua história, e sua história não tinha como ser boa. Pobre James. Os braços dele passaram pela cintura dela outra vez.

— Eu te amo, Anna. Vem comigo.

— Não! — ela gritou, e Pêssego caiu dos braços que desapareciam. — Não vamos ser nós dois!

James estendeu os braços para ela. Não tinha mãos. Não tinha pernas. O sol continuava refletindo no seu cabelo.

— Fui feito para ficar com você — ele disse, com a voz fraca. — Independente do lugar aonde a gente estiver indo.

Anna o imaginou ficando, mas imaginar não tornou isso realidade.

Então ela se imaginou ficando, e na mesma hora seus pés pareceram mais firmemente plantados.

— Anna! — James exclamou, horrorizado.

Não restava muito dele, só o bastante para que percebesse o que ela estava fazendo.

Ela estendeu a mão sólida, imaginando que ele a agarraria e se tornaria igualmente sólido.

Ele balançou a cabeça. Já tinha quase ido.

— Vem comigo.

James se desintegrou.

Não estava mais lá, e a história girava em torno de Anna e puxava seus tornozelos.

Ela se imaginou sólida.

Se imaginou ficando.

Quem sabia para que ela havia sido feita? Já fazia muito tempo que tinha nascido. Aguardou por tempo demais, sem qualquer direcionamento. Tinha dado a si mesma a maior parte das suas lembranças.

Quem sabia qual era seu lugar?

Aquilo era vida. Aquilo era real.

Ela se imaginou comendo bolo de limão.

Ela se imaginou caminhando, abrindo os próprios caminhos.

Ela se imaginou no quarto com James, ouvindo a chuva tamborilando no telhado.

James.

A história a puxava.

James estava nela. James estava ali. Ele nunca retornaria, e ninguém o substituiria. Ninguém antes dele chegava perto de James.

Anna se perguntou se o lago havia desaparecido...

Já estava na história dele?

Ela se perguntou se outro primeiro beijo a aguardava.

Como Anna terminaria? Depois de ficar ali sem ser usada por tantos anos. Talvez ela só quisesse se livrar de Anna, botá-la em uma multidão. Talvez ela só precisasse de espaço livre na cabeça.

O galinheiro havia sumido. Os campos de trigo piscavam. Pêssego... onde estava Pêssego?

Tudo abandonava Anna — porém o puxão enfraquecia. Ela se sentiu quase tão sólida quanto antes.

Isso é uma vida, Anna disse a si mesma.

Mas James era uma vida. E James tinha ido embora. E o que tinha dito?

Vamos chegar ao lugar a que pertencemos, e poderemos ficar lá pra sempre.

— Você me deve algo bom! — ela gritou.

James era bom.

Estaria esperando por ela?

Houve um leve puxão no seu centro de gravidade.

— Aguardei por tanto tempo — ela sussurrou. — Você me deve algo bom.

Anna fechou os olhos.

Ela se imaginou desapegando de tudo. Se imaginou chegando a um lugar melhor do que o lugar ao qual sempre tinha pertencido.

ESTA OBRA FOI COMPOSTA POR OSMANE GARCIA FILHO EM BEMBO
E IMPRESSA EM OFSETE PELA GRÁFICA SANTA MARTA SOBRE PAPEL PÓLEN NATURAL
DA SUZANO S.A. PARA A EDITORA SCHWARCZ EM FEVEREIRO DE 2024

A marca FSC® é a garantia de que a madeira utilizada na fabricação do papel deste livro provém de florestas que foram gerenciadas de maneira ambientalmente correta, socialmente justa e economicamente viável, além de outras fontes de origem controlada.